書下ろし

寒月に立つ

風の市兵衛 弐㉙

辻堂 魁

祥伝社文庫

目次

新梅屋敷
四ツ木村
若宮村
白鬚大明神
寺島村
曳舟川
秋葉神社
小梅瓦町
源森川
小梅村
押上橋
東本願寺
菊屋橋
「都屋」(駒形町)
吾妻橋
業平橋
柳島村
新堀川
大川
十間堀
亀戸村
法恩寺橋
一ツ目之橋
両国橋
北辻橋
六間堀
竪川
中川
猿子橋
横川
猿江橋
新大橋
小名木川
「俵屋」(深川元町)
北
西
東
南

地図作成／三潮社

三国街道
津坂藩
三国街道
三国峠
浅貝宿
中山道
高崎宿
日本橋
不忍池
津坂藩藩邸（下谷御徒町）
神田川
市兵衛の店（永富町）
土もの店
口入れ屋「宰領屋」（三河町）
江戸城
鎌倉河岸
日本橋
呉服橋
北町奉行所
南町奉行所
片岡家屋敷（諏訪坂）
返弥陀ノ介の組屋敷（黒鍬谷）
『寒月に立つ』の舞台

序章　密謀

真野文蔵が面をあげると、伏せた眼差しの先に、小書院上段の暗みにまぎれそうな主君・鴇江伯耆守憲実の姿が認められた。

しかし、顔つきまでは見分けられなかった。

次之間よりにじり入った小書院には、右手奥に灯された丸行灯の微弱な火影が、憲実の姿を背後より蔽って、顔つきも召し物をも、周りの暗さよりわずかに色濃い陰翳にくるんでいたからだ。

小書院の格天井も、床の間の掛軸も床わきの違い棚の花活けに活けた春の花にも、行灯の火影はかすかにしか届かなかった。

ただ、召し物の肩先に火影がかろうじて映え、青紫の地と錦繡のひと筋だけが、憲実の陰翳に彩を添えていた。

憲実の左手わきに端座している年寄・戸田浅右衛門が、小書院にたちこめた晩春の物憂く冷やかな沈黙の中へ、嗄がれ声を投じた。

「彼の者らは、おのれらの目論見のためには、いかなる手段を用いてでも和子さまのお命を無きものにと謀るのは必定。それが、このたびの阿木の方さまともども和子さまのお命を狙った暴挙によって明らかになった。なんたる不忠者、大逆無道の極みぞと申さざるを得ぬ。しかしながら、今それを明かす手だてはない。われらがなすべきは、和子さまのお命をお守りすることだ。全うな手だてではしてやられる。もはや、猶予ならぬ事態にいたった」

殿中は静まりかえっていた。

番方のお庭の夜廻りの声も今はなく、本殿大廊下を渡る人の気配も、ほんのかすかな物音すら聞こえてこなかった。浅右衛門の重たげな呼気だけが、静寂の中で喘ぐように繰りかえされ、継裃の肩衣が呼気に合わせて上下していた。

「お訊ねいたします」

文蔵は、ようやく言葉を発した。

すると、上座の憲実の陰翳が物言いたげにわずかにゆれたのが、およそ三間（約五・四メートル）をおいて着座した文蔵にわかった。

だが、文蔵にかえしたのは浅右衛門だった。

「申せ」

「若君さまをお守りして、いつまで身を隠しているのでございますか」

「長くはかからぬ。先般の黒谷村の一揆は、厳しい処置によってどうにか鎮圧したものの、村から多くの罪人を出し、農民らの苦しみは今なお変わっていない。領内の民は疲弊し、不平不満が渦巻いておる。不甲斐ないが、上さまをお支えするわれらの力が足らぬ所為だ。しかし、家中の多くの若い者らが、わが藩の現状を憂えておる。心ある誰もが、このような政を続けていてよいわけがないと気づいておる。多くの者が政の改革を希めば、家中の情勢は変わる。いや、変えねばならぬ。三年……」

そこで浅右衛門は、しばし考える間をおいた。

「五年、ときをくれ。五年のときがあれば、彼の者らの目論見を阻止し、家中の無益な争い事を終らせ、上さまの下に政をひとつにして領国を治める世をとり戻せるはずだ。そのとき、和子さまは鴇江家の正統なるお世継ぎとして、わが津坂の国にお戻りいただく。それまで、おぬしの力を借りねばならぬ。為人、忠義の心、剣の腕、どれも真野文蔵に及ぶ者をわたしは知らぬ。この重き役目を果たせる者は、真野文蔵をおいてほかにない」

真野文蔵をおいてほかにない……

と、文蔵は浅右衛門の言葉を反芻した。

浅右衛門の言葉に眩しいほどの重圧を覚え、唾を呑んだ。一方、重圧を覚えつつも、全身の皮を剝ぐようなひりひりとした使命感に、打たれていた。

武士の名誉と矜持のため、おのれを捨てる覚悟は決まっていた。

文蔵は再び手をつき、上座の憲実の陰翳に向け低頭した。

「謹んで上さまに申しあげます。わが真野家は、曽祖父より四代にわたり鴇江家にお仕えいたし、わたくしは十七歳にて上さまのお側近くにお仕えするお役目を申しつかって参ったのでございます。それから十年余の歳月をへた今、新たにかくも重きお役目を申しつかり、望外の喜びと申しあげるほかに言葉はございません。かくなるうえは、和子さまのお命、わが命に代えてお守りいたす所存でございます。幸い、わが妻の昌は昨年冬、わが子・吉之助を出産いたし、母子とも健やかにて、乳もよく出ております。和子さまがお世継ぎとしてこの津坂につつがなくお戻りになられる時節の到来まで、わが子としてお育て申しあげます」

「妻の昌も倅の吉之助も、和子さまのために苦難を耐え忍んでくれるか」

浅右衛門の嗄がれ声が言った。

「和子さまはまだ生まれて三月の乳呑児にて、わが妻の扶けなくして、この役目を果たすことはむずかしゅうございます」

「そうだな。よくぞおぬしらがいてくれた。天が上さまにお味方をしているのは明らかだ。して、いつたてる」

「いたずらに日延べをいたせば、事は自ずと巷間に知れわたり、和子さまのお命は危うくなりましょう。兵は拙速を旨とすべし、と申します。今夜中に出立いたし、夜が明ける前には津坂領を出る所存です」

「よかろう。では心苦しいが、真野夫婦が姿を消したわけは、上さまのご勘気にふれる事態があって国払いとなった、といたしてもかまわぬな」

「真実を明かす上さまの御墨付をいただければ、異存はございません。ただ、吉之助は真野家の跡継ぎゆえ、わが両親に託していかねばなりません。残された者の身の上が気にかかります」

「上さまの御墨付を与えるのは、当然のことだ。のみならず、上さまのお血筋の証として、小太刀もお授けくださる。倅と両親の身の上も、決して案ずるにはおよばぬ。わが戸田一族が責任をもって、陰ながら支える。両親には他言無用として、倅夫婦を恥じる謂れはない、今にわかると、それだけは伝えておく」

「ありがとうございます。安堵(あんど)いたしました」

「国を出て、何処(いずこ)へ向かう」

文蔵は低頭したまま、ひと呼吸の間をおいた。

「木は森に隠せ、人は人に隠せと、武芸の師より教わりました。わが家に長年奉公し、先年亡くなりました老僕の縁者が、江戸の商人(あきんど)になっております。子供のころに親しく交わり、殿さま御参勤のお供に出府した折り、会ったことがございます。気だてのよい男ですし、むろん、その者とのかかり合いを知るのは、わが両親ぐらいでございます。よって、ひとまずは江戸へ向かい、その者を頼るつもりでおります」

「ふむ。頼れる者がいるのは心強いな。おぬしに任せる。だが、江戸屋敷の勤番の中にはおぬしの顔を見知った者がおるに違いない。偶然出会う事態もあるだろう。くれぐれも用心を怠(おこた)らぬようにしてくれ」

「江戸は他国より多くの流民が日々出入りいたし暮らす、幕府のお膝元でございます。和子さまのご事情が知られていなければ、仮令(たとえ)、顔を見知った者と出会ったとしても、むしろ、憐(あわ)れまれることはあっても、さほど気にはかけないのではございませんか」

文蔵が言ったとき、上座の暗みより憲実の声が初めて投げかけられた。

「文蔵、頼む」

憲実の微眇な、物悲しげな声が上座の暗みを顫わせた。

「勿体のうございます」

文蔵はいっそう頭を低くした。

「予が不甲斐ないばかりに、このような事態を招いてしまった。文蔵、許してくれ。ときがくるまで、わが子を、憲吾を守ってやってくれ」

文蔵は、憲実の声が小書院より流れ出て、殿中を蔽う重たく暗い静寂へと果敢なく消え去っていくのを胸に刻んだ。

「わが命に代えましても……」

と、再び声を励ました。

それから一日半がすぎた晩春の午前、三国山北麓の浅貝宿をすぎ、越後と上野を分ける三国峠に差しかかった武家夫婦らしき旅姿があった。

夫は菅笠を目深にかぶり、紺木綿の半合羽に細袴を膝頭まで黒い脚絆できりきりと絞って、黒足袋の草鞋掛、腰には柄袋をかけた黒鞘の大小を帯び、両天秤の葛籠の荷を担っていた。

一方の妻も藤笠を同じく目深にかぶって、黒琥珀の羅紗の長合羽を纏い、結えつき草履を白足袋に履いて、白い手甲をつけた手に杖を携えていた。

顔が見えぬため、夫婦の年のころはわからなかった。けれど、二人の足早な健やかな歩みと、妻の懐に抱かれた赤子が、二人が若い夫婦であることを明かしていた。まだ襁褓にくるまれた赤子は、母親の長合羽の閉じ目の間から、ぱっちりと目を見開いて母親を見あげている。

粗末な装いではなかったものの、夫婦に従える供はおらず、身分の高い武家とは思われなかった。

越後の深い山々が、夫婦の歩む背後にどこまでもつらなっていた。

その朝、三国峠を越えていく旅人の姿は、その若い武家の夫婦と、夫婦よりずっと先に堆い荷を背負った行商風のひとりが見えるだけだった。

夫婦は、峠に祀った三国権現の鳥居の前までくると、どちらからともなく歩みを止めた。そして、眼差しを交わして頷き合った。

夫婦は、鳥居の前から権現の祠へともに掌を合せ静かに祈った。

幸い風はなく、高い山嶺の冷気が峠の静寂に染みわたっていた。

祈りを終え、夫婦は再び峠道を歩み始めた。

山肌を下る峠道のずっと先に、荷を背負った旅の行商が、小さくぽつんと見えた。空は晴れて高く、霞(かす)んだ白い雲がいく筋もたなびき、山々を蔽う木々は東の空の日を浴びて青く耀(かがや)いていた。

どこか遠くの谷を鳴き渡る鳥の声が、吹く風のように聞こえた。

妻の歩みに合わせて前をいく夫が、妻へふりかえって言った。

「この峠道をくだって三国街道をいき、中山道(なかせんどう)から江戸へと道は続いている」

妻は懐の赤子に手を添えて夫を見やり、黙って頷いた。

懐の赤子は母親の動きが不思議そうに、そのぱっちりと見開いた目を瞬(まばた)きもさせず向けている。

夫は眼下へ目を戻し、両天秤の葛籠をわずかに上下にゆらした。

「次にこの峠道を通るのは、五年ののちなのですね」

妻が夫の背中に声をかけた。

「長くとも五年で役目は終る。五年で戻ってくる」

夫の背中がこたえた。

「吉之助が、不憫(ふびん)でなりません」

妻は懐の赤子をそっと撫でて、また言った。

「案ずるな。吉之助もまだ赤子だ。わが父と母が守ってくれる。武士の家に生れた子は、そのような定めを受け入れ、耐えなければならないこともある」

夫の背中も、またこたえた。

夫は思っていた。

長いと思うだろうが、わずか五年だ。五年の季など、すぐにとり戻せる。

だが、その季は五年では終らなかった。文化十三年（一八一六）のその晩春の朝、夫婦と赤子が三国峠を越えてから、十年の歳月がたったのだった。

第一章　御直御用

一

　文政八年（一八二五）晩秋の夜更け、本所の北、向島を流れる曳舟川の土手道を、二つの人影が、曳舟川がこの先で交差する綾瀬川の枝川に架かる板橋を越えた四ツ木村のほうへ、ゆくあての定まらぬ覚束なげな歩みを運んでいた。

　このあたりは、曳舟川の南が大畑村、北は若宮村あたりと思われた。土手道周辺の畑地も遠い集落も、彼方の森や林も、夜ふけの分厚い漆黒に蔽い隠されていた。

　下弦の月がのぼる刻限にはまだ間があって、天空の果てから果てまで、見渡す限り晩秋の星をちりばめていた。暗い鉛色の川面を横たえる曳舟川に沿って、対岸の松の疎林が、澄んだ星空を背に黒い影をつらねていた。

もう秋の虫は鳴かず、身震いするほどの肌寒さだった。

冬が近づいていた。

土手道には、二つの人影があって、十七、八間（約三〇・六～三二・四メートル）ほど前方にも二つの人影があった。

前方の二つの人影は、後方の二人に気づいていないかのように寒そうに背中を丸め、とぼとぼとした歩みを四ツ木村の方角にとっていた。

先をいく二人の姿は、着流しに羽織の商人風体で、ひとりが提灯をかざしていなければ、今にも闇の帳にかき消えてしまいそうだった。

「やつら、どこまでいくんだ」

十七、八間ほど後方のひとりが、覚束なげに歩みながら、声を忍ばせた。その前をいくもう一人は、後ろの声にふりかえりもせず、前方の提灯の細い明かりにつかず離れず、同じ覚束なげな歩みを続けていた。

二人は手拭を頬かむりにして、荒縄で締めた紺の半纏、黒股引と素足に藁草履を履き、川人足か、あるいはここら辺の焙烙か瓦焼の職人風体に見えた。

しかし、それぞれひとくるみの筵を小脇に抱えており、これはもしかすると二人は案外に物乞いで、どこかの寺社の縁の下にでももぐりこんで、ひと夜の塒を探して彷徨っているのかもしれなかった。

それとも二人は追剝働きを狙い、人気のない夜ふけの土手道をいく商人風体をつけていると、思えなくもない怪しさだった。

後ろの男は中背に痩身だが、前の男は後ろの男の顔の半分ほどの背丈に、半纏の上からでもその分厚い胸や盛りあがった肩の肉が見てとれ、太く短い足を音もたてずに大きく踏み出す姿は、まるで、黒い岩塊がのそのそと歩んでいるかのようだった。

と、先をとぼとぼといく商人風体の提灯の火が不意にかき消えた。

「おっ」

後ろの中背が、思わず声をもらした。

「静かにしろ」

前の岩塊が土手道の前方を睨み、低い声で言った。

二人は歩みを止めた。漆黒に蔽われた土手道は一切の物音が途絶え、あたりは寂とした。

やがて、ほんのかすかな満天の星明かりが、土手道をぼうっと浮きあがらせた。

　だが、十七、八間ほど前方に商人風体の姿はない。

　岩塊は中背へふりかえり、頬かむりに隠れた窪んだ眼窩の底で不気味に光る目を大きく見開いた。顔の中心に獅子鼻が胡坐をかき、その下の両頬にまで裂けた厚い唇を震わせて吠えた。

「囲まれたぞ。達吉郎、備えろ」

「し、しまった」

　達吉郎は慌てて筵のくるみを開き、一刀をとり出しながら、物音ひとつ聞こえず何も見えない周囲を見廻し、鞘を払った。

「か、頭、指図を」

「うろたえず、ただひた走れ。おれのことなど一切かまうな。われの身ひとつ生き抜くことだけを考え、役目を果たせ。おれもそうする」

　頭は曳舟川を背にして達吉郎に並びかけ、筵を解いて長刀をつかんだ。

　半纏に巻きつけた荒縄にざっくりと帯び、抜刀の態勢をとった。そして、左右正面の三方をとり巻いた暗闇の気配をうかがった。やがて、

「なるほど。やはり幕府の犬か。うるさく嗅ぎ廻りおって。生かして帰すわけに

はいかぬな」

と、まるで暗闇が言ったかのような、低く鈍い声が聞こえた。

すると、何も見えなかった暗闇の奥よりいっそう黒い影がばらばらと分かれ、一斉に動き出した。それは曳舟川を背にした頭と達吉郎へ、凄まじい暴虐を剝き出し、しかし声もなく見る見る迫ってくるのが知れた。

「きたぞ」

頭が腰の長刀を引き抜いた。

一群のかざした白刃が、きらきらと煌めき群がり、地を鳴らして襲いかかってきた。

頭は長刀を暗闇の中でうならせた。

群がり襲いかかる白刃の煌めきを、縦横に左へ右へと薙ぎ払った。

かんかん、といくつもの鋼が打ち鳴り、

うおお……

と頭が吠え、何本かの白刃が飛び退いた。

だが、次々と新たな白刃が頭に打ちかかり、頬かむりの頭蓋の周りを鋭くかすめ、岩塊の短軀へ斬りつけてくる。

頭は鈍重な岩塊とはまるで違う俊敏さで応戦し、退いては踏み出し、右へ飛び左へ転じて、煌めく白刃をすれすれに躱し、ぎりぎりのところで凌いだが、降りかかる雨のごとき白刃の切先を躱しきれず、頬かむりの手拭はたちまち裂け飛び、纏った半纏は斬り刻まれ、ずたずたになった。

それでも、頭にとってその程度の打撃はほんのかすり疵だった。

よかろう、まとめてかかってこい。一緒に冥土へ連れていってやる。

頭はそれしか考えなかった。

守勢ながら乱戦の中で見えた敵の目へ見舞った長刀が、大上段の袈裟懸に仕留め、黒い影が悲鳴とともに四肢を投げ出し、闇の奥へ吹き飛んでいく。

頭の凄まじい一撃に、周囲の敵に束の間の怯みが走る。

それに乗じて守勢を攻勢に転じ、囲みを斬り破る隙を狙ったとき、喚きながらかろうじて防いでいた達吉郎へ、左右と後ろの三方を囲った黒い影が、一斉に襲いかかるのが見えた。

頭は咄嗟に達吉郎へ身をかえし、達吉郎の後ろに迫るひとりを斬り捨てた。

頭の長刀に肩を砕かれた相手は、苦悶の声を走らせ、くるくると舞って横転していく。

しかし、達吉郎は、右の一刀を払ったばかりで、左からの一刀を避けることができなかった。

わっ、と身体をよじって、頬かむりの手拭が飛び、達吉郎の首筋から血飛沫が噴きあげた。血飛沫はほんのかすかな満天の星明かりに映え、苦痛に歪んだ達吉郎の顔にも降りかかった。

「達吉郎っ」

頭は達吉郎がよろめいたところを抱きかかえた。刹那、

ぱあん……

星空の下に乾いた音が流れた。

頭は脾腹に激しい衝撃を受けた。踏み出した一歩で転倒を堪えた。そして、正面の敵が打ちかかった一刀を、片手の長刀で打ち払った。

そこに、どん、と背中に大槌を叩きこまれたかと思うほどの圧迫を感じた。

一瞬、気が遠退いた。

短軀の均衡を失い、濃い鉛色の川面を横たえる曳舟川へ、頭は抱えた達吉郎もろとも、真っ逆さまに転落した。

すぐに、川底の泥沙をかいた。

達吉郎の亡骸（なきがら）が離れていき、手の届かないところでゆらめいた。

流れ出た血が、長く黒い帯になって亡骸にまとわりついていた。

いくな、達吉郎。

頭は心の中で亡骸に呼びかけた。

頭は、ゆるやかに浮きあがっていく川面に、天空の星がちりばめられているのを見て、その星に手を伸ばした。

銃声がまた聞こえ、水中に擦過音（さっかおん）が走り、玉が頭の耳元を空（むな）しくかすめた。土手道を走るいくつもの足音が、物々しく聞こえた。

だがそれから、すぐに何もかもがぼやけていった。

同じだ。どちらにしても終りだ。

と、消えかかるおのれを悟った脳裡（のうり）に、妻の青（せい）とまだ二つの娘の春菜（はるな）がよぎった。

済まぬ、青。これまでだ。いたらぬ亭主を許してくれ。春奈、よく父ちゃんのところにきてくれた。楽しかったぞ。ありがとう。ありが……

そこまでだった。

曳舟川は、元荒川が岩槻、越谷へと崎玉郡を南流して、東の中川へと流れを変える越谷をすぎたところから、江戸の本所に向けて、田畑の中をほぼ一直線に引かれた上水堀であった。

享保の世に上水は廃止となって、農業用水として使われ、また、西葛西の亀有村と向島の小梅村間の、荷送用の曳舟の水路にもなった。

そのため堀は、向島では曳舟川と呼ばれて、曳舟川の東側の曳舟通りは、川人足の曳舟の邪魔になる木は植えられていない。

また、農業用水としても使われている曳舟川は、西葛西や向島の田畑を潤すいく筋かの用水が分流していた。

曳舟川下流の小梅村で分かれた用水は、村の畑を潤し、十間堀へと落ちた。

十間堀は、業平川とも呼ばれる横川のわきより、中川へと東西に続く川で、押上橋、境橋、慈光院橋の三本の橋が北の向島の村々へ架かって、川の南側は、押上村、柳島村、亀戸村が、東の中川のきわまで続いていた。

清七とおさんという夫婦が、その十間堀に架かる押上橋の本所側の畔で、茅葺屋根の小さな茶店を営んでいた。

同じ日の夜ふけ、亭主の清七が中川の夜釣りを終えて、十間堀沿いの土手道を戻り、横十間川の柳島橋をすぎて押上橋のほうへとっていたときだった。

曳舟川から分流した用水が十間堀に流入するあたりの、土手下に繁茂(はんも)する水草の間に、大きな黒い物が浮かんでいるのを見つけた。

おや？　と清七は不審に思い、土手のきわに寄って、提(さ)げていた小提灯を水草の間に浮かんだ黒い物に差し向けた。

黒ずんだ紺の着衣らしき布地が水草の間に見え、清七の胸が鳴った。

腕をのばして小提灯の明かりをさらに近づけると、着衣の後ろ襟(えり)の先に、うなじの人肌とざんばら髪の網目模様にこびりついた男の横顔が、水面からかろうじて浮いているのを認めた。

わあっ、土左衛門(どざえもん)だ、と清七は叫(さけ)んだりはしなかった。

茶店の亭主ながら、清七は肝(きも)が据(す)わっていた。

むしろ、憐(あわ)れな、と思った。

すぐに村役人に知らせにいかなければならないが、仮令(たとえ)、土左衛門であったとしても、川の中に放っていくのは忍びなかった。

押上橋の畔の茶店までは、さほど遠くなかった。とは言え、近くに人家のない夜ふけの土手道である。

清七は釣道具を土手道におき、片手で小提灯をかざし、土手ぎわから長い片腕を差し延べ、水草の間の着衣の後ろ襟をつかんだ。そして、水面の下に沈んだ身体（からだ）を持ちあげるようにして、水草の間から引き寄せた。

血は洗い流されているが、水中から浮き出た紺地の着衣の背中に、袈裟懸らしき深い斬撃（ざんげき）の痕（あと）があった。それが致命傷に違いなかった。

血の洗い流されていた痕に、新たな血がじわじわとかすかに浮き出てきた。

清七は提灯をかざしたまま、俯（うつぶ）せた亡骸の後ろ襟をつかみなおして、濡（ぬ）れるのもかまわず片手一本で、ずる、ずる、と土手道へ引き摺（ず）りあげにかかった。

痩軀ながら長身の清七は、若いときから力自慢で、また肝も据わっているとは言え、人通りのない夜ふけの土手道で水面に浮いている亡骸を引きあげるのは、さながら亡霊を引きあげるがごとき不気味さだった。

亡骸はひどく重く、びしゃびしゃと水滴が音をたて、しかも引き摺りあげた片手に長刀をにぎり締め、長刀にはいくつもの刃こぼれが残っていた。

後ろ襟をつかんだ着衣は、紺の半纏だった。

半纏には血がにじみ出ている深い疵（きず）のほかに、幾筋もの斬られた痕が走り、わき腹のあたりには鉄砲疵のような痕さえ認められた。多数を相手に刃を交わし、寄って集って斬りつけられ、銃でも撃たれたかと思われた。

　なんだこれは……

　清七は、放っておけぬと思ったものの、この男が夜盗や無頼漢の類ならば、厄介な事態に巻きこまれる恐れがあった。

　暗い土手道のわきへ亡骸を俯せに寝かせ、周りを見廻して迷った。

　そのとき、俯せた亡骸が、ごぼごぼと音をたてて水を吐いた。

　なんと、男は亡骸ではなかった。まだ生きていた。わずかにだが、斬撃の痕に血がにじみ出ているのは、生きていたからだとわかった。

　清七は、俯せの身体を仰向けにした。土手の土にまみれ、ざんばら髪が網目になって蔽い、男の顔は骨張ったごつい顎しかわからなかった。

「おまえさん、生きているのかい。人を呼んでくるからな。医者も呼んでやる。少しの辛抱だ。待ってろよ」

　男を励まし、着けていた紺木綿の半合羽を脱ぎ男の身体にかけた。

　ところが、男が夜目にも節くれだった指とわかる手を震わせつつ持ちあげ、清七の袖をつかんだ。唖然とした清七を、ざんばら髪の網目の間から見開いたぎらぎらした目で、男が見つめていたのだった。

男は、苦しげな喘ぎ喘ぎのかすれ声を絞り出した。

「ここは、どこだ。お、おれは、生きて、いるのか」

「おまえさんは生きている。ここは押上村の十間堀だ」

「ああ、綺麗な星空が見える。おぬしは、だ、誰だ」

「おれは清七だ。押上橋の畔で茶店を開いている。中川で夜釣りをした戻り、ここを通りかかって、おまえさんが浮いているのを見つけた」

「そうか。礼を言う」

「礼などいい。医者を呼んでくる。死ぬんじゃないぞ」

「返弥陀ノ介、と申す。怪しい者ではない。決して……」

返弥陀ノ介と名乗った男は、苦痛に身をよじり、清七の袖を引きちぎりそうなほど引いてうめいた。

「い、医者など要らぬ。誰も呼ぶな。おぬしに、た、頼みがある。いいか。よく聞け。赤坂御門内、諏訪坂の、片岡信正さまに、返弥陀ノ介がここにいると、伝えてくれ。それだけ伝えれば、片岡さまはおわかりになる。片岡さまは、御公儀の御目付さまだ。頼む、清七」

弥陀ノ介は、袖をつかんで離さなかった。

御公儀御目付さまだと……

清七は戸惑いどころか当惑を覚え、しばらく呆然とした。拙いことになった、と後悔した。だが、放って通りすぎることはできなかった。

仕方あるまい、と思いなおした。

通りかかったのも縁だ。いくしかあるまい。瀕死の男の最期の頼みを聞いてやるしかあるまい。武士の情けだと、思いなおした。

「赤坂御門内諏訪坂の、御公儀目付の片岡信正さまだな。わかった。おまえさんの頼みを聞いてやる。だから安心しろ」

清七が言うと、弥陀ノ介はざんばら髪の網目の間から見開いたぎらぎらした目に、見る見る涙をあふれさせた。

「済まぬ、済まぬ……」

と、苦しげに喘ぎながら繰りかえした。

二

翌日の朝、横川の業平橋の橋杭に、紺の半纏に股引を着けた、ここら辺では見かけぬ若い男の亡骸が引っかかっていた。

業平橋のこのあたりの町家は、町奉行所と勘定所の両支配である。

亡骸を見つけた中ノ郷八軒町の瓦職人の通報を受けた町役人は、北町奉行所に亡骸の検視願いを届け出た。

この界隈は、北町奉行所定廻りの渋井鬼三次の見廻りの分担地域だった。

晩秋の肌寒さが、だんだん身に染み出した朝だった。

冬が近いぴりりとした朝の光を、横川堤に並んだ瓦焼場からのぼるいく筋もの灰色の煙が遮っていた。

瓦焼場の煙が漂う横川堤の通りを、定廻りの渋井鬼三次が、岡っ引の助弥と挟箱をかついだ奉行所中間を従え、靄のように漂う煙を払いながら中ノ郷横川町の現場にきたのは、届け出た半刻（約一時間）後だった。

亡骸は業平橋の西袂の船寄せに引きあげ、筵をかぶせてあった。

数名の町役人らと亡骸を見つけた瓦職人が、船寄せからのぼった土手で待っていた。界隈の下屋敷の勤番侍や饅頭笠をかぶった僧侶、行商や町民、百姓らの見物人が、横川町の通りにも、対岸の武家屋敷の土塀がつらなる通りにも、また業平橋にもずい分と集まっていた。

中には子供らの姿もまじり、朝の日が降る横川の水草の間に浮かぶ鴨も、何事があったのかと鳴き騒いでいた。

定廻りの渋井鬼三次は、中背痩身のいかり肩に十字絣の白衣を着流し、黒羽織を着けていた。不愛想に雪駄を鳴らし、独鈷の博多帯に差した二刀の柄に左手を気怠そうに乗せている。

八文字眉に目じりのやや釣りあがったひと重の目に、鼻筋は通って少し尖らせて窄めた赤い唇が、渋井の顔つきを少々情けなさそうな不景気面にしていた。

「野郎の不景気面を見たら、闇の鬼も渋面になるぜ」

と、浅草や両国、本所深川を縄張りにする貸元や顔利きらが言い出したのが、盛り場の地廻りややくざや博徒らに広まり、《鬼しぶ》が綽名になった。

歳は四十四歳。しかし、見た目はそうでも、渋井は腕利きの定廻りだった。

岡っ引の助弥は、六尺（約一八〇センチ）ほどもあるひょろりとした背丈に、尻端折りの上着に股引雪駄をつけた手足は持て余すほど長く、歳は三十をすぎたばかりながら、渋井に十年以上も従い、下っ引をいく人も抱える老練な御用聞だった。

それに、この日の紺看板に梵天帯の奉行所中間の三枝郎を従えていくと、土手の町役人らは渋井らに道を開いて、お役目ご苦労さまでございます、というふうに辞儀をし、両岸や橋の見物人らは、やっときたかい、待ちくたびれたぜ、と不平がましくざわついた。

「あれでございます」

中ノ郷八軒町の、顔見知りの町役人が言った。

ふむ、と渋井は頷き、助弥と三枝郎とともに、船寄せの歩み板へくだった。

町役人らと亡骸を見つけた瓦職人が、土手の上で渋井らの検視を見守った。

渋井は、黒羽織を払って帯の結び目に差した朱房の十手を抜いた。官給の鍛鉄の十手を手にした助弥が、骸を蔽った筵をめくった。

紺の半纏に黒股引を着け、黒足袋に草鞋履きの亡骸が、朝の日射しの下に晒され、周囲の見物人らがどよめいた。

しかし、亡骸は土左衛門ではなかった。

額や頬に数ヵ所、胸や肩、背中にも斬られたむごたらしい疵があり、左肩首筋から右胸下まで袈裟懸に浴びた疵がもっとも深く、肋まで断って、亡骸の命を奪ったようだった。

目は閉じられていたが、苦痛に叫んだらしく、唇が醜く歪んでいた。髪はざんばらにほどけ、月代が五分ほどのびていた。頬や首筋にたるみがないので、まだ三十前の年ごろに思われた。

「恰好を見る限りは侍じゃねえが、左の掌に古い肉刺ができている。右手じゃなくて左手に肉刺ができているってえのは、案外、剣術の稽古か刀をにぎり慣れている者かもしれねえ。百姓なら両方の掌がもっと分厚いし、身体つきも違うような気がする。侍でもねえ。百姓でもねえ。だとしたら、やくざか博奕打ちの渡世人、徒党を組んだ物盗りにかかり合いのある野郎とかのな」

「旦那、右手の小指と薬指がありませんね」

助弥が亡骸を舐めるように見廻し、顔をあげて渋井に言った。

「たぶん、寄って集って斬りつけられている真っ最中に、切り飛ばされたんだろう。助弥、仏の持ち物を探せ。三枝郎、おめえは仏の腰から下の疵を探れ」

渋井は亡骸の瞼を指で開けて、目玉をのぞいた。

それから、十手で亡骸の衣類を開き、胸から腹までを露わにした。

落命してだいぶときがたっているらしく、亡骸の肌には赤紫の斑点が背中のほうに一杯浮いていた。

おそらく、川の水に長い間洗われた所為で亡骸の肌はつるりとし、斬られた大小数ヵ所の疵が、鮮やかに赤い口をぱっくりと開けていた。

「仏の持ち物は、矢立に煙草入れ、それからこの巾着だけです」

と、助弥が矢立と煙草入れを亡骸の顔の傍らに並べ、巾着の中身を調べた。

「割と入ってますね。二分金と一分金が一枚ずつに、二朱銀が五枚。銭は、四文銭がひいふうみいよう……全部で三十七文ですね」

「それだけありゃあ、仏は物乞いじゃねえし、この殺しが物盗りの仕業でもねえってわけだな。三枝郎、何か見つけたかい」

「こっちに疵はありません」

それからしばらく、亡骸の疵の状態などを詳細に点検し、「よかろう」と、渋井はやおら立ちあがった。土手で見守っている町役人らに声をかけた。

「仏は川から引きあげたままで、ほかにいじっちゃあいねえな」

「はい。ですが、仏さんは目を見開いて亡くなっておりました。その目があまりに無残でございましたので、目だけはわたくしが閉じてやりました」

綿入の袖なし羽織を着けた年配の町役人が言った。

「そうかい。それはいい。ところで、仏の身元は、わかっているのかい」

「いえ。どこの誰やら存じません。ここら辺の者ではございません」

「身元不明の仏さんか。まあ、そうだろうな。仏を最初に見つけたのは誰だ」

「こちらの井ノ吉(いのきち)でございます。井ノ吉、お役人さまにおこたえしなさい」

年配の町役人が、隣に並んだ小柄な男に言った。

「へい。あっしでございやす」

「井ノ吉は、ここら辺の者(もん)かい」

「八軒町の山上で、瓦焼の職人をやっておりやす」

井ノ吉は、尻端折りの着衣の裾からがに股の素足を剥き出しにした恰好で、赤黒い首筋を撫(な)でた。

渋井は十手を帯に戻し、土手にあがった。

「仏を見つけた経緯(いきさつ)を、聞かせてくれ」

「仏さんを見つけやしたのは、今朝の六ツ半（午前七時）ごろ、昨日、焼きあげた瓦を船の積出しに大八車(だいはちぐるま)で運んできたときでやす」

井ノ吉は言った。

土手の大八車の瓦を、船寄せに係留した荷船に積みこむのは、軽子(かるこ)を背負った人足がやるので、井ノ吉は瓦を積み終えるまで、土手道で待っていた。

煙管(キセル)を吹かし、ぼんやりと川面を見おろしていると、業平橋を支える四本の橋(きょう)

脚の、東側三本目の橋脚の橋杭に黒っぽい物が引っかかって、今にも橋杭から離れて流れそうで流れないのに気づいた。

普段の横川は見た目にはわからないほどゆるく流れ、鴨がその橋脚付近や土手の草むらで餌を漁っている。

井ノ吉は、なんだろうとは思ったが、初めは大して気に留めなかった。

船寄せの誰もその黒っぽい物に気づかなかったし、武家屋敷の土塀が川沿いにつらなる対岸や、業平橋をいき交う通りがかりも、橋杭に引っかかった黒い物に気づいた様子はなかった。

だが、ぼうっと見ているうちに、なんだ？　という訝しさをだんだん覚え、瓦の積みこみにはまだ少しかかりそうなので、確かめに業平橋へいき、反り橋の天辺からくだった三つ目の橋脚あたりの川面を、手摺ごしにのぞいた。

黒い物は初め、大きな風呂敷包みに見えた。

風呂敷包みから黒い端布のようなものが、もやっと水中へゆれ出ており、それが髷のほどけた髪で、両手らしい形も、風呂敷包みから水中にふわりふわりと差し出されているのもわかった。

それでも井ノ吉は、なんだ、風呂敷にくるんだ操りの人形じゃねえか、と思いこんだ。まさか人の亡骸とは、思いもしなかった。

井ノ吉は手摺を乗り越え、操りの人形を引きあげることにした。

橋脚の橋杭をくだり、橋桁に足をかければ、やれそうに思われた。

「とんでもねえ、とんちきな話でございやす。あっしはてっきり、どっかの操り一座の荷物を運んでいる途中に、荷車か荷船から川に落っこちて、ここまで流れてきたのに違いねえと、勝手に気を廻したんでございやす。半纏か何かがふわっとなっているのが、風呂敷包みに見えただけで、水の中でゆれてる人の髪と白い襟首が見えたんでございやす。ありゃあ、人じゃねえかとわかったとき、あっしは魂消て橋脚からすべり落ちそうになりやした。こいつは大変だと、慌てて橋へよじ登り、八軒町の自身番へ走ったんでございやす」

年配の町役人が、井ノ吉の話を受けて続けた。

「井ノ吉の知らせで、わたしどもが駆けつけますと、井ノ吉の申しました通り、仏さんが橋杭に引っかかって浮いておりました。まずは、仏さんをみなで引きあげ、それから御番所へ知らせに人を走らせたんでございます」

「そうかい。初めは操りの人形みたいだったのかい」

渋井が言うと、井ノ吉は赤黒い首筋を撫でつつ、極まりが悪そうに薄笑いを浮かべた。

船寄せの助弥と中間は、亡骸に筵を被せ、渋井の指図を待っていた。

渋井はゆるやかに反った業平橋から、横川の上流を見やった。

横川は、浅草川とも呼ばれる隅田川から、水戸家下屋敷の南角に沿って分かれた源森川が、葛西から向島へと南流した曳舟川が暗渠を通って十間堀と横川にいたる百姓地の土手のところで、東西の流れを南北に変え、竪川まで本所を分けてくだる堀川である。

横川上流の北のいきづまりに、小梅瓦町の町家が、源森川の土手に沿って低い屋根屋根をつらねている。

その彼方に、向島の晴れた大空が広がっていた。

東の空の眩しい光がだんだん高くなって、白い綿雲が千ぎれ千ぎれに浮かび、雲の下を小さな鳥影がいくつもよぎっていた。

秋の終りの朝の気配が、しっとりと肌寒く感じられた。

こういう現場には似合わねえいい朝じゃねえか、とため息が出た。

渋井は気をとりなおし、町役人に言った。

「昨日の晩、ここら辺で斬り合いやら言い争いとかの、喧嘩騒ぎのような異変はなかったかい」

「昨夜は、そういう物騒な騒ぎやら異変があったとは聞いておりません。だいたいこのあたりは、日が暮れますとぷっつりと人気が途絶え、それはもう静かなもんでございます。聞こえるのは、どこかの赤ん坊の泣き声とか、遠くの犬の長吠えとか、それぐらいでございます」

「仏がこれだけ、寄って集って斬られたってえことは、相当な斬り合い騒ぎになったはずだ。叫び声やら喚き声やらが飛び交ったに違いねえ。つまりは、そういう騒ぎが聞こえねえぐらい遠くで、仏にされたってわけだな」

町役人と井ノ吉が、むっつりと頸をふった。

「するってえと、仏はずっと遠くの大川のほうからそこの源森川を流れて、横川に入って業平橋に引っかかったか、もしかしたら……」

渋井は業平橋の橋杭へ差した手を、北の向島のほうに廻した。

「向島のどっかの野っ原で斬られ、曳舟川に落ちて、曳舟川を十間堀までゆらゆらと流れた。ところが、ここら辺の流れはゆるい。どういう加減でか、仏は十間堀じゃなく横川のほうへ流れて、業平橋の橋杭に引っかかった。大抵、そのどっちかってことだな」

「そのようで」

町役人が神妙に応じた。

渋井は、厄介な一件とは思わなかった。

懐を狙った追剝盗人（ぬすっと）の仕業ではないなら、どうせ、裏稼業で稼ぐ者らの仲間割れか、もめ事やいざこざ、ごたごたの末の斬り合いだろうと考えた。こういう類のもめ事は、大抵、噂（うわさ）や差口（さしぐち）がいずれ聞こえてくる。

「仏はもう運んでいい。それから念のためだ。この界隈の自身番に問い合わせて、仏の身元を探る手がかりになりそうな話が聞けねえか、確かめてくれるかい。もしも仏の身元が知れたら、必ず番所に知らせてくれ」

「承知いたしました」

町役人がまた神妙にかえし、渋井は周りを見廻して言った。

「助弥、三枝郎、いくぜ」

ついさっきまで、橋の上や土手の通りに集まっていた見物人の数は、いつの間にか、ずい分少なくなっていた。

渋井は助弥と挟箱をかついだ三枝郎を従え、業平橋を東側へ渡り、横川の東通りを北の向島のほうへ折れた。

すぐに、横川の東通りから十間堀と源森川を隔てる暗渠の土手道をいき、小梅瓦町と曳舟川に沿った一条の道に出た。

小梅瓦町側にこのあたりの名物・梅飯を食わせる茶店が数軒並び、茅葺屋根に煙をのぼらせていた。小梅村をすぎた請地村には秋葉神社があって、秋葉神社の参詣客目あての茶店だった。

野の遠い果ての森の木々が、所どころ色づいていた。

まだ午前の明るい日射しを浴びて、晩秋の肌寒さはもうなかった。

「いい天気だな。ここら辺にくるのは久しぶりだぜ。助弥、三枝郎、おめえらもいい気持ちだろう」

青空を見あげて渋井は言った。

「へい、旦那。いい気持ちですね。けど、このまま用水に沿っていったら、四ツ木の曳舟の乗り場ですぜ。曳舟で亀有村までいくんですか」

助弥が前をいく渋井に、おどけて言った。

「どうするかな。歩きながら考える」

渋井は心地よさそうに黒羽織の背中をゆらした。のどかに歩みながら、

ふふん……

と、こぼれるように笑った。

　助弥と中間の三枝郎は、渋井につられてか、楽しくてならなくなった。


　ところが、その日の夕暮れ六ツ（午後六時頃）前、渋井が呉服橋の北町奉行所に戻ると、下番がすぐにきて、

「栗塚さまが至急お呼びです。御用部屋でお待ちです」

と、渋井に伝えた。

　栗塚さまとは、奉行側衆の目安方・栗塚康之である。

「あいよ」

と、渋井は表門わきの同心詰所から、表玄関ではなく、内玄関へ廻って御用部屋へ向かった。

　御用部屋は奉行の執務部屋で、奉行直属の十人の手附同心も詰めている。

　御用部屋の西側奥に奉行の御座があって、御座の背後の壁に朱塗りの三間槍がいかめしく架けてある。

　目安方の栗塚康之と公用人の三宅左馬之助が、奉行の執務机の手前に着座して、ぼそぼそとした様子の遣りとりを交わしていた。

公用人も目安方と同じく、奉行側衆の内与力（うちよりき）である。

渋井が御用部屋にいくと、栗塚と三宅は遣りとりを止め、渋井を冷やかな目で見つめた。行灯（あんどん）が明々と灯（とも）り、手附同心は机に向かい粛々（しゅくしゅく）と執務中だった。

ただし、奉行の姿はすでになかった。

渋井は、栗塚と三宅の三間（約五・四メートル）ほど手前に着座した。

「お呼びにより、参りました。御用をおうかがいいたします」

「今、見廻りの戻りか」

目安方の栗塚が言った。

「へい。ただ今、戻って参りました」

「今日は定廻りの見廻りでは、なかったのだな」

「さようです。今朝方、本所横川の業平橋に亡骸が一体引っかかっていると届けがありまして、その検視を行い、それから、亡骸の身元調べと事情を探っておりました」

「亡骸は、土左衛門ではないらしいな」

「土左衛門ではございません。何ヵ所も斬り疵を受け、首筋から胸の下まで浴びた袈裟懸が致命傷と思われます」

「その一件についてだが、渋井、近くへ」

栗塚が尺扇(しゃくおうぎ)で前にくるように指示した。

「もうみな知っておるとは言え、大きな声では言いにくい」

渋井は膝を進め、上目遣いに栗塚を見た。

「申すまでもなく、御奉行さまはご存じのことだ。あのな、業平橋の一件の探索はとりやめだ。手を引け。われら町方は手出し無用と相なった」

「はあ？　そいつは一体、どういうわけで」

「子細はわれらも承知しておらぬ。本日、城中にて御目付役筆頭(ひっとう)の片岡信正どのより、御奉行さまに窃(ひそか)に申し入れがあったそうだ。御奉行さまは、町方は手を引くべし、それ以上のことは言えぬと仰(おっしゃ)っておられた。業平橋の亡骸も、おぬしの検視が終ったすぐあとに、御目付の手の者が引きあげたらしい」

「ほう。わけは言えぬ。ともかく町方は手を引け。とでございますか」

「そういうことだ。御目付役がそのようなことを申し入れるとは、隠密(おんみつ)が働いておる一件かもしれん。何やらきな臭い」

栗塚が、尺扇で掌を鳴らしながら言った。

するってえと、裏稼業で稼ぐ連中の仲間割れとか、もめ事、いざこざ、ごたごたの末の斬り合いってえのは、見当違いってわけか。

と思ったとき、渋井の脳裡を、ふと、ある記憶がかすめた。片岡信正の名前は聞いた覚えがあった。

確か、市兵衛のお旗本の兄上さまが、そんなお名前じゃあなかったかなと記憶が甦り、渋井はわれ知らず、嗚呼、と声をあげていた。

三

三日がすぎた。

秋はいっそう深まり、朝や夕べに冬の寒さが次第に兆していた。

神田永富町に、青物市場の土もの店がある。

その永富町の往来から東の新石町のほうへ小路を折れ、十数間先の木戸を北へくぐった路地が安左衛門店であった。

安左衛門店は、路地を挟んで二階家の五軒長屋と三間長屋が向き合い、木戸わきの西側に家主の安左衛門の一軒家、井戸と稲荷の祠のある明地、三間長屋、路地の東側が五軒長屋だった。

路地の北止まりに藍染川が流れ、西側の川端にごみ溜めと厠がある。

その朝、東側の五軒長屋の木戸から三軒目。引違いの腰高障子の表戸を入って三畳の寄付き、同じ三畳の台所と勝手を通った奥の四畳半に、濃い鼠色の二重の羽織を着けた富山小左衛門と唐木市兵衛が対座していた。

富山小左衛門は、武州川越藩の名門・村山家に長年仕えてきた老侍である。

当主の村山永正は非業の死を遂げ、村山家が改易の命を受けたあと、永正の一女の早菜は、江戸の本両替商《近江屋》の庇護を受ける身となった。

そのとき、永正に仕えてきた小左衛門は、永正の一女早菜に仕えることが最後の奉公と決め、ともに江戸へと出府したのである。

新両替町二丁目に大店を構える本両替商近江屋の主人・隆明と隆明の母親の季枝は、二十五年前、村山永正より言葉につくせぬ恩をこうむった。

その恩に報いるため、隆明と季枝は早菜を庇護し、いずれは江戸の名家、あるいは諸大名家の名門の家に嫁がせたいと考えていた。

市兵衛と小左衛門が対座している四畳半は、掃き出しの腰障子の外に濡縁があって、濡縁から手を伸ばせば届くほどの板塀ぎわに、あかざが野の草らしく粘り強くまだ葉っぱを生やしていた。

だが、朝晩はだいぶ肌寒くなって、掃き出しの腰障子は閉じてある。その腰障子に、濡縁と小庭を隔てた隣家の屋根の影と朝の青みがかった光が、くっきりとした模様を落としていた。

小路を通る笊売りの声が、聞こえてきた。

市兵衛が茶を淹れた茶托の碗が、小左衛門と市兵衛の膝の前に、さり気なくおかれていて、小左衛門は茶を一服して話を続けた。

「……よって、このたびついに、早菜さまと岩倉家との縁談がまとまり、年が明けた春のよき日に、早菜さまが嫁入りなさることが決まったのでござる。ともかく岩倉家は、四千石の御書院番頭にも就けるお家柄。近江屋の隆明さまも季枝さまもなのめならず歓ばれ、近江屋さんから嫁がれるのですから、婚礼の支度も、近江屋さんの威信にかけて調えていただけるそうで、いやはや、まことにめでたく、それがし安堵いたしました」

小左衛門は、まるで孫娘を嫁がせる爺さまのような笑みを絶やさなかった。

「とうとう決まりましたか。おめでとうございます。早菜さまなら、名門の岩倉家に相応しい。さぞかし、よき奥方さまになられるでしょう。近江屋さんも、早菜さまの岩倉家嫁入りが決まって、安堵なさっておられるのに違いありません。

きらびやかな婚礼の支度が、目に見えるようです」

　市兵衛は歓びを伝えた。

「いかにも、いかにもでござる。それがしも、旦那さまがご存命であったならいかにお喜びかと、それを思うと無念でならず、早菜さまがお幸せになられたお姿をしかと見届け、早々に旦那さまのお側へ旅だち、この歓びをご報告いたさねばと思っておるのでござる」

「それは、ずっとあとにしても、よろしいのではありませんか」

「さようですかな。旦那さまは今少しあとにしても、許してくださいますかな」

「村山永正さまなら、小左衛門、ゆっくりでよい、早菜の力になってやってくれと、仰るでしょう」

「それがしでは、早菜さまのお力になるのではなく、遠からず、おいぼれの荷物になるだけですがな」

　小左衛門が、障子戸を顫わせるほどの大声で笑った。

　市兵衛は、いえいえそんなことは、と手を左右にふって苦笑した。

「いや、これは冗談ではありません。早菜さまのご婚礼が済み、落ち着かれましたなら、それがしは武州へ戻ります。前もちらと申しましたが、武州の松山に縁者がおり、その者の世話になるつもりです。武家奉公の刀は仕舞い、身体が動く間は縁者の畑仕事を手伝い、あとは静かに……と考えております」

「早菜さまはきっと、寂しがられるでしょう」

「そうですな。小さい可愛らしいお嬢さまの早菜さまが、小左衛門小左衛門、と呼ばれる声が今でも耳に残っております。それがしにとっては、あれがもっともよき日々でした。しかし、ときはすぎ去りました」

小左衛門はすぎたときを懐かしみ、ふむふむ、と頷いた。

「おお、そうでした。肝心のご用を伝えねばなりません。近江屋の季枝さまが、早菜さまのご婚礼が決まり、早菜さまの江戸出府にお力添えをいただいた唐木どのと《宰領屋》の矢藤太どのをお招きいたし、内々の者にて祝いの宴を開いて、このめでたさを寿ぎたいと、申しておられるのです。数日中に改めて日をお知らせいたしますゆえ、その折りは唐木どの矢藤太どののうちそろうて、ぜひ近江屋へお越し願いたいとの伝言でござる」

「早菜さまの祝いの宴です。矢藤太にも伝え、是非とも、近江屋さんへうかがわせていただきます」

「そうそう、祝いの宴には、正田昌常どのも見えられますぞ。正田どのは唐木どのに、江戸見坂下に拝領屋敷がござる五千石の旗本・広川家との養子縁組の話を、熱心に持ちかけておられるそうですな。季枝さまによりますと、正田どのは唐木どのの話を相手方の広川家に、唐木どのの涼しげながら、きりりとした端整な人品卑しからぬ容姿、名門の旗本の一門にもかかわらず、思うところがあって、なんとまだ若衆の十三歳にして旗本の家を出られ、ただひとり上方へ旅だち、南都興福寺にて学問と剣の修行を積まれ、などと唐木どのの若き日々の事情や、今はお旗本の兄上に頼れば出世の道は開けるにもかかわらず、市井の人士として身をたてておられる苦労人でもあると伝えたところ、そういう人物ならば一度お会いしたいと、広川家のほうも乗り気を見せられているとか。宴の当日は、正田どのは間違いなく、唐木どのにその話をなさるでしょう。もしですぞ……」

小左衛門は、悪ふざけを腹に隠したようなにやにや笑いを見せた。

「早菜さまのご縁談がまとまった祝いの宴にて、唐木どのの婿入り話がとんとん拍子に進んだならば、これはもう間違いなく、二重の歓びにほかなりません」

いやあ、めでたいめでたい、と小左衛門は勝手にその気になって、手を鳴らしておどけた。

市兵衛は軽々と笑って、小左衛門に言った。

「そうでしたか。そうなれば、早菜さまの祝いの宴は、さぞかし盛りあがるでしょう。ですが、市井の渡り者には、五千石の旗本の婿養子の話は身分が違いすぎて、相当荷が重い。まあ、お話をうかがうだけでよろしいかと思われます」

「いや、唐木どのならば、決して、断じて決して、身分違いなどを引け目に思われることはありません。唐木どののほどの武士ならば、それがしは自信をもって、正田どのにお勧めできますぞ」

「あいや、そういうことではなく……」

と言いかけたとき、路地に足音が聞こえ、市兵衛は言葉を止めた。

早足ながら、歩みが強く感じられた。

「ご自分に自信をお持ちなされ。唐木どのはそれほどのお方です……」

小左衛門がなおも言うのを、市兵衛は、それはよいのです、というふうに手で制し、だんだん近づいてくる足音へ耳を傾けていた。

足音が店の前に止まって、来訪者の声がした。

「申し、申し、市兵衛さまはおられますか。小藤次でございます。申し、申し」

「おや。来客でござるな」

小左衛門が、四畳半の間仕切の襖へ向いた。

少々お待ちを、と市兵衛は小左衛門に断り座を立った。

三畳の寄付きに出ると、表の腰高障子に映っている小藤次の影が見えた。

小藤次は、市兵衛の兄・片岡信正の諏訪坂の屋敷に奉公する若党である。

「小藤次、入ってくれ」

障子戸ごしに声をかけた。

障子戸が引かれ、両刀を帯びた小藤次が、膝(ひざ)に手を添えて戸口から寄付きの市兵衛に辞儀を寄こした。

「どうしたのだ。兄上の用か。まずは入れ」

市兵衛はまた言った。

「お客さまでございますか」

小藤次は、狭い表土間にそろえてある小左衛門の草履(ぞうり)に気づいて言った。

「そうなのだ。急ぎの用か」

「と申しますか、旦那さまは内々に、と仰せです」

戸口の小藤次は土間に入らず、店の中の様子をうかがう目を向けた。

そこへ、小左衛門が寄付きに出てきた。

「唐木どの、それがしはこれにて失礼いたす。宴の日どりは追ってお知らせいたすゆえ、お願いしますぞ」

「承知いたしました。早菜さま、近江屋のみなさまによろしくお伝えください」

市兵衛は寄付きのあがり端に着座し、小左衛門に頭を垂れた。

「では、これにて……」

と、小左衛門は土間におり、戸口のわきへ退いた小藤次と黙礼を交わして、木戸のほうへどぶ板を鳴らした。小左衛門と井戸端の長屋のおかみさんらの、「よい天気ですな」「よいお日和で」などと、のどかな遣りとりが聞こえた。

小藤次が土間に踏み入り、表戸をそっと閉じた。

「あがってくれ」

市兵衛は言ったが、

「旦那さまは急いでおられますので、こちらにて」

と、小藤次は立ったまま市兵衛にささやいた。

「返弥陀ノ介さまが、疵を負われました。その件について、旦那さまが市兵衛さまにお会いしたいと、申しておられます。ご承知であれば、すぐにお支度を願います」

「承知した」

市兵衛はすでに座を立っていた。

「弥陀ノ介の疵の具合は……」

「わたくしは、返さまの疵の具合を存じません。ですが、旦那さまはただ、深手だとのみ申されました」

「深手と？　諏訪坂の屋敷へいくのか」

「赤坂御門外黒鍬谷の返さまの組屋敷に、旦那さまはすでにお城より向かわれておられます。そちらへ、わたくしもお供いたします」

市兵衛の胸は、激しくときめいた。


赤坂御門外黒鍬谷は、黒鍬組の組屋敷が多いが、返弥陀ノ介ら小人目付衆の組屋敷もその谷の一角にあって、土塀や板塀を往来沿いにつらねている。

谷を見おろす高台には、大名屋敷や旗本屋敷、寺院などの甍が見えた。

弥陀ノ介の屋敷は、柘植の垣根の木戸から狭い前庭を隔て、両引きの表戸を閉じ、表戸左手の縁側の腰障子も、ひっそりと閉ててある。

垣根わきの桂の木の枝に、鞍をつけたままの栗毛がつないであった。兄の信正が登城下城に使う栗毛で、轡をとる片岡家の中間が馬の顔を撫でていた。

栗毛は、気持ちがよさそうに尻尾をふって鼻息を鳴らした。その鼻息が大きく聞こえるほど、屋敷は陰鬱な静けさに包まれていた。

中間は小藤次を従えた市兵衛に気づき、「これは、市兵衛さま」と頭を垂れた。

市兵衛は中間に声をかけた。

「兄上はもうきておられるのだな」

「はい。さきほど」

小藤次が表戸の腰高障子を半間（約九〇センチ）ほど引き、「ごめん」と戸内に声をかけた。

土間と炉を切った茶の間があって、茶の間の正面の舞良戸が閉じてある。

舞良戸の奥で人の動く気配がし、戸が引かれ、弥陀ノ介の女房の青が、片腕にまだ二歳の春菜を軽々と抱えて茶の間に出てきた。

青は唐の国から人買いに買われ、長崎に流れてきた女である。長崎からさらに流れ流れて江戸にきた。そして、長い年月がたち、様々な事情があって、弥陀ノ介の女房になった。

青は男勝りに背が高く、痩身のしなやかな身体つきは変わらなかった。

だが、弥陀ノ介の女房になり去年の夏の初めに春菜を産んでから、細身でありながらも、母親らしくふっくらとしてきた。

土間に入った市兵衛と顔を合わせ、青は眼差し（まなざし）をわずかにゆるめた。美しい顔だちが、蒼（あお）ざめて曇っていた。

「市兵衛……」

青が先に呼びかけた。その目に、見る見る涙があふれた。

市兵衛は、青の様子に胸を衝（つ）かれた。

「青、さっき聞いたのだ。おまえは大丈夫か」

「あたしはいい。亭主はまだ戦っている。お頭もきている。市兵衛、あがれ。市兵衛を見たら、亭主は喜ぶ。きっと死なない」

舞良戸で間仕切した部屋に、弥陀ノ介は身を横たえていた。兄の片岡信正が、登城の黒紺の裃（かみしも）すがたのままで、弥陀ノ介の枕元にいた。市兵衛を見あげ、きたか、というふうに頷いた。

黒羽織と呼ばれる羽織を着けた三人の小人目付衆が、腰障子を閉てた部屋の一隅に控えていた。

弥陀ノ介は、額に疵を受けているらしく、額の突き出た才槌（さいづち）頭に晒（さらし）をぐるぐるに巻いて、晒の上からざんばらの黒髪が房のように垂れていた。眼窩（がんか）の底の瞼を閉じ、ごつい顎や頬骨がさらにごつく感じるほど顔がげっそりしていた。

「弥陀ノ介、市兵衛がきたぞ」

信正が弥陀ノ介をのぞきこみ、小声で言った。

春菜を抱いた青が弥陀ノ介の頭のほうに坐(すわ)って、弥陀ノ介に声をかけた。

「あんた、市兵衛がきた」

すると、深い眼窩の底の瞼が震え、弥陀ノ介の大きな目が見開かれた。恐ろしげな眼玉が彷徨(さまよ)い、枕元に着座している市兵衛を見つけ、睨(にら)みあげた。

「市兵衛……縮尻(しくじ)った」

かすれ声を絞り出した。

市兵衛は、弥陀ノ介のやつれた顔をのぞきこんだ。

「そういうこともある」

「さっき目覚めて、ここが冥土(めいど)かと思った。喉(のど)がからからに渇いて、そうではないとわかった」

「弥陀ノ介。わかった。もう話すな。疵に障(さわ)るぞ」

ふむ、と弥陀ノ介はまたうなり、眼窩の底の目を閉じた。

枕元の盆に水差しと碗があり、碗の水に白布が浸してあった。

「沢山、呑ますのよくない。少しずつ、唇を濡らすようにと、医者が言った」

　それは青が言った。

「三日、ずっと眠って、今朝目覚めた。医者が、神仏のご加護だと言った。あたしは、そうは思わない。神仏の加護は気まぐれだ。弥陀ノ介は強い。自分で生きかえった。市兵衛も、そう思わないか」

「思うとも。青の言う通りだ。弥陀ノ介は、自分で生きかえったのだ」

　青の腕の中の春菜が、白い綿のような手をのばし、弥陀ノ介の頭に巻いた晒に触れようとした。

「春菜、ととが痛いから、触ってはだめだ」

と、青が春菜の綿のような手を、指の長い大きな掌で包んだ。

するると、弥陀ノ介は目を見開き、また市兵衛を睨みあげた。何かを言いたそうに、分厚い唇を震わせた。

「弥陀ノ介、無理をするな。疵が治ってから聞く」

　それでも声を絞り出そうとする弥陀ノ介に、市兵衛は顔を近づけた。

「何が言いたい」

「市兵衛、若い者を死なせた。無念だ。お頭に従え。おれの、あとを……」

弥陀ノ介は目を閉じ、つらそうに眉をひそめた。市兵衛は、弥陀ノ介から兄の信正へ顔をあげた。

「兄上……」

信正は、弥陀ノ介へ凝(じ)っと目を落としていた。青は潤んだ目を弥陀ノ介にそそぎ、青の腕の中の春菜は、ぱっちりとした目で母親を見あげている。

閉てた腰障子を背にした三人の小人目付衆は、神妙に顔を伏せていた。

やがて、信正が沈鬱に曇った表情を市兵衛に向けた。

「市兵衛、話がある」

市兵衛は、信正に頷いた。

弥陀ノ介が続けた言葉は、声にならなかった。吐息が聞こえただけだった。それでも市兵衛は、弥陀ノ介を手伝ってやると思っていた。

四

赤坂御門をすぎると、信正は屋敷のある諏訪坂へとらず、三辺坂(さんべざか)から山王門前町の鳥居を通って、門前町の茶屋の軒をくぐった。

その茶屋は、緋毛氈を敷いた縁台が店土間に数台並んでいて、奥に障子戸のある小あがりの部屋があった。

小あがりにも、緋毛氈を敷き、格子の小窓が、生垣と小路を隔てた岸和田藩岡部家の高い土塀と小堀に向いていた。

土塀より高く、松林が午前の青空に枝を広げている。

黒羽織の三人は、小あがりに近い縁台に腰かけ、それとなく周囲を警戒し、小藤次と栗毛の轡をとる中間は、葭簀をたて廻した外で待機した。

「とき折りここを使う。亭主も心得てくれているので、安心なのだ。話によっては、わが屋敷よりここのほうが話しやすい。市兵衛は初めてだな」

信正が言った。

「はい。ですが、子供のころ、父上と山王社の参詣の戻り、ここに寄ったことがあります。甘い黄粉をまぶした餅を、いただきました。父より年配の主人がおりました。先代かと思われます」

「先々代だ。今は市兵衛より若い亭主が営んでおる。今の亭主になってから、ここを使うようになった。市兵衛、黄粉餅をいただくか」

「いただきます。子供のころと同じ味がすればいいのですが」

市兵衛の父親の片岡賢斎は、四十をすぎてから、唐木忠左衛門の一女・市枝を後添えに迎えた。市兵衛が生まれ、幼名を才蔵と名づけられた。兄の信正は、才蔵の十五歳上の、片岡家の長子である。

市枝は才蔵を産んだのち、才蔵におのれの命を託すかのように身罷り、才蔵は母親を知らずに育った。

市兵衛が片岡家を出たのは、それから歳月が流れて、父親の賢斎が亡くなった十三歳のときである。

祖父の唐木忠左衛門は、父の片岡賢斎に仕える足軽奉公の侍だった。

十三歳の才蔵は賢斎が亡きあと、思うところがあって、祖父の忠左衛門を烏帽子親として元服を果たし、唐木市兵衛と名を改めた。忠左衛門より譲り受けた両刀をまだ背の伸びきらぬ痩身に帯び、上方へひとり旅だった。

あのとき、十三歳の唐木市兵衛に道などなかった。歩まねばならぬ、という一念、それだけであった。歩めば道ができた。

弥陀ノ介の組屋敷を出ると、信正は市兵衛に「並べ」と言い、弥陀ノ介が幾筋もの刀疵と銃創を受けたのは三日前の夜だと、話し始めたのだった。

信正は騎乗せず、三人の小人目付衆、小藤次、栗毛の轡をとる中間が、少し遅れて従った。黒鍬谷、赤坂表伝馬丁とすぎ、赤坂御門へ向かった。

三日前の夜、弥陀ノ介と若い小人目付の波山達吉郎は、越後津坂藩の下谷の屋敷を出た御用達商人風体の二人連れを、川人足、あるいは中ノ郷村あたりの瓦焼の職人風体に変装し、夜の暗がりに身を晦ましつつ追った。

だが、町家から遠く離れた向島の曳舟川の、南が大畑村、北は若宮村あたりと思われる土手道まできて、一群の集団に三方より襲われ、斬り合いの末、弥陀ノ介と達吉郎は深手を負い、曳舟川に転落した。

弥陀ノ介は、背中に袈裟懸を見舞われ、脾腹を貫いた銃弾により、生死の境を彷徨った末、曳舟川が小梅村へ分かれた枝川をへて十間堀まで漂い流れ、川縁の水草の間に浮いていた。

たまたま十間堀の土手道を通りがかった者がそれを見つけ、引きあげられた。

その者の知らせにより、十間堀に駆けつけた信正が率いる小人目付衆が、瀕死の弥陀ノ介を、その夜のうちに窃に収容した。

幕府お雇いの蘭医が呼ばれ、弥陀ノ介の刀疵を縫い銃弾をとり出した。

出血がひどく、長くはあるまいと匙を投げていた。

三日目の今朝、神仏のご加護があって、弥陀ノ介は目覚めた。蘭医は驚いたものの、それでも助かるのはむずかしいと言った。

一方、達吉郎は曳舟川から本所の横川まで流され、業平橋の橋杭（はしぐい）に引っかかっている亡骸（なきがら）が見つけられたのは、翌朝であった。

「弥陀ノ介は息も絶え絶えに、事の顚末（てんまつ）を伝えたのち気を失った。事の顚末とは、すなわち、何ゆえ津坂藩鴇江家の江戸屋敷か、ということだ」

信正と市兵衛は、小あがりの部屋に差し向かい、障子戸を閉（た）てていた。小人目付衆が、茶屋の客が小あがりに近づかぬよう、それとなく周囲を制していて、部屋には信正と市兵衛のほかに人はいない。

「鴇江家にお世継ぎをめぐる争いが起こったのは、文化（ぶんか）十三年（一八一六）の春、十年ほど前のことだ」

信正は言った。

「その数年前より、越後諸藩は天候不順に悩まされ、不作が続いていた。越後諸藩の中でも、津坂藩の不作はもっともひどく、米不足により、領内の政情不安の報告が、幕府にももたらされていた。津坂城下で町民の米問屋の打ち毀（こわ）しがたびたび起こり、領内のいくつかの村々でも愁訴（しゅうそ）や強訴（ごうそ）、一揆（いっき）が頻発（ひんぱつ）していた。鴇江家は、打ち毀しや愁訴強訴、一揆に厳罰を以（もっ）て臨み、打ち毀しの首謀者、また愁訴強訴、一揆を起した村役人らを多数打首に処して鎮圧を図り、領内の政情不安を表向きはどうにか収めていた。にもかかわらず、お上のお指図を得て、幕府が両名の御庭番を津坂藩へ差し向けたのは、津坂領内の政情不安は、天候不順による米の不作が主な理由ではなく、表からは見えないある事情が御公儀に報告されていたからだ。その事情が、十年前のお世継ぎを廻る騒動の発端になったと思われる」

市兵衛は沈黙を守り、信正へ向けた目をそらさなかった。

「鴇江家の主君は、鴇江伯耆守憲実さまだ。奥方は蘭の方。蘭の方は京の烏丸にお屋敷を構える公家の朱雀家のお生まれにて、鴇江憲実さまにお輿入れになられたのは、文化九年（一八一二）の十九の御歳であった。京の朱雀家と越後津坂藩鴇江家のつながりは、朱雀家の采地が若狭の長浜にあって、長浜は大湊ではなく、敦賀や小浜と比べればあまり知られておらぬものの、北国の物資を積んだ西廻り航路の廻船が入津し、長浜より大津をへて畿内とを陸路で結ぶ拠点のひとつなのだ。むろん、長浜の廻船問屋も、畿内の物産を西廻りの廻船に積んで北国の各湊へ廻漕して、莫大な利益をあげていた」

「それでは、朱雀家と津坂藩の鴇江とは、北国の西廻り航路を通したつながりがあったのですか」

市兵衛が言うと、信正はゆっくりと首肯した。

「津坂湊の廻船問屋仲間は、代々《香住屋》が差配しており、長浜湊の廻船問屋仲間を差配しているのは、《武井》という廻船問屋だ。香住屋の先代の香住重右衛門と、六十をすぎて今も健在の武井の主人の左太次郎とは、文化九年の蘭の方お輿入れの当時はすでに、交易の相手として、深く太い結びつきがあったことは言うまでもない。当然のことながら、香住屋が差配する廻船問屋仲間は、津坂藩の財政に大きな影響力を有し、武井の差配する廻船問屋仲間は、京の朱雀家の勝手向を支えており、蘭の方の鴇江家へのお輿入れをとり仕きったのは、両問屋の陰の力が働いたことも間違いない」

「蘭の方はご正室なのですね」

「むろん、ご正室だ」

「十年前に、鴇江家にお世継ぎをめぐる争いが起こったということは、蘭の方にお世継ぎがお生まれにならなかったのですか」

「まあ、そうなる。蘭の方はお子さまをお二方ご出産になられたが、お二方とも姫君であった。そのことが、お世継ぎを廻る騒動と大いにかかわりがある。御庭番が窃に津坂領内に潜入して探ったところ、表だっては、お世継ぎを廻る騒動ではあっても、騒動の背景に、藩の政をにぎる一派と、それに異議を唱える一派との確執があった。藩の政をにぎるのは、代々江戸家老職を継ぐ津坂藩の名門一族の聖願寺豊岳、主君・鴇江憲実さまの側用人の村井三厳、年寄の小木曽勝之らを中心にした、所謂、聖願寺派だ。聖願寺派に異議を唱える一派は、年寄の戸田浅右衛門をたてた家中の若手藩士らが中心ということになる。国家老の吉風三郎次郎は、どちらか優勢なほうへつくそういう立ち位置らしい」

「しかし、主君の憲実さまが聖願寺派のにぎる政をおとりあげになっておられるのであれば、年寄の戸田浅右衛門をたてた若手藩士らが、その政に異議を唱えたことは、謀反になったのではありませんか」

「そうとは限らぬことが、事情を複雑にしておる。これも御庭番の報告によれば、主君の鴇江憲実さまは、ご本家のお血筋ではなく、先々代の弟君にあたる分家の鴇江家より本家へご養子に入られ、若くして本家を継がれた主君だ。それゆえ、聖願寺豊岳ら代々の旧臣らの意向に逆らえない、弱いお立場であった。憲実さまは、聖願寺派のにぎる政には反発しておられるご様子という見方も、御公儀には報告されていた」

信正はそこで碗をとり、茶を一服した。そして、深い吐息の間をおき、

「ならば、年寄の戸田浅右衛門をたてた若手藩士らは、聖願寺派の政に何ゆえ、あるいは如何なる異議を唱えていたのか、ということだ」

と、碗を茶托に戻した。

「十年前、御公儀が御庭番を差し向けた真の理由は、お世継ぎ騒動よりも、じつはそこにあった。藩の政をにぎっている聖願寺派の後ろ盾になっているのが、津坂城下の廻船問屋仲間を率いる先代の香住重右衛門だった。香住屋が差配する廻船問屋仲間の大きな財力によって、藩の台所勘定は表向き、安定しているかに見えていた。だが、実情は、藩の政が香住屋の率いる廻船問屋仲間に便宜を図る政策のみを優先し、そのしわ寄せを受ける領民の不平不満が領内に蔓延していた。つまりだ、お世継ぎを廻る騒動が起こる数年前より、越後諸藩が天候不順に悩まされ不作が続き、中でも津坂藩の不作はもっともひどく、米不足により米問屋打ち毀しや、村々に愁訴強訴、一揆が頻発したというのは表向きの理由にすぎない。実情は、聖願寺派らの政が、天候不順により米が不作にもかかわらず、香住屋らの要請に応じて交易用に大量に米の積み出しを許し、また、村々への年貢の苛斂を極めた結果、米の不作と相まって、領内がひどい米不足に陥っていた。そ

れがために、町民の米問屋打ち毀しや、村々の愁訴強訴、一揆を誘発したと見るべきなのだ」

「では、米問屋の打ち毀しや村々の愁訴強訴、一揆に厳罰を以て臨んだのは、香住屋らの要請に応える藩の方針だった、とも言えるのですね」

「その通りだ。当然のごとく、若い藩士らを中心に聖願寺派が香住屋ら廻船問屋仲間と結び、藩の政をにぎる体制に異議を唱える声が次第に大きくなっていた。分家から主君の座に就かれた憲実さまは、藩の政を改革するご意向だという噂が藩士の間で流れ始めたのもそのころらしい。聖願寺派とそれに対する一派の確執が表沙汰になったきっかけが、お世継ぎを廻る騒動だ」

「あっ」

市兵衛が膝を打った。

「憲実さまのご側室に、男子がお生まれになったのですね」

「江戸屋敷にお暮らしの蘭の方は、お二方の姫君をご出産なされたが、お世継ぎとなる男子は生まれなかった。御庭番の報告によれば、江戸家老の聖願寺豊岳は、蘭の方のご実家の朱雀家につながる男子を、蘭の方の姫君の婿に迎え、ゆくゆくは、君主にたてることを目論んでいたらしい。なんとなれば、憲実さまが政情不安を収めるため、藩の改革を自ら進めるご意向であることは、おそらく聖願寺派らも承知し、そのような事態になる前に、憲実さまのご退位の手だてを画策していたと思われる。そこに、十年前の文化十三年の正月、憲実さまのご側室の阿木の方が、男子をご出産になられた事態により、情勢が一変したのだ。このまま蘭の方が男児をご出産にならなければ、阿木の方のご出産なされた男子が、当然、鴇江家の家督を継ぐことになる。聖願寺豊岳の目論見は、間違いなくほころびを見せるのは必定。聖願寺派のにぎる政に異議を唱える若手藩士らを中心にした一派は、年寄の戸田浅右衛門を押したて、お世継ぎがお生まれになった今こそ、廻船問屋仲間を率いる香住重右衛門らと結んだ聖願寺派を一掃し、憲実さまが自ら政を執り津坂藩を改革すべきだと、聖願寺派との対立を深めていった。ところが、いつ騒動が起こってもおかしくないほど深まっていた両派の対立は、わずか二月で、あっさりと決着がついた」

信正は淡々とした口ぶりで言った。

「若君ご出産から二月がたった三月半ばごろ、峠伸六という殿中の警固にあたる番衆が、阿木の方と若君を殿中にて襲う事件が起こった。峠伸六は、阿木の方と若君の母子ともども斬殺に及んだのちに逃亡し、行方を晦ました。阿木の方の生まれは、峠仲六と同じ下級の番衆の家だったが、その容姿は幼いころより評判だった。評判の容姿の噂が広まり、十八歳のとき殿中に召され、阿木の方として憲実さまの側室に入られ、一年後の文化十三年の正月に若君をご出産になられた。無残にも、峠仲六の凶行はその二月後に起こり、阿木の方も若君もお命を奪われた。のちに、峠仲六が言っていたのを聞いたという者が話したところによれば、阿木の方は峠仲六の許嫁で妻に迎える約束を交わしていたのに、主君の側室に召され、夫婦になる約束を反古にした。峠仲六はそれを恨みに思い、凶行に及んだのではないか、という話だった。だが、そんな話を真に受ける者などいなかった。峠仲六と阿木の方は、夫婦になる約束を交わしてなどいなかった。峠仲六は聖願寺派の差金により阿木の方と若君のお命を奪った。それが証拠に、峠仲六は凶行に及んだあと殿中より易々と逃走を図って行方を晦まし、峠の家は仲六の弟が家督を継いで、そのまま存続しておるそうだ。ただし、聖願寺派の差金を明かす証拠もなく、一件は峠仲六の私怨と見なされたが」

「憲実さまは、それをご存じだったのですか」

「ご存じだったろうが、廻船問屋仲間の財力を後ろ盾にし、その利権の恩恵を受けておる旧臣らを束ねる聖願寺派に、対抗しうる手だてがなかった。聖願寺派と対立を深めていた若手藩士の一派も、唯一の望みのお世継ぎの若君を失い、一気に勢いが衰え、聖願寺派に圧倒されてしまった。十年前の津坂藩のお世継ぎを廻る騒動は、たち消えるかのように収まったというわけだ」

「兄上、二つうかがいます。ひとつは、お世継ぎを廻る騒動が起こったとき、蘭の方はどのようなお立場だったのですか」

信正はその問いにも、ふむ、と頷いた。

「さきほど言ったが、そもそも、朱雀家の蘭の方が鴇江家へお輿入れになったのは、津坂湊の廻船問屋・香住重右衛門と、朱雀家・采地の長浜湊の廻船問屋・武井左太次郎の莫大な財力が、両家を結ぶ後ろ盾になったことは間違いない。すなわち、香住屋と武井の思惑が働いて、蘭の方は鴇江家に嫁がれた。となれば当然、蘭の方のお立場は両商人の意向に添ったものにならざるを得まい。江戸屋敷にお住まいの蘭の方は、領国で起こった阿木の方とお世継ぎの若君が峠伸六に命を奪われた一件を、お気に留めることはなかったであろう。江戸家老の聖願寺豊岳が目論んだ、蘭の方の姫君が朱雀家の一族の方を婿養子に迎え、その方が鴇江家の家督を継いで君主に就かれることは、蘭の方にとって、京のご実家の朱雀家にとっても、損になる成りゆきではないであろうからな」

「いまひとつ。十年前、御公儀の差し向けた御庭番の報告に基づき、御公儀は鴇江家に対して、騒動の顚末を質されたとか、もしくは、表だってではなくとも、聖願寺派とそれに対する一派との対立の実情を明らかにするための、何らかの行動を起こされたのでしょうか」

「幕府は、諸藩の家中において、謀反反乱騒動などの事態は座視せぬ。そのために御庭番が津坂藩へ差し向けられた。しかし、それが収束しておる限りは、なるべくたち入らぬという姿勢だ。ましてや、津坂藩は譜代の大名家だ。津坂藩のお世継ぎを廻る騒動が、どういう成りゆきであったとしても、一応の落着を見た事態を受け入れ、それ以上の関与はしなかった。ただし、鴇江家への注視は怠らなかったが……十年がたった今、弥陀ノ介が瀕死の深手を負い、配下の達吉郎が命を落とす事態が起こってしまった。真に無念だ。今にして思えば、あのときもう少し調べておれば、違っていたのかもな」

と、信正は表情を曇らせた。

「兄上、わたしに何ができるのか、お指図をお聞かせください」

「その前に、まだ黄粉餅をいただいていなかった。それをいただこう。それから茶はもうよい。市兵衛、酒を少し呑もう。呑みながら話す」

信正は、物憂さを払うように話をそらした。

茶屋の店土間は、昼の刻限に近づき、山王社の参詣客で賑わっていた。格子の小窓を閉じた障子戸に雀の影がしきりによぎり、鳴き声が聞こえていた。

五

あの晩春の、ようやく雪も消えた三国峠を、乳呑児を抱えたひと組の若い武家の夫婦が、従う供もなく、越後より上州へと越えてから足かけ十年をへた文政八年（一八二五）の秋の初め、下谷御徒町の津坂藩邸において、その事件は起きた。

京の烏丸、朱雀家の遠縁にあたる大友家の二男・松之丞重和は、十年前の秋、津坂藩主・鴇江憲実と正室・蘭の方の間に生まれた真木姫の、養子婿として鴇江家に迎えられ、鴇江憲実の世継ぎと幕府にも届けが出されていた。

江戸家老・聖願寺豊岳、側用人・村井三厳、年寄・小木曽勝之のほか、鴇江家代々の旧臣ら一同が、「阿木の方と若君を同時に失ったこのたびのごとき不慮の事態に備え、お世継ぎを定めておくべきでござる」と強硬に進言し、主君の憲実はそれに従ったのだった。

一同の進言には、こののち憲実に若君が授かれば、蘭の方の下にてお育てし、松之丞のあとを継ぐものとする、という順位についても添えられていた。

文化十三年の秋、松之丞重和と真木姫の挙式が江戸下谷の津坂藩邸において盛大にとり行われたとき、松之丞は九歳、真木姫は三歳であった。

むろん、国元の津坂の香住重右衛門率いる廻船問屋仲間より、また朱雀家の采地・長浜湊の武井左太次郎率いる廻船問屋仲間からも、豪勢な祝いの品々が届けられたのは言うまでもない。

それから足かけ十年の歳月が廻り、鴇江松之丞は十三歳で元服してはや十八歳となり、真木の方は十二歳の幼さは残るものの、初々(ういうい)しい奥方に成長していた。

松之丞も真木の方も、国元の津坂を見たこともなかった。

二人は江戸藩邸において、鴇江家の世継ぎとその奥方という雛壇(ひなだん)に飾られた人形のような役割を、求められるままに演じてきた。

しかし、松之丞の内心は飾り物の人形ではなかった。

松之丞は、子供のころより、ひどく癇性(かんしょう)な気質であった。また気まぐれな性格でもあり、機嫌の悪い日はひどい癇癪(かんしゃく)を起こし、つき従う小姓衆を激しく罵(ば)

倒し、ときには手を出すこともしばしばあった。

聖願寺豊岳は、松之丞の癇性な気質や、粗暴なふる舞いの報告を受け、気に入らなかったものの、十八の若蔵だ、今は好きにさせておけ、それぐらいのほうがかえって扱い易い、と松之丞をたしなめなかった。

秋の初め、江戸市中に夏風邪が流行って多くの病人や死人が出ていたころ、気がふさぐので出かけることにした松之丞を、小姓衆の桐沢兵之助が、今はこういう折りゆえお控えなされますように、と止めた。

松之丞は癇癪を起こし、うるさい、余計なことを申すな、と兵之助に怒声を浴びせ、出かけることを止めなかった。

兵之助はそれでも松之丞を気遣い、せめて医師の勧めております晒の布で口と鼻を蔽って出かけられますように、と差し出した。

その途端、松之丞はわれを失ったかのように激昂し、兵之助を足蹴にして縁廊下より中庭へ突き落とした。

しかも、突き落としただけでは癇癪が治まらず、自ら庭へ飛び降り、庭に畏まった兵之助へ、怒声と殴る蹴るの暴行を浴びせたのだった。

周りの小姓衆は松之丞にすがって宥めたが、それがかえって癇癪にいっそう火をつけ、松之丞は奇声を発し、ひたすら畏まり暴行に耐えている兵之助を嬲(なぶ)り殺しにしかねないほどの錯乱状態に陥った。

兵之助の唇がきれ、鼻血を出し、髷(まげ)の元結(もとゆい)が解(ほど)けてざんばらになった。

桐沢家は、代々鴇江家の小姓衆を勤める家柄だった。

兵之助は日ごろより忠勤を励み、侍としての気位も高かった。しかし、

「兵之助どの、お逃げなされ」

と、松之丞を宥めながら小姓衆のひとりが叫んだとき、それまで凝(じ)っとうずくまり、殴る蹴るに耐えていた兵之助が、血と庭の土にまみれた形相(ぎょうそう)をあげ、松之丞を怒りをこめて睨(にら)みあげた。

松之丞は兵之助の凄(すさ)まじい怒りの形相に、束(つか)の間、呆然とし、錯乱状態からわれにかえった。

「おのれ、武士を愚弄(ぐろう)するか」

兵之助は血の混じった唾(つば)を散らし、必死に立ちあがり様、腰の小刀(しょうとう)を抜き打ちに松之丞を斬りあげ、かえす刀で顔面へ斬り落とした。

松之丞は周りの小姓衆へ血飛沫(ちしぶき)を散らして、仰(あお)のけに転倒した。

一方の兵之助は、そのまま跪(ひざまず)くと、間髪(かんはつ)を容(い)れず、小刀の刃(やいば)を自らの首筋へ

あて、無念の絶叫とともに引き斬ったのだった。

兵之助の首筋からも血飛沫が噴き、俯せに倒れた周囲に見る見る鮮血が広がっていった。傍輩の小姓衆も、騒ぎを聞きつけ駆けつけた侍衆も為す術のない、ほんのわずかの間に起こった刃傷沙汰であった。

邸内は大騒ぎに包まれた。

血の海の中に倒れた松之丞は、座敷に運ばれたときはすでに虫の息だった。医師の血止めの手当の甲斐もなく、四半刻（約三〇分）後、十八年の生涯を閉じた。

自害して果てた兵之助の亡骸は、筵をかぶせただけで、血で汚れた庭にしばらく放っておかれた。まだ残暑の季節で、蝿が羽音をたてて集っていた。

江戸家老の聖願寺豊岳は、そのとき、屋敷内に構えた門つきの住居にいた。

知らせを聞き慌てて駆けつけたが、あまりにも凄惨な、しかも、とりかえしのつかない事態に言葉を失った。

本家の奥方より、ひどくとり乱した蘭の方の絶叫と、周りにあたり散らすきりきりとした悲鳴が、聖願寺豊岳の動揺をかきたてた。

聖願寺は小姓衆より詳細を聞くと、怒りに任せて命じた。

「桐沢の亡骸を野に打ち捨て、野犬に食わせてしまえ」

だが、傍輩の小姓衆はそうはしなかった。

桐沢兵之助の理不尽な死を憐れんで、亡骸を窃に荼毘に付して埋葬し、事の次第を認めた手紙を津坂の桐沢家に送った。

やがて、落ち着きを取り戻した聖願寺は、屋敷内のすべての者に、この事態を屋敷の外に漏らしてはならぬ、漏らした者は死罪に処する、と厳重に口止めを命じた。

そのうえで、事件のあったその日のうちに、幕府には、鴇江家世継ぎの鴇江松之丞重和の、病による急死の届けを改めて出した。

また同じくその日のうちに、松之丞斬殺の事件を知らせる江戸家老・聖願寺豊岳の書状を携えた使いの早馬を、津坂へ送った。使いは、丸二日半をかけ津坂城下に着くと、側用人の村井三厳を通して、書状を主君・憲実に届けた。

聖願寺豊岳の書状が届いたその夜、城中黒書院において、主君・鴇江憲実臨席の下、側用人・村井三厳、国家老・吉風三郎次郎、年寄役の小木曽勝之、戸田浅右衛門とほか三名の重役らがそろい、内々の合議が持たれた。

聖願寺豊岳の書状には、世継ぎの松之丞が急死した事情に続き、「お世継ぎさまご不在は御公儀の手前猶予ならざる由々しき事態と存じ奉り候」とあり、至急、世継ぎに誰をたてるかを決め、江戸屋敷にて松之丞の満中陰（四十九日）の法要が済み次第、幕府に届けられるようとり計らうべき旨の建言がなされていた。

十年前、松之丞重和を正室・蘭の方の産んだ真木姫の婿養子に迎え、主君・憲実の世継ぎにたてるさい、憲実に男子が授かった場合は、松之丞の次の世継ぎにという順位を決めてあった。

だが、憲実に男子は生まれていなかった。

聖願寺は、十年がたって再び同じ理由を持ち出し、このたびは正室の蘭の方が産んだ下の沙紀姫に世継ぎとなる婿養子を迎えることにし、その相手はやはり朱雀家一門につながる二名の男子の名が、どちらかを、とすでに記されていた。

その夜の、主君・憲実臨席の下に持たれた内々の合議は、小木曽勝之と三名の年寄、憲実の側用人・村井三厳の聖願寺派に対し、聖願寺派に対立する年寄の戸田浅右衛門はひとりであった。

六十をすぎていた長老の国家老・吉風三郎次郎は、大勢のほうへ同調する立場は十年前と変わらなかった。

聖願寺派の重臣たちは、江戸家老・聖願寺豊岳の書状にある、沙紀姫に婿養子を迎え、鴇江家の世継ぎにたてる案に、松之丞重和さま落命となってはいたし方なし、と賛同を示した。

その案に賛同しかねるとする戸田浅右衛門の主張は、たちまち退けられた。

聖願寺派は、津坂湊の廻船問屋仲間を率いる香住屋の、先代の重右衛門亡きあとを継いだ善四郎（ぜんしろう）が後ろ盾についた財力に支えられ、十年をへた今なお大きな勢力を保っていた。

一方の若手藩士らの押した戸田浅右衛門は、すでに五十代の半ばだった。

浅右衛門らの聖願寺派に対立する一派は、十年前の阿木の方と和子（わこ）が命を奪われた事件以来、急速に勢力が衰え、また聖願寺派の厳しい締めつけを受け、勢力を盛りかえせないまま、空（むな）しく歳月がすぎ去っていた。

その夜の内々の合議も、長くはかからずに終ろうとしていた。

世継ぎを決めるほどの重要な合議であろうと、表向きは主君・憲実の裁可を仰ぎつつ、実情は江戸家老の聖願寺豊岳の意向によって裁可は左右された。

国家老・吉風三郎次郎はそれを承知しており、それぞれの意見がひと通り出たころ合いを見計らって、いつも通り言った。

「では、衆議一決したということで、一同、異存はござらんな」

戸田浅右衛門をのぞいて、異存なし、と一様に頷いた。

吉風三郎次郎は、黒書院上段の主君・憲実に向き、頭を垂れた。

「上様、かようなことに相決まりましたゆえ、ご裁可を願い奉ります」

と、そこだけは恭しく言った。そのとき、

「沙紀姫に婿を迎える儀は、しばし待て。沙紀姫はまだ幼い。急がずともよい。世継ぎについては、余に考えがある」

と、主君・憲実が言ったのである。

側用人の村井三厳、小木曽勝之とほかの三人の年寄衆は、えっ、と驚いた。家老の吉風三郎次郎は、その意外さに唖然として目を瞬かせ、戸田浅右衛門だけは、むっつりとした不機嫌面を変えなかった。

これまで重役一同の記憶にある限り、合議の場に臨席した主君・憲実は、聖願寺派の示した事案に異議をいっさい差し挟まなかった。家中に後ろ盾のない憲実は、家臣団の主流である聖願寺派の、これまでは言いなりだった。

このたびもそうなるはずだった。

「あいや、上様。聖願寺どのは、このままお世継ぎが決まらぬままでは、国の基が定まらず、御公儀に対してもわが鴇江家の体面に差し障りがあるゆえ、急いでおられます。何とぞご裁可をお願い申しあげます」

　側用人の村井三厳が膝を進めて言ったが、憲実は戸惑いを浮かべながらも、

「わかっておる。だがまだよい。しばし待て」

と、村井から顔をそむけた。

「それでは上様のお考えとは、いかなるものか、お聞かせ願います」

小木曽勝之が、食いさがった。

しかし、憲実はそれには応えず上段の座を立ち、羽織をひるがえした。

憲実が黒書院より姿を消し、行灯（あんどん）が四周に灯（とも）されているものの、残された一同の周りは急に薄暗く感じられ出した。誰もが言葉を失い、家老の吉風三郎次郎のかすれた咳（せき）払いが聞こえただけだった。

　それから、世継ぎについての内々の合議は開かれなかった。

　江戸表の聖願寺と国元の村井三厳や小木曽勝之、のみならず、香住善四郎との間でも書簡が交わされ、寄合なども持たれ、村井や小木曽らが、憲実に合議を開くよう再三申し入れたものの、憲実はとり合わなかった。

　そうして、秋の半ばになって残暑がやわらいで秋めいてきたころ、津坂城下に

ある噂が流れ始めた。それは、津坂藩の主君・憲実の子が見つかり、正統なる世継ぎとして幕府へ届けが出されるらしい、という噂だった。

津坂城下では、その噂が流れるだいぶ以前から、ご領主・鴇江家の世継ぎと決まっていた鴇江松之丞重和が、江戸藩邸において小姓衆・桐沢兵之助の刃傷に遭い落命した噂は、すでに聞こえてはいた。

そこへ新たに広まった噂の中には、世継ぎを産んだ側室は阿木の方で、阿木の方とともに十年前にお命を奪われた和子さまが、じつは存命であり、十年の間ずっと身を隠していたのが、十年前の怨みをはらすために名乗り出たという、怨霊話めいた噂もまことしやかにささやかれた。

噂が嘘か真か定かではなかった。だが噂とは別に、噂が広まり始めたころから、城下では藩士同士の喧嘩やもめ事が頻繁に起こり、また捕物騒ぎなどもしばしば見られるようになっていた。

六

「幕府の御庭番が津坂領へ差し向けられたのは、お世継ぎと届けが出されていた鴇江松之丞重和さまが、藩邸において小姓衆の桐沢兵之助の刃傷に遭った一件がわかってからだ。聖願寺豊岳がいかに厳しく口止めを命じても、勤番の家臣団だけでも足軽を入れて百数十名、家臣の家族、奥女中、中間小者下男下女などの使用人、日々通う御用聞、侍衆の数倍もの者らが暮らし、出入りしておる。あれほどの騒ぎが、屋敷の外に聞こえぬはずはないのだ。あの日の夕刻には、津坂藩邸で起こった異変の知らせは、幕府に届いていた」

　信正はふっとゆるめた口元へ、ぬるい燗酒の盃を運んだ。

「あの一件は、読売でも売り出されました。越後のさるお大名の江戸屋敷で、主の不興を買い、罵声を浴びせられた家臣が主に遺恨を抱き、刃傷におよんだと、読んだ覚えがあります。この秋の初めは、まだ夏の流行風邪が収まっておらず、どの読売も流行風邪を妖怪変化に見たて、どの町は死人が何人出たとか、どこそこの祈禱が流行風邪に効くとか、そんな筋だてばかりでしたので、津坂藩邸の刃傷沙汰は、あまり評判にならなかったようですが……」

　市兵衛もぬる燗の盃を舐めた。

「その読売は、馬喰町の《吉田屋》だ。弥陀ノ介にどこで聞きつけた話かと、調べにいかせた。吉田屋の読売によれば、御用聞の業者ばかりか、案外に勤番の侍衆もおれから聞いたとは言うなよと念を押しながら、斯く斯く云々と、聞き出すのはむずかしくなかったらしい。侍衆の話は大旨、刃傷沙汰を起こしその場で自害して果てた家臣に同情し、斬られた主に対しては、いつかはそういうことが起こるのではないかと思っていたと、案外に冷淡だったそうだ」

二人の前には、はぜを糸つくりにした刺身の小鉢におろし醤油の小皿を添え、蕪と茄子の麹漬けの碗を並べた膳、ぬる目の燗の二合徳利と盃の盆、それに黄粉餅の皿も並んでいた。

はや午の刻（午前一一時～午後一時）を廻って、茶店の店土間の賑わいは落ち着いていた。

晩秋の午後の光が、格子窓に閉てた障子戸の隙間から小あがりの畳へ、ひと筋の模様のように射していた。

市兵衛は六つか七つのころ、父親の賢斎とともに山王社へ参り、その戻りにこの茶店の縁台にかけて頬張った黄粉餅を、遠い記憶を探るように味わった。

甘い黄粉と焼餅の香ばしさに、ぬる目の燗酒が合った。

父親の賢斎も、この黄粉餅を肴に酒を呑んだのだろうかと思った。

「どうした、市兵衛」

信正が市兵衛の物思いに気づいて言った。

「黄粉餅の甘味が、案外酒に合います。以前、弥陀ノ介とかりんとうを肴に酒を呑んだことがあります。甘味が酒の肴になることは、京にいたころ知りました。黄粉餅もいけます」

「われらが父上は、少しは酒も呑まれたが、酒よりも甘い物を好まれた。市兵衛とこの茶店に寄り、黄粉餅を肴に酒を呑まれたかもしれんな」

市兵衛と信正は、しばし、すぎたときを偲ぶ沈黙の間をおいた。

やがて、信正は二人の間の沈黙を開いた。

「幕府は、鴇江家お世継ぎの松之丞重和さまが斬殺された知らせを受け、すぐに津坂領へ御庭番を差し向けた。十年前に起こったお世継ぎを廻る騒動が、それをきっかけにして再燃するかもしれぬゆえ、念のため調べておくべきだと、御老中方が判断なされ、お上もご了承なされた」

信正は盃をあおり、自ら徳利を傾けながら続けた。

「主君の憲実さまが、聖願寺豊岳の推していた、新たにお世継ぎをたてる目論見を、しばし待て、と止め、それからお世継ぎをどなたにするかの合議が開かれぬままになっている事態は、御庭番の報告でわかったのだ。また、憲実さまにはお世継ぎの男子がおられ、それがために聖願寺豊岳の目論見を退けられたとか、十年前に側室の阿木の方とともに命を奪われた若君さまが、じつはご存命にて、その若君が名乗り出てきたという、怨霊話じみた噂も城下に流れておると、それも報告にあった。まだある……」

市兵衛は黙然と頷いた。

「今、津坂領内に十年前のような米問屋打ち毀しや、村々の一揆などは起こっておらぬものの、憲実さまが、沙紀姫に急いで婿養子を迎え、婿養子をお世継ぎに擁立する聖願寺豊岳の目論見に待ったをかけられたことによって、十年前、聖願寺と対立していた戸田浅右衛門の一派の藩士らに、不穏な動きが見られ始めているらしい。聖願寺派の勢いは、廻船問屋仲間を差配する香住屋の財力に支えられている。どうやら、戸田浅右衛門らの一派は、香住屋が先代の重右衛門のころより若狭長浜湊の廻船問屋・武井左太次郎と、商人同士の交易相手というだけではなく、表からは見えないつながりを隠しているのではないかと不審を抱いており、それを暴いて聖願寺派と香住屋の分断を狙っておるようだ」

「つながりを隠している、といいますと？」

「御庭番の報告では、今、定かにわかっていることは何もない。ただ、戸田浅右衛門らは、香住屋と武井の表から見えないつながりには、もしかしたら聖願寺豊岳の、あるいはその仲間らのなんらかの利権が絡んでいると、見ているのかもな。もしもそうなら、というだけの推量にすぎないが、聖願寺豊岳が、長浜湊を采地とする京の朱雀家の一門の者を、朱雀家より嫁いだ蘭の方の産んだ姫君の婿養子に迎え、憲実さまのあとを継ぐお世継ぎにたてることに執着するのも、そのつながりが背景にあれば筋が通る」

「十年前、松之丞重和さまを真木姫さまの婿養子に迎え、鴇江松之丞重和としてお世継ぎにたてられました。十年前のそのときは、御庭番の調べで、それを疑わなかったのですか」

「十年前は、世継ぎを廻る騒動が収まったゆえ、御庭番はそれ以上の調べをやらなかった。よほど不届きな事情が明らかでない限り、幕府がたち入る事情ではないという判断だったようだ。香住屋と武井が、廻船問屋同士の交易相手、商い相手というだけのかかり合いなのか、それだけではない結託なのか、商人が互いの商い相手と、どのように手を結ぶかについても同様だ」

「阿木の方が若君とともにお命を奪われたことは、よほど不届きな事情ではなかったのですか」

「それはどうかな。わたしにはわからん。ご重役方が判断し、決めたのだ。そういうこともある」

信正は破顔し、盃をあおった。

「兄上、話を続けてください」

市兵衛は促した。

「今月の初め、津坂の御庭番より急な知らせがもたらされた。先月の半ばごろ、十名を超える一党が、江戸表へ差し向けられたらしいというものだ。差し向けたのは、憲実さま側用人の村井三厳、年寄の小木曽勝之だ。間違いなく、憲実さまのお指図ではないと、知らせにはあった。その一党がいかなる者らか、報告が添えられていた。鴇江家の新しいお世継ぎを、朱雀家より沙紀姫の婿養子にして迎える聖願寺豊岳の建言を、憲実さまが拒まれた。それから、この十年影を潜めてきた聖願寺派に対立する藩士らの動きが、家中でも城下でも目だち始めたが、その反動と言うべきか、一方で藩士らの動きを封じる締めつけも過激になっていた。津坂藩では、目付役の支配下に横目役がつき、家中の風紀、侍衆の不届きなふる舞いや粗相などを監視しておる。その横目役とは支配役を異にする、家中では裏横目と呼ばれている者らがおるそうだ」

「裏横目……」

市兵衛は聞きかえした。

「十年前のお世継ぎ騒動が起こる数年前より、領内で頻発した米問屋の打ち毀しや、村々の愁訴強訴一揆を鎮圧するために、聖願寺豊岳らが臨時に雇い入れた者らが、決められた役名はないゆえ裏横目と呼ばれた、言わば影の者らだ。その者らは、強硬な手段を用いて米問屋の打ち毀しや農民の一揆の鎮圧にあたり、また、お世継ぎを廻る騒動のときも、聖願寺派と対立する一派を容赦なく取り締まって多数の死人を出し、藩士らを震えあがらせたことは知られている。お世継ぎ騒動が収束したあと、その者らは臨時雇いのまま家中の治安に目を光らせるようになった」

「鴇江家の家臣では、ないのですね」

「違う。裏横目は憲実さまの指図は受けぬ。むしろ、聖願寺豊岳の使用人と言うのがあたっておるだろう。頭は丹波久重。歳は六十を超える高齢にて、氏素性は不明だ。相当度胸の据わった男のようだな。配下の者らは侍とは限らず、船乗りや破戒僧、無頼な渡世人ら腕利きを十数名集めて、初めは、香住屋の先代の重右衛門に雇われ、津坂湊の番人をやっていたのが、津坂領内の米不足により打ち毀しや一揆が起こり、その取り締まりに、聖願寺豊岳が香住重右衛門に勧められ、丹波と配下の男らを使うようになったということだ。御庭番の報告には、その丹波久重と十名を超える配下の一党が江戸表に差し向けられたのは、ただの使者ではありえず、おそらく、聖願寺豊岳の指図を受け、なんらかの役目を果たす狙いがあると思われる、とあった」

信正は持ちあげた盃を宙に止め、考える間をおいた。

「丹波ら一党の出府した狙いが何かを探れと、御老中よりのお指図があった。それを弥陀ノ介に命じた。と言うても、丹波久重がどんな風貌かそれすらわかっておらぬ。今でもだ。津坂藩の江戸藩邸の者ですら、丹波久重の顔を知る者は殆どいないようなのだ。しかも、丹波ら一党は江戸藩邸には入っていないし、江戸にいるのかどうかも、定かにつかめていない。その用心深さだけでも、丹波らの狙いが尋常な事でないのは明らかだ。弥陀ノ介は、丹波らは旅の行商か、あるいはほかの、侍ではない風体に拵えて、江戸に入っているのだろうと見ておる。丹波らが聖願寺の指図を受ける場所は、藩邸ではないと思われるが、その場所も不明だ。弥陀ノ介らは藩邸を厳重に見張り、見かけぬ者が出入りしたとき、その者のあとをつけてどこへゆくか探っていた。辛抱強く探り、丹波らの潜伏先かその手がかりをつかむはずだった。三日前の夜更け、弥陀ノ介と達吉郎は、藩邸から出た商人風体の二人連れを、向島の曳舟川の土手道までつけた。そこで囲まれたと気づいたときは、手遅れだった」

それから、信正は盃を乾(ほ)し、平然とした様子で言った。

「市兵衛、丹波らが出府した狙いを、弥陀ノ介に代わって探ってくれぬか」

市兵衛は、この茶屋の小あがりの部屋に信正と向き合ったときから、それを予期していたが、何ゆえ自分なのかという訝(いぶか)しさがあった。

しかし、何ゆえ自分が、と聞く前に信正は続けた。

「弥陀ノ介は、十間堀で茶店の亭主に助けられたとき、瀕死の状態ながら、わたしに知らせてくれと頼んだ。われらが駆けつけると、弥陀ノ介はただひと言、われらのことは知られておりましたと、それだけを言って気を失った。すなわち、弥陀ノ介らの隠密の探索が、津坂藩の誰かに知られていたということだ。幕府の隠密の動きを知る者が、弥陀ノ介らの探索を、津坂藩の誰かと内通し教えたと考えられる。弥陀ノ介らは、三日前の夜、曳舟川の土手道まで誘(おび)き出されたのかもな。弥陀ノ介は、自分の命がつきる前に、それをわたしに伝えておかねばと考えたのだろう。あの男の執念だ」

市兵衛は沈黙でこたえた。

「あの者らは、曳舟川で何ゆえ弥陀ノ介らを斬った。あの者らは、江戸で何をするつもりなのだ？　幕府は津坂藩の政に介入をするつもりはないが、お家騒動が江戸に持ちこまれたなら、黙って見すごすわけにはいかぬ。弥陀ノ介の探索が知られていたなら、幕府の隠密の行動が筒抜けになっているのだ。ならば、隠密ではない者が探索を続けるしかない」

信正は凝っと市兵衛を見つめた。

「弥陀ノ介らを斬ったのは、丹波の一党なのでしょうか」

「そう見て間違いあるまい。弥陀ノ介らを斬った者らに、思い知らせてやらねばならぬ。もしもそれが津坂藩の指図であったなら、津坂藩の責任を問うことになる。わたしはこの始末をつける務めがある。真っ先に、市兵衛だと思った。おぬしの手を借りるしかないとな。すでに、おぬしのことは、わが実の弟であるとご老中にお伝えした。御用の者が使えぬのであればいたし方なし、わたしの裁量に任せると、了承を得ておる。われらは幕府の隠密の動きを知る誰が、津坂藩の誰と内通しているのか、まずはその洗い出しを急ぐ。市兵衛、よいか」

「承知いたしました」

市兵衛はこたえた。すると、

「ならば明日、わが従者として登城し、隠密にお指図を受ける。今夜はわが屋敷に泊まれ」

と、信正は言った。

七

翌日、秋の終りの肌寒い曇り空の下、市兵衛は信正に従い、江戸城表御殿へと向かった。初めての登城である。

信正は黒紺の裃、市兵衛は信正の用意した漆黒の裃を着けた。

大手御門下で、信正は下馬して徒になった。大手御門橋を渡って、壮大な櫓造りの大手御門を通ると、大手御門の次に下乗橋と三ノ御門。三ノ御門をくぐり、城内右手奥に中ノ御門が開かれている。

表御殿へと向かうには、中ノ御門から、御書院御門、御玄関前門である中雀門を通って御玄関へといたる。

だが、信正は中ノ御門には向かわなかった。

御金蔵役所のある寺沢御門のほうへとった。寺沢御門を抜け、御金蔵役所の前を西方の下埋御門をくぐり、上埋御門を右手に見て門前を通りすぎた。

このあたりは御能舞台の下楽屋の裏手にあたる。信正と市兵衛以外に裃姿はぷっつりと消え、広い城内は寂とした静けさに包まれた。

塀ぎわの松林で鳴く鳥の声が、のどかに聞こえていた。

信正は何も言わず、市兵衛にふりかえりもしなかった。

市兵衛も、何も問わなかった。

黙然と歩み続ける信正の、黒紺の凜とした裃姿に従った。

御数寄屋の二層櫓の下をすぎ、御数寄屋御門からはるか先まで見通せる、広い御庭へと入った。

御庭の右手は御殿、左手は白塀に沿って松林が連なり、大きな池が三つ掘られてあり、静かな水面に曇り空が映っていた。

手入れのいき届いた御庭の彼方には、二層の櫓がそびえていた。

御庭をいくと、木陰や灌木の間に、裃を着けた二本差しの番方が、ところどころ控え、信正と市兵衛が通ることを承知しているかのように黙礼を寄こした。

やがて、庭の先を高い白壁がぴしゃりと遮断していた。白壁の屋根の上に、二層の櫓が見えている。

白壁の向こうは大奥の御庭である。

信正に従い、白壁に沿って御殿のほうへとった。

そこに裃を着けた年配の《奥の番方》が待っていて、信正と辞儀を交わした。

「唐木市兵衛を、同道して参りました」

信正が番方に言った。

「承知いたした。では……」

と、番方は頭を垂れた市兵衛に一瞥をくれ、信正と市兵衛を、白壁と白壁の間の石畳を敷きつめた通路へ導いた。

石畳の先を、大奥へと通じる御廊下の建物が渡っている。

通路に入ってすぐ右手に、鉄鋲打ちの堅く閉じた門扉があった。

門脇に、二人の若い番方がいて、それぞれ竹箒を持って立っていた。

「どうぞ、左手に竹箒を携え、刀はお預けくだされ。この御門より石畳を進まれ御駕籠台の下に、平伏し控えるように。上様は御小姓も連れず、御用御取次も参らず、おひとりにてお出ましになられます。片岡どのも唐木どのも、御庭番ではござらぬが、上様が御直に御呼出しになられました。内々の御用を仰せになられますが、問いかえしてはなりません。わたくしは門に控えますゆえ、上様、片岡どの、唐木どの、三人に相なり申す。顔をあげよと上様が申されましても、平伏いたしたまま、顔をあげるのは御足の下までと心得られよ。くれぐれも、粗相なきように。よろしいな」

年配の番方が冷然と言った。

「心得て候」

信正が竹箒を左手に持ち、両刀を預け、市兵衛も信正に倣(なら)った。

番方が自ら、門扉を静かに開いた。

邸内に、金木犀(きんもくせい)が橙(だいだい)色の花を咲かせている灌木の間を、石畳がゆるやかな円弧を描いて通っていた。

「お入りくだされ」

番方が、信正と市兵衛に指示した。

信正が頭を石畳に落として先をいき、市兵衛は後ろを進んだ。

たた……

と、信正の静かな歩みが、掃き清められ水を打った石畳を鳴らした。

この壮麗な御殿の御庭にも、四十雀(しじゅうから)が鳴いていた。石畳の後方では、番方が御門を閉じる音が聞こえた。

破風(はふ)造りの華麗な御駕籠台が、伏せた目の上の隅(すみ)に映っていた。御駕籠台は、将軍の主(おも)に遠御成の節に御出ましになるところである。

信正は御駕籠台の数間手前で、片膝づきに平伏し、左手に竹箒を抱えた。

小鳥の鳴き声以外、御駕籠台下は寂としていた。どこからも、物音ひとつ聞こえなかった。ときの刻みすら凍りついたかのような冷たい沈黙のあと、腰付障子がなめらかに引かれ、人が出てきたのがわかった。

人の後ろで腰付障子が、音もなく閉じられた。

人の歩みは静かであったが、厳(いか)めしい歩みではなかった。むしろ、冷たさを溶かす穏やかさが、御駕籠台下に流れた。

歩みが止まり、沈黙が続いた。市兵衛の頭上に、眼差しが降っていた。市兵衛は左手の竹箒の柄をにぎり締めた。父親の片岡賢斎が亡くなって、長いときがすぎたと、なぜか市兵衛は不意に思った。

その人、将軍家斉(いえなり)の声は太く、ゆるやかな風の流れのようだった。

「信正、きたか」

ははあ、と信正がこたえた。

「そちが市兵衛か」

市兵衛はいっそう平伏し、はい、と短く言った。

「苦しゅうない。両名ともそばへ寄れ」

信正が片膝づきのまま一歩をにじらせ、市兵衛は信正に従った。

「由々しき事態が起こった。存じておるな」

将軍は言った。

それから、信正と市兵衛に御用が仰せつけられた。

短く的確な、御直の御沙汰が発せられた。それは、長くはかからなかった。御沙汰が済んでも、将軍は御駕籠台から姿を消さなかった。信正と市兵衛は動かなかった。沈黙が流れ、鳥のさえずりが聞こえた。

「市兵衛、面をあげよ」

不意に将軍が言った。

「はっ」

と市兵衛は顔をあげ、将軍の白足袋と媚茶の半袴を直に見た。

錦繡の彩る羽織の裾が鮮やかだった。

「なるほど。信正と似ておる。どんな面がまえか、見ておきたかった。そなたの父親の片岡賢斎を存じておる。よき男だった。そなたは信正より、やはり賢斎に似ておる。励め」

将軍の言葉が、市兵衛の身体を貫いていった。

将軍が退出し、御駕籠台の腰付き障子が音もなく閉じられた。信正と市兵衛は後退るように、御駕籠台下より離れていった。

八

津坂藩鴇江家の江戸屋敷の奥方、正室・蘭の方の居間に、江戸家老・聖願寺豊岳がわたってきた。出かける支度にかかっていた蘭の方に、奥仕えの古参の女中が知らせた。

「聖願寺どのが、見えられました」

蘭の方は、聖願寺が小うるさい事をくどくどと言いにきたと思い、少し機嫌を損ねた。これから出かけるところゆえ、のちほどに、と言いたいところだが、そうもいかず、

「お通しなされ」

と、出かける支度を続けながら言った。

打ちかけを羽織ったところへ、内庭の縁廊下を鳴らし、聖願寺豊岳が裃を着けた大柄な体躯（たいく）を運んできた。聖願寺は内庭を背に、次之間の縁廊下に立って、庭の明るみに影を差した。

京の公家の朱雀家で育った蘭の方は、武骨な聖願寺の立ち姿に目を向け、越後の田舎侍が、と腹の底で呟（つぶや）いた。

むろん、蘭の方は十九の歳に越後津坂藩の鴇江憲実の正室として輿入れをして以来、越後の津坂へ足を踏み入れたことはない。津坂がどのような領国かいっさい知らなかったし、知りたいとも思わなかった。

そもそも、天下の江戸の藩邸で暮らすとは言え、京から武骨な東国へいくことすら、気に染まなかったのだ。

聖願寺が縁廊下より次之間に踏み入り、着座して手をついた。

蘭の方は仕方なく、打ちかけの裾（すそ）を払って居間の上座に坐（すわ）って言った。

「聖願寺どの、手をあげてくだされ。ご用であらしゃりますか」

聖願寺は手をあげ、石像のような目鼻だちの風貌に、おのれの権勢を自覚した自信に満ちた薄い笑みを浮かべた。

「奥方さまがお出かけとうかがい、お見送りに参りました。今朝は来客が続き、朝のご挨拶もまだでございますゆえ」

「さようか。聖願寺どのは、毎日お忙しいことじゃのう。今朝はどなたがお見えかのう」

「以前、お話しいたしたことがございます。鈴本円乗と申す陸奥の絵師でございます。陸奥などご存じではない奥方さまは、ご関心はござらぬでしょうが、絵を好まれる好き者の間では円乗は案外に贔屓が多いと、《都屋》の丹次郎より聞いております。弟子をともない、面白き画題を求めて諸国を廻り、先月、江戸に着いて以来、贔屓の方々に招かれ、だいぶ長逗留になっておるようでございますな。何しろ江戸は、人が多ござるゆえ」

「ああ、思い出しました。鈴本円乗の名は聞いた覚えがござります。都屋の丹次郎が、引き合わせたのじゃな……」

「さようでござる」

「その鈴本円乗が、聖願寺どのにどのようなご用なのじゃ」

「とりたてて、用というのではございません。じつは、それがしも一幅の掛物を円乗に所望いたしておったのでございますが、画題がようやく決まったゆえと、わざわざ知らせに参ったのでござる」

「画題が決まって、まだ描いてもおらぬ物の知らせにきたのか。どうでもよいが、絵師とは妙な。して、画題は何に決まったのじゃ」

「向島の新梅屋敷の景色を画題にいたしたいと、申しております」

「はあ、向島の新梅屋敷とは、梅の名所じゃな。しかし、今ごろは梅など咲いておらぬのにか」

「梅は咲いておりませぬが、萩(はぎ)、薄(すすき)、桔梗(ききょう)などなど、名所の見どころは梅ばかりではないと申しております」

「まあ、そうじゃな。肥溜(こえだ)め臭い田舎の梅の名所じゃと言うたとて、京の御所の梅の繚乱(りょうらん)と比べたら、何ほどのことがあろうか。それでええわいな」

蘭の方は退屈そうに言った。

「ほんで、ほかにはどなたさんが、訪ねておじゃる」

「今ひとり、堀川克己(ほりかわかつみ)が参っております」

「ああ、虎之御門(とらのごもん)外の堀川克己どのですか。別段に変わった事が、なんぞあらしやりましたか」

「ご懸念なく。彼(か)の者も、しばらく顔を見せておりませんでしたので、久しぶりにと、その程度の用にて、奥方さまのお耳に入れるほどの事はございません」

「そんなら、聖願寺どののご挨拶も済んだことですし、わらわは出かけますぞ」

と、蘭の方は素っ気なく立ちあがった。

おつきの奥女中らが、従っていこうとするのを、聖願寺は次之間に端座したまま蘭の方に声をかけた。

「お出かけは、どちらへ」

「千龍寺の正念坊さまに、加持祈禱をお願いするつもりじゃ。正念坊さまの加持祈禱は霊験あらたかと評判が高い」

「奥方さま、少々お人払いを」

聖願寺が言葉つきを変えた。

蘭の方は怪訝そうに次之間の聖願寺へ一瞥を投げ、不承不承におつきの女中衆に言った。

「外で待ちや。すぐに済む」

女中衆が縁廊下へ出ると、蘭の方は座にはつかず、立ったまま打ちかけを払って、なんですか、という素ぶりを見せた。

聖願寺は次之間から居間へと膝を進め、声をひそめた。

「何ゆえ、正念坊に加持祈禱をお頼みになるのでございますか」

「江戸のどこぞにおる憲吾とやらの、呪詛調伏に決まっておりますがな」

「お声が高い」

聖願寺は、縁廊下側の腰付障子へ目をやった。

「奥方さまが、誰ぞの呪詛調伏を祈禱師にやらせていると、邸内に噂が流れておりますぞ。今のところ、憲吾の名は聞きませんが、呪詛調伏の相手が憲実さまのお子の憲吾と噂が広まれば、それがきっかけになって、国元の戸田浅右衛門らの動きが今は小さな燻りでも、大きな火になりかねません。あまり大っぴらになさらぬよう、ご自重を願います」

「ほんなら、どうするのじゃ。放っておくのか」

「放ってはおきません。手は打っております。われらにお任せになって、あまり目だたぬよう、おふる舞い願います」

「いつになったら、始末がつきますのや」

「遠からず、始末はつきます。ここは国元ではなく江戸なのですから、幕府の目が光っております。家中の対立を江戸に持ちこんだと、幕府に嗅ぎつけられぬよう慎重に、手抜かりなく事を進めねばならず、ときがかかるのはやむを得んのです。おわかりいただけますな」

「ほんまに、十年も気づかなかったとは、手抜かりな。このままでは、これまでのことが何もかも台無しになってしまいます。まさか、十年前のことが露顕するような事態には、なりませんやろな」

「ご懸念には及びません。静かに忍び寄り、烈火のごとく決するのです。お任せくだされ」

蘭の方は、眉間（みけん）に深い皺（しわ）を刻み般若（はんにゃ）のような顔つきを、聖願寺へ向けた。蘭の方がこの顔をするときは、聖願寺ですら慣れず、少しぞっとする。

十年前、憲実の側室・阿木の方と、阿木の方の産んだ男子の命を奪う手だてを言い出したのは、蘭の方である。

「あれ式の女と子供に、鴇江家を渡すわけにはいきません」

あのときの、蘭の方の蒼（あお）ざめた顔を聖願寺はよく覚えている。

蘭の方の御駕籠と女中衆を見送ると、聖願寺は邸内の自分の住居に戻った。

江戸家老として江戸住まいの長い聖願寺には、長屋ではなく、邸内の一角に瓦（かわら）葺（ぶき）屋根の門つきに書院のある住居が与えられている。

妻と二十五歳にしてはや物頭に就いている倅（せがれ）は国元の津坂におり、この住居には下男下女、若党などの使用人のほかに、手をつけた婢(はしため)がいるばかりだった。

絵師の鈴本円乗と堀川克己が、客座敷用の書院で聖願寺を待っていた。

「済まぬ。待たせたな」

聖願寺は床の間を背に、二人に対座した。

「いえ。奥方さまは、ご機嫌よくお出かけになられましたか」

堀川克己が馴(な)れ馴れしく言った。

「気むずかしい奥方さまだ。気骨が折れる。思うた通り、言うた通り、狙うた通りに物事が進めば苦労はない。そうはいかぬことを、何をしておると、責められてもな」

聖願寺は堀川にかえし、二人はくすくす笑いを交わした。

堀川克己は、紺地に矢来文様(やらいもんよう)の小袖(こそで)と太縞(ふとじま)の袴(はかま)を着け、脇差を帯びたいかにも若党風体の中年男である。虎之御門外の御用屋敷に、幕府の高等探偵、すなわち、御庭番の長屋と称する住居がある。

堀川克己は、十七家あるその御庭番の、ある主に仕える若党である。

聖願寺は、五年ほど前に堀川と窃(ひそか)な手蔓(てづる)ができたことをきっかけに、以来、堀川が仕える御庭番の主の活動や内々の事情を、堀川に高額の謝礼を支払い買っていた。

　堀川もそれが思いもよらぬ金を生むことに味をしめ、御庭番のみならず、幕府の隠密の動きの端々を聞き耳をたてて探り出し、聖願寺に売って、出張の多い主に隠れて、賭場や酒淫の場に出入りする遊び金を得ていた。

　丹波久重率いる津坂藩裏横目の一党が、お世継ぎ鴇江松之丞重和落命の一件とかかり合いがあるなんらかの役目を負って津坂より江戸に向かった模様、と幕府に報告が入り、公儀目付配下の小人目付の返弥陀ノ介らが、隠密に津坂藩の内情を探っているというのも、堀川が聖願寺に売った知らせだった。

　今ひとり、絵師の鈴本円乗は、綺麗に剃髪した頭に焙烙頭巾をかぶり、老竹色の十徳を痩身に纏った、鄙びた山里の寺僧のような風体だった。六十すぎと思われる歳のころで、屈託を感じさせない絵師らしい上品な風貌である。

　色白に淡く朱が差した穏やかな老齢の顔つきを、聖願寺と堀川へ投げ、二人のくすくす笑いを受け流している。しばらくして、

「それでは本日はこれにて」

「ふむ、また頼む」

　と、堀川が聖願寺と言い交わして退出したあと、聖願寺と鈴本円乗は、書院に

二人だけになって対座した。

土塀を廻らした小庭が、腰付障子を透かした隙間に見えている。

聖願寺は自ら立って腰付障子を閉じ、再び、円乗と向き合い着座した。袴の埃(ほこり)を払うような仕種(しぐさ)をしながら、さり気なく言い始めた。

「丹波、探索はどうだ。江戸にきてもうひと月半だ。何か手がかりは、見つかったか」

聖願寺が、絵師の鈴本円乗、すなわち、丹波久重に話しかけた。

「われらも、ご家老さまのお指図を待っているだけではございません。深川元町(ふかがわもとまち)の《俵屋(たわらや)》貫平(かんぺい)の店には見張りをつけ、津坂より誰ぞが訪ねてこぬか、あるいは貫平が誰々と往来しておるのか、そちらを主に探っておりますが、これまでのところは一向に変わった動きは見られません。ご家老には、国元より新しい知らせは届いておりませぬか」

「どうやら、国元では戸田浅右衛門らの動きが急に静かになったらしい。戸田らの一派は、こちらの隙を見て子供を津坂に呼び戻し、世継ぎにたて、一気に形勢を逆転させる狙いだろう。戸田浅右衛門め、老いぼれても相変わらず仕様がぬるい男だ。こちらは、年が明けるまでには、沙紀姫に婿養子を京より迎えることを憲実さまに了承させ、なるべく来春の早いうちに婚儀を行って即座に世継ぎにたてる。そのためにも、江戸にいる憲吾を早々に見つけ出して、葬り去る必要がある。十年前、阿木の方とともになくなったはずの子供が、江戸にて生きておるなど、埒もない戯言だったと、家中の者らの目を覚ましてやらねばな。われらが安泰でいれば、津坂は末永く栄える。みながわかっておることだ。子供が生きていなかったとわかれば、憲実さまも戸田の老いぼれにそそのかされず、これまで通り、われらの進める真面目な政に口を挟まれることはあるまい」

「となりますと、子供の存命か否かが、肝になりますな」

「そういうことだ。丹波、おぬしらの働きにかかっておる」

「われらはいつでも支度ができております。仰せをいただければ、即座に仕事にかかり、速やかに終らせて見せますぞ」

ふむ、と聖願寺は頷いた。

「幕府の隠密が二人斬られたそうだな。おぬしらの仕業だな。四日前の夜、おぬしの配下の者らがここを出てから、幕府の隠密につけられていたのか」

「さようで。今日うかがいましたのも、そのご報告に参ったのです。ご家老がお気になされているであろうと、思いましてな。両名とも商人風体に拵えておりましたが、見破られておりました。見破られたからには、放ってはおけません。曳舟川まで誘き寄せ始末いたしました。やむを得なかったのです。残念ながら、こちらも二人やられましたが。さすが、幕府の隠密、なかなかの腕利きでございましたな」

「二人もやられたのか。厄介なことになった。幕府に気づかれぬうちに事を終らせたかったが、こののちは、幕府の隠密が血眼になっておぬしらを追うだろう。それでも大丈夫か。やれるか」

「お任せください。そもそも、われらの仕事に犠牲はやむを得ぬのです。それぐらいの覚悟は、しております。ただし、こののちは、ご家老へ知らせのある場合は都屋を通して行います。こちらのお屋敷には当分顔を出しませんので、そのようにお願いいたします」

「それがよかろう。幕府の隠密の動きも探っておく。ともかく、一刻も猶予は許されん。子供を見つけ出し、始末をつけるのだ」

「御意」

丹波久重は、色白の穏やかで上品な風貌に、一瞬の狂気を垣間見せるかのような笑みを走らせた。

第二章　新梅屋敷

一

午後の八ツ（午後二時頃）近く、小春は本所小泉町の御用屋敷を訪ねた。

この御用屋敷は、東両国の本所元町の往来を一ツ目通りへ抜け、回向院の門前をすぎた小泉町の町奉行所御用地に門を開いている。小泉町御用屋敷と呼ばれ、北町奉行所本所方の屯所、今で言う出張所であった。

南本所元町にも御用屋敷があって、そこは南町奉行所本所方掛の屯所である。

本所方とは、本所深川の橋や道の普請、屋敷の調査、町名主の進退に関する事務、また、大潮に襲われることの多い本所深川の橋の被害を防ぎ、鯨船二艘を有し、人命救助などにあたる町奉行所の掛である。

小春は、結綿（ゆいわた）の髪に薄桃色の手絡（てがら）を結び、娘にしては背の高い細めの身体（からだ）に着けた梔子染（くちなしぞめ）の浅い黄と、町家の娘のよそゆきらしい青竹色の中幅帯に蔦文（つたもん）の散らし模様が、明るい日の下で、はっとするほどよく似合って映えた。

抜けるように白くやや丸みのある容顔（かんばせ）の、少しおでこの広い額とぱっちりとした目鼻だちが花のように可憐（かれん）で、通りがかりを見かえらさずにおかなかった。

片袖（かたそで）に風呂敷（ふろしき）の小さな包みを乗せて手を添え、白足袋（しろたび）に麻裏つきの紅染鼻緒（べにぞめはなお）の草履（ぞうり）を履（は）いた歩みを小泉町の往来に進め、ここかしら、と覚束（おぼつか）なげに御用屋敷の門前に立った。

門前と言っても、組屋敷の屋根つき門ほどの小門だった。

それでも、町奉行所の紺看板の門番が、六尺棒を携えて立っていた。

小春は門番にゆっくりと黙礼し、目だたぬほどに紅を差したやや厚めの唇をわずかにゆるめた。

門番は、小春へわざと冷淡な目を向けたが、すぐに冷淡さが解（と）け、うん？　という顔つきになった。

「お訊（たず）ねいたします。こちらは御奉行所の本所の御用屋敷でございましょうか」

小春は少しおどおどしながら、門番に訊（たず）ねた。

「さよう。こちらは御番所の本所方掛の御用屋敷だ。なんぞ用か」

門番は冷淡さをとり戻して言った。

「長谷川町の小春と申します。こちらの御用屋敷にお勤めの渋井良一郎さまを、お訪ねいたしました。渋井良一郎さまにお取次を、お願いいたします」

「うん？　長谷川町のどちらの小春だ」

「はい。扇子職人をいたしております左十郎の店の者でございます」

「扇子職人をしておる左十郎の店の者とは、左十郎の娘の小春でよいのか」

「はい。渋井良一郎さまに……」

小春は良一郎の名をまた口にして、少し恥ずかしくて頭を垂れた。

「渋井良一郎さまなら、先だってよりこちらにご出仕の、見習の渋井良一郎さまのことだな。渋井良一郎さまに、長谷川町の左十郎の娘の小春が、いかなる用件で訪ねて参っておりますと、お伝えすればよいのだ」

「あの、用件は、小春がご挨拶に、うかがいましたと」

小春は戸惑って、小声になった。

用件と言われても、良一郎に会うこと以外に用件などなかった。

「そうかい。ご挨拶かい。しょうがないな。ではここで待て。訊いてくる」

門番は少しくだけた言葉つきに変えて、小首をかしげた。

門から十歩足らずほど先に、二間（約三・六メートル）幅ほどの式台があって、式台上に両引きの障子戸が閉じてあった。

門わきの小楢の木が、黄ばんだ葉を庭に散らしている。

門番は、門内の長腰掛にかけたもうひとりの紺看板の門番に目配せをやり、正面の式台のある玄関ではなく、小楢の木のある庭のほうへ廻っていった。

門番は、主屋の普段の出入口である中の口へ廻ったのだろう。

門内の長腰掛にかけた門番が、小春を見てにやにやしているので、小春は知らんぷりをした。

やがて、式台上の障子戸が二尺（約六〇センチ）ほど開き、良一郎が青竹のようにほっそりした体軀を丸め、鴨居の下に少年のころの面影を残した顔をのぞかせた。

黒目がちな目を門前に佇む小春に寄こし、ああっ、とはにかんだような顔つきを見せた。

小春は良一郎へ頰笑み、そっと小手をかざした。

良一郎は、胸の高さに手を素っ気なくあげて、すぐに障子戸を閉じた。

　ほどなく、取次にいった門番より頭ひとつ背の高い良一郎が、門番を従えて雪駄を鳴らし、庭のほうから門前に現れた。

「小春、どうしたんだい」

　良一郎が無邪気に顔をほころばせた。

「どうしているのかなと思って、きちゃった」

　小春は童女のように言った。そして、取次を頼んだ門番に、仕種を改めて辞儀をした。門番は軽く頷き、そっぽを向き平然としている。

　二人は、門前からやや離れた。

　小春は良一郎の、町方らしい様子を改めてつくづくと眺めた。

　白衣に黒羽織の、町方の定服がとても凜々しく見えた。羽織の陰に、角帯に差した脇差の黒い撚糸の柄がのぞいている。

　小春は、なんだかくすぐったい気持ちになった。

「良一郎さん、本物の町方みたい」

「恰好は本物だよ。ただ、中身はまだ一人前じゃない見習というだけさ」

　良一郎は、綺麗に剃った月代の小銀杏を指先で整えるようにした。

「黒羽織がよく似合ってるわ、良一郎さん」

「そうかい。小春、おれがここだと、よくわかったな」

「《伊東》のおかみさんに聞いたの。見習になってから、今は本所方の御用屋敷で修業の身だって。お父っつあんの仕事のお使いで、尾上町まできたの。小泉町に近いので、良一郎さんがいるかなと思って」

それから小春は目を伏せ、

「しばらく会っていなかったし、見習はお勤めが八ツごろまでと聞いたので、もうそろそろ八ツだし……」

と、小声になった。

「うん、そうだな。勝手に帰ることはできないから、聞いてみる。たぶん大丈夫だと思う。ちょっとだけここで待っていてくれるかい」

小春はぱっちりと見開いた目をあげ、うん、と良一郎に頷いた。

小春の言った伊東のおかみさんというのは、良一郎の母親のお藤である。

良一郎は、北御番所の同心・渋井鬼三次とお藤の間に生まれた。良一郎が五歳のとき、両親がそれぞれの事情と言い分があって離縁し、母親のお藤は五歳の良一郎の手を引いて、本石町の老舗扇子問屋の里に戻った。

父親の渋井鬼三次が良一郎をお藤に委ねたのにも、それなりの事情があったらしいが、小春は詳しくは知らない。

母親のお藤は、良一郎は絶対に町方にはさせません、と言っていたというから、夫婦の間にきっとむずかしいもめ事がいろいろあったのだろう。

良一郎が八歳のとき、お藤は良一郎の手を引いて、同じ本石町の老舗扇子問屋の伊東文八郎に縁づいて、良一郎は伊東の跡とりになった。

長谷川町の扇子職人の左十郎は、伊東の仕事を請けていた。

その縁で、左十郎の娘の小春と伊東の跡とりの良一郎は幼馴染みになった。

けれど、十年の歳月がすぎ、良一郎は伊東を継がないことになった。八丁堀の渋井家に戻り、この秋から北町奉行所の見習に就いた。

良一郎はいずれ、父親の番代わりで、町方の本勤めになるのだろう。

十年がたって、十八歳の良一郎には良一郎なりの事情と言い分があった。それがいいことだったのかそうではないのか、小春にはわからない。

良一郎の事情と言い分があってそうなったからには、小春にいいも悪いもなかった。なぜ、と思うだけだった。

本所方は、南北両奉行所に与力ひとりに同心二人がついている。

与力は見廻り以外は奉行所に詰め、小泉町御用屋敷には、北町奉行所の同心のほかに、中間や門番などの下番、雑事をこなす使用人、また本所道役と呼ばれる属吏が詰めている。

本所深川の名主と町役人らの訴えや願いなどが絶え間なく持ちこまれ、御用屋敷の人の出入りは案外に多い。

小泉町の御用屋敷に詰める北町本所方同心の見習は、良一郎がひとりだった。良一郎は十八歳だが、初出仕の十三、四の少年らと同じ無給の無足見習だったのが、先月、銀十枚の手当の支給される見習になった。そして、すぐに本所方の見習を命じられ、小泉町御用屋敷へ出仕になった。

「中山さま、新村さま、御用はございますか」

詰所へ戻った良一郎は、下役についている中山常次郎と新村幹助に聞いた。

午後の八ツの刻限になって、見習の御用がないときは中山と新村に確認し、二人の許しを得てから退庁する。

「今日はもうよいぞ。明日またな」

いつもは八ツの刻限を心得ていてそう言うのだが、中山も新村も机にむっつりと向かって事務を執っていた。

「そうだな。今日はこれからまだひと仕事があるのだ。疲れたろうが、もう一刻ばかり務めてくれるかい」

と、中山が良一郎へ物憂そうな眼差しを寄こし、すげなく言った。

新村のほうは、良一郎に見向きもしなかった。

「あ、はい。そうですか。わかりました。では、門前に人を待たせておりますので、そのように伝えて参ります。すぐに戻ります」

良一郎が立ちかけた途端、新村が、ぷっと噴いた。

続いて、中山が顔をしわくちゃにし、同じ部屋にいた本所道役と中間らと一緒になって、どっと笑い出した。

新村は、おかしくて堪らぬというふうに膝を打った。顔中皺だらけにした中山は、済まん済まん、と手をふった。

周りのみなが、まだ高笑いをあげている。

「嘘だ、嘘。いいぞ。良一郎、もう帰っていい。野暮は言わないさ。わざわざ会いにきたんだ。可愛いじゃねえか。いってやれいってやれ」

中年の中山が、戸惑っている良一郎の様子が面白そうに言った。

「お安くないぞ、良一郎。器量よしのお迎えによろしくな」

新村も続いて声をはずませた。

「はい。では、お先に失礼いたします」

良一郎は、戸惑いを照れ笑いでつくろい、身支度にかかった。

身支度と言っても、良一郎が地蔵橋袂の組屋敷で生まれる前から住みこみで働いていた長助とお三代夫婦の、お三代が毎日拵えてくれる弁当の桶を紺風呂敷にくるみ、手に提げるだけである。

小春は、八ツすぎの西日が射す門前の、まだ明るい塀ぎわに佇んでいた。御用屋敷の松の枝が、薄い日陰を塀ぎわの小春に落とし、梔子染めの浅い黄を蔽っていた。

小春は門前に出てきた良一郎へ、薄紅の唇をやわらかくゆるめた。

「小春、いこう」

良一郎が大股でいき、良一郎の後ろから小春が歩みを進めた。

小春と良一郎は、良一郎が御奉行所に見習の出仕を始めてから、一度も会っていなかった。良一郎が八丁堀の組屋敷へ移ってしまい、小春はどうしたらいいのかわからなかったし、良一郎も今はまだ見習勤めに精一杯で、小春のことは気にかかりつつも、それどころではなかった。

言葉を交わすわけではないが、そうして二人で歩いているだけで、小春の心は浮きたった。それでいて、これからどうなるのかしらと不安を覚え、ときどき胸がとても苦しくなるのだった。

二人は小泉町の一ツ目を南へとり、回向院と元町の境の往来へ出た。

このあたりから、荷車が音をたてて通り、老若男女（ろうにゃくなんにょ）の人通りも急に多くなる。

「良一郎さん、御奉行所のお勤めに慣れた」

小春は言った。自分のことを話したかったが、久しぶりに会って、なんだか極（き）まりが悪くて、そんなことしか訊けなかった。

良一郎は小春へ鼻筋の通った横顔を見せ、頰笑んだ。

「だいぶ慣れてきた。けど、まだまださ」

「良一郎さん、あたしね……」

小春が言いかけたとき、「あれは？」と良一郎が往来の前方を見て言った。

回向院の塀ぎわに、男の子と女の子がしゃがんでいた。

男の子は十歳前後の年ごろに思われ、縞（しま）の着物に茶羽織を着けた大人びた恰好だが、痩せた身体が羽織の大きさにまだ追いついていなかった。

女の子は、目だつ紅色に花柄模様の装いで、男の子よりずっと年下の五、六歳のようだった。

二人はせっかくおめかしをしたふうなのに、着物が汚れるのもかまわず、べったりと地面に腰をおろし、回向院の塀に凭れていた。そして、女の子が俯いてめそめそしているのを、隣の男の子がいろいろと言い聞かせていた。

女の子は、男の子に言い聞かせられ、こくりこくりと、可愛らしく結った髪を上下させていた。

回向院門前の往来は、誰も子供を気にかけず、大勢の人通りで賑わっている。

「良一郎さん、知っている子なの。女の子が泣いているわ」

小春も子供たちに気づいて言った。

「知らない子供たちだ。どうしたんだろう」

良一郎は放っておけなかった。幼いころ、両親が離縁して寂しい思いをした所為か、良一郎にはそういうところがあった。小春は、良一郎のそういうところを見ると、そういう人でよかった、と思うのだった。

長谷川町の左十郎夫婦は、小春の養父母で、小春もじつの両親を知らない。

二人は、塀ぎわにしゃがんでいる子供たちへ近づいていった。

先に男の子が、黒羽織の町方の定服に気づいた。

良一郎をぽかんと見あげ、小春が良一郎に並びかけると、ぽかんとした顔を小春に向け、また良一郎へ戻した。

目鼻だちのくっきりとした、可愛らしい顔だちだった。

「おまえたち、どうかしたのかい」

良一郎が腰をかがめ、二人をのぞきこんだ。

女の子が、涙で汚れた顔をあげ、ちょっと怯(おび)えて隣の男の子に寄り添った。

女の子の頬は丸く、抜けるような色白の顔だちがあどけなかった。

「恐がることはない。わたしは町奉行所に勤めている役人だ。良一郎と言うんだよ。このお姉さんはわたしの幼馴染みで、小春さんだ。仕事が終って家へ帰る途中、おまえたちがここで坐(すわ)っているから、どうしたんだろうと思ってね。何をしているんだい。お父っつあんとおっ母(か)さんを待っているのかい」

良一郎は、男の子と女の子の顔が向き合うぐらいまでしゃがみ、笑みを絶やさず言った。小春も女の子の横にしゃがんで、頬笑みかけた。

男の子は、まだ少しおどおどしながらも言った。

「お父っつあんもおっ母さんも、家にいる。茶店が忙しいんだ。だから、おれたちだけさ。おれは文吉(ぶんきち)。妹はお里(さと)だ。両国の見世物小屋にいったんだ。お里が孔(く)雀(じゃく)を見たいって言うから、じゃあいこうって。孔雀のほかにも、でかい熊が見られると聞いて、おれは強くて恐ろしい熊が見たかったし」

「お父っつあんとおっ母さんは、茶店を営んでいるのかい」

文吉とお里は、そろって頷いた。

「茶店はどこにあるんだい」

「そんなに遠くじゃない。押上橋（おしあげ）の畔（ほとり）さ」

「押上橋？　押上村の押上橋かい」

「そうだよ。十間堀に架かってる。橋の向こうは牛島（うしじま）の小梅村さ」

「そんな遠くから、二人だけで両国へきたのかい？　お父っつあんとおっ母さんがよく許してくれたな」

「絶対だめだって言うにきまってるから、おれとお里だけで、黙っていくことにしたのさ。両国までなら、大したことはないよ。お父っつあんとだけど、おれは四ツ木から曳舟に乗って、亀有までいったこともあるんだぜ」

良一郎と小春は、思わず顔を見合わせた。

ふうん……

と、良一郎とうなった。

文吉とお里が、凝（じ）っと良一郎を見つめている。

「じゃあ、見世物小屋で孔雀と恐ろしい熊を見て、帰るところなんだな。お里は孔雀を見たんだろう。綺麗だったかい」

「それが、小屋はお客がいっぱいで、ちゃんと見えなかったんだ。おれはお里を抱っこして、ちょっとでも高くして見えるようにしたんだけど、すぐに押し退けられたり、うろちょろすんなって叱りつけるしさ。みんな、おれたちみたいな子供に親切じゃないし。お里は、ちょっとだけ孔雀が見えたって言うけど、おれは孔雀どころか、目あての熊も見ることができなかったんだ」

文吉は唇を尖らせ、お里はしょげている。

「そうなの。お里ちゃんは孔雀をちょっとしか見られなかったの。残念ね。でも、次は二人だけじゃなくて、お父っつあんとおっ母さんに連れてきてもらえばいいよ。きっとよく見られるよ」

小春はお里のしょげた顔をのぞき、乾いた涙の汚れを指先でぬぐってやった。

「お父っつあんとおっ母さんに黙ってきたなら、早く帰らないといけないな。きっと心配しているぞ。どうして、ここに坐っているんだ。お里は泣いているじゃないか」

「両国橋を渡ってたとき、お里が荷車にぶつかりそうになって、突き飛ばされたんだ。荷車を押してるやつが、馬鹿野郎、邪魔だ退けって怒鳴りやがった。そのとき、お里が転んで足を挫いたんだ。痛がって歩けなくて、おれがおんぶしてここまでやっときたけど、お里は痛いって泣くし、腹は減るしで、疲れちまって休んでたのさ」

「そうか。ひどいな。そういうときは、荷車のほうが気をつけないといけない決まりなんだ。可哀想に。お里、挫いた足を見せてごらん」

お里は細く小さな素足に藁草履をつけていた。藁草履を痛そうに脱いで、良一郎のほうへ動かした。

掌にお里の踵を乗せて見ると、白い木の実のような踝のあたりに青黒い痣ができ、細い足首が腫れていた。

「痛いかい。足の指は動かせるかい。動かしてごらん」

お里は頷き、爪先をひょこりひょこりと動かし、「痛い」と言った。

「痛くとも動くね。お里、少し我慢するんだよ」

と、良一郎は地面に膝をついてお里の小さな足を載せ、懐の豆絞りを出し、足首と足の裏にぐるぐると巻きつけ、ぎゅっと縛った。

お里は顔を顰めたが、痛いとは言わず我慢した。

「こうやっておくと、少し楽だろう」

うん、とお里は頷いた。

「よし。わたしが負ぶって、押上村まで送ってやろう。文吉、お里、いくぞ。お里、わたしの背中につかまりな」

良一郎は、お里に大きな背中を向けた。

「さあ、お里ちゃん」

と、小春がお里を抱えて立たせ、良一郎の背中につかまるのに手を添えた。そして、地面に坐りこんでいて汚れた着物を叩いてやった。

「文吉、船でいくぞ」

良一郎は、お里を負ぶって往来の人通りの誰よりも高く立ちあがった。跳ね起きた文吉は、羽織のお尻の土をぱたぱたと払って、

「えっ、船を使うのかい。すごいや。よしきた、お役人さん。小春姐さん、済まねえな。こいつはおれが持つよ」

と、ませた口調で言い、小春が持ったお里の藁草履をとって茶羽織の下の、縞の着物の懐にねじこんだ。

二

本所元町の物揚場である竪川河岸で、横川の業平橋まで薪(まき)の束(たば)を運ぶ荷船に乗ることができた。

元町のこの竪川河岸は、南北の本所方が御用でよく使い、見習の良一郎でも、ひと月余のうちに河岸場の船頭に顔見知りができていた。

運よく、知り合いの船頭が積荷を終えて船を出そうとしていたところで、良一郎がわけを話し、押上橋までいきたいのだが、近くまでいくなら船賃を払うので乗せてくれないか、と頼んだ。

「どうせ業平橋の河岸場までいかなきゃならねえんで、そこまでなら、船賃はいただきやせん。業平橋から押上橋までは、歩いてもそうはかからねえ。積荷があってちょいと狭いが、大人二人に子供が二人ぐらいなら、ゆっくり乗れますよ。どうぞ、乗ってくだせえ」

船頭が快く承知してくれた。

御用ではないのでただというわけには、と良一郎が船賃を払うと言い、結局、四人合わせてわずか一匁(もんめ)で済んだ。

荷船はすぐに竪川河岸を離れ、川幅二十間（約三六メートル）のゆるやかな流れの竪川を、八ツ半（午後三時頃）すぎの西日を背にさかのぼっていった。

三ツ目の橋をすぎた本所花町(はなまち)の河岸地を、今度は横川へ折れて北辻橋(きたつじばし)をくぐって北へさかのぼり、法恩寺橋(ほうおんじばし)の次が業平橋袂の河岸場だった。

文吉もお里も、子供にしては両国までの長い道のりを歩き、大人に混じってだいぶひどい目に遭(あ)った所為か、船に乗るとぐったりとした。

お里はすぐに小春に慣れて、小春に寄り添い離れなかった。

文吉は小縁(こべり)に両肘(ひじ)を載せ、土手道につらなる本所の町家の景色を、ぼんやり眺めた。だいぶ西に傾いた赤みの差した天道(てんどう)は、町家の瓦屋根をきらきらと煌(きら)めかせ、あるかないかの川風が、文吉の前髪をそよがせた。

子供にしては中高(なかだか)な、端正な横顔だった。

「お父っつあんとおっ母さんは、押上橋の畔で昔から茶店を開いているのかい」

良一郎は文吉の横顔に話しかけた。

「うん。ずっとずっと昔、おれがまだ小ちゃかったころからね」

と、文吉は大人びた顔つきを作って言った。

「文吉がまだ小ちゃかったころか」

良一郎は噴き出すのを堪(こら)え、真顔をかえした。

「そうさ。押上橋は、向島のお寺や神社のお参りに出かける人が、案外よく通るのさ。あの辺は景色がいいからね。そういう人たちが、うちで休んで、茶を一服したり団子を食ったりするんだ。茶と団子だけじゃないよ。酒も呑(の)ませるし、梅飯も蕎麦(そば)も食わせるんだぜ。お父っつあんが中川で釣った魚を、おっ母さんが甘辛い煮しめや揚物に料理するのが、案外に評判がいいんだ」

「茶店は忙しそうだな」

「そうでもないよ。暇なときは、ひとりもお客さんがこないときもあるし。親子四人、食っていくのがやっとさ」

文吉のませた口ぶりに、良一郎と小春は笑った。

「じゃあ、文吉は押上村の生まれだな」

「それが違うんだ。お里はそうだけどね。おれの生まれは越後さ。お父っつあんとおっ母さんは、生まれて間もないおれを抱いて、越後から江戸へ出てきたんだ。だけど、おれは越後のことは何も知らない。どんなところで、どんな人が住んでいるのか、お父っつあんとおっ母さんが、どうして江戸へ出てきたのかもね。大きな海のある国だって、お父っつあんに聞いたことがある。おれが知っているのは、それだけさ」

「越後の海のある国か。文吉は遠い国からきたのだな」

「そうさ」

と、文吉を本所の景色を眺め、ぽつんと呟いた。

荷船は法恩寺橋をすぎ、ほどなく、中ノ郷横川町の土手の瓦焼場からのぼる煙が、遅い午後の空にいく筋もの灰色の模様を描いているのや、川筋の先の業平橋が見えてきた。

「お役人さん、もうすぐですぜ」

艫の船頭が、漕いでいた櫓を棹に持ち換えて言った。

瓦焼場の窯がずらりと並ぶ西土手と、畑地や武家屋敷の土塀がつらなる東土手の間をゆっくりと進んで、やがて、荷船は業平橋西袂の河岸場に寄せた。

荷船が船寄せにごとんと止まると、文吉は真っ先に歩み板を鳴らし、小春とお里を負ぶった良一郎も船頭に礼を言って、歩みの板にあがった。

「お役人さん、小春姐さん、こっちだ」

文吉は土手道へ元気に駆けのぼり、良一郎と小春を手招いた。

業平橋を東へ渡り、百姓地の間を抜け、十間堀の土手道に出た。

対岸の小梅村の景色が開け、夕方が近づいた広い空に鳥影が舞っていた。

十間堀の川筋がゆるやかにくねって、ずっと先に押上橋が見えてきた。

押上橋の畔に、切妻の茅葺屋根の一軒家が建っていた。

一軒家は、小藪が鬱蒼と繁る土手と十間堀を背にして、土手道側の板庇に葭簀をたて廻してあった。茶店らしく、白い幟が竿にかけてある。薄い煙が茅葺屋根を這いのぼっていた。

文吉は踝まで届きそうな茶羽織を、大きな羽のように広げ、茶店のほうへ土手道を駆け、しばらく走っては立ち止まって良一郎たちへふりかえり、こっちこっちと手招きをしては、また茶店へと走り出すのだった。

「お里、あれだね」

良一郎が背中のお里に言い、うん、とこたえたお里が、

「あ、お父っつあんとおっ母さんだ」

と言った。

父親と母親らしき二人が、葭簀の間から慌てて走り出てきた。

父親はねじり鉢巻に、尻端折りの着物と紺の股引。母親は手拭を姉さんかぶり

にして、紺絣（こんがすり）に襷（たすき）がけである。

父親は文吉に駆け寄り、腕をとって厳しく叱っている様子だった。

母親が文吉に何か言い、文吉は父親と母親に口ごたえして、良一郎たちのほうを指差した。

父親と母親は、戸惑った様子を見せ、文吉の手を引っ張り、良一郎と小春へ足早に近づいてきた。そして、鉢巻や姉さんかぶりや襷をとって深々と辞儀をした。

文吉が良一郎と小春へにっこりとした。

「お役人さん、小春姐さん、お父っつあんとおっ母さんだよ」

「お役人さま、お内儀（ないぎ）さま、子供らが大変お世話になりましたそうで、まことにありがとうございました。この子らの父親の、清七と申します。これはわが女房のおさんでございます」

と、清七が言って、夫婦そろってまた深々と頭を垂れた。

「母親のさんでございます。お役人さま、お内儀さま、お世話をおかけいたしました。ありがとうございます」

母親のおさんは、よほど心配していたらしく、少し涙ぐんでさえいた。良一郎の背中のお里を抱きとって抱き締めた。

「おっ母さん」

「駄目だよ、お里。心配したじゃないの」

「足を挫いたの。お役人さまに手当をしてもらった。あんまり痛くなくなった」

「そうなのかい。よかったね。これは……」

母親はお里の足首に巻いた豆絞りに気づき、良一郎と小春へ辞儀を繰りかえした。

「子供らの姿がいつの間にか見えなくなり、女房に訊いてもわからず、肝を冷しました。子供らだけのところをお気にかけていただき、まことに天の助けでございます。ありがたいことでございます。まずは、むさ苦しい店ではございますが、お入りください。お内儀さま、どうぞこちらへ」

「お父っつあん、この人は小春姐さんだよ。お役人さんの幼馴染みさ」

「これ。気安く言うてはならん」

清七が苦笑いを浮かべ、文吉のませた口をふさいだ。

「さあさ、お役人さま、小春さま、どうぞ」

と言うのを、良一郎はさえぎった。

「いえ、子供が無事戻れば、それでいいんです。わたしたちはここで。そろそろ夕方です。小春は日本橋の長谷川町まで帰らなければなりません。もうだいぶ遅くなりました。小春を送り、それからわたしは八丁堀ですので」

「ああ、さようでございますね。日本橋の長谷川町と八丁堀では、この田舎の押上村からはだいぶ遠ございます。お若いお二人を無理にはお止めできません。このお礼は、改めてさせていただきます。お役人さまのお勤め先は、呉服橋の北御番所でございましょうか。それとも、数寄屋橋の南御番所でございますか。畏れ入りますが、ご姓名もお聞かせ願います」

「もう一度申します。礼など無用です」

「でも、お里の手当をしていただいた豆絞りもございますので」

おさんが言った。

「豆絞りは洗ってありますから、そのままお里のために使ってください。お里の足首は、たぶん、骨は大丈夫だと思われますが、少し腫れておりますので、明日にでも医者に診せてもよいかもしれません。では、文吉、お里、またな」

「お役人さん、小春姐さん、ありがとう」

「ありがとう」

文吉とお里が良一郎と小春に言って、手をひらひらとふった。

良一郎と小春は十間堀の土手道を戻っていき、半町（約五四・五メートル）ほどいってふりかえると、親子はまだ西日の射す同じ土手道にいて、良一郎と小春を見送っていた。

文吉とおさんに抱かれたお里は手をふり続け、父親の清七は腰を深く折り、頭を垂れていた。

「父親の清七さんは、元はお侍かもしれないな」

良一郎は顔を戻しながら、自分に話しかけるように呟いた。

すると、意外にも後ろの小春が言ったのだった。

「あたしもそう思った」

「小春もそう思うのかい。どうしてだい」

良一郎は小春へふりかえった。

「ちょっとした仕種とか、話し方とか、市兵衛さんに似てるって思ったの」

「そうか。じつはおれも市兵衛さんを思い出したんだ。そうだ、市兵衛さんもこんな仕種をすることがあるなってさ」

「清七さんは、元はお侍で、何かわけがあってお侍をやめたのかも……」

「それで、文吉がまだ赤ん坊のとき、海の見える越後の国を出たんだね」

「市兵衛さんにも、だいぶ会ってないわね。どうしてるかな」

「うん、市兵衛さん、どうしているかな。あれから、見習で奉行所に出仕する話が急に決まっちゃったからな」

「そうね……」

十間堀の土手道は、二人のほかに通りがかりはなかった。

晩秋の日は急に傾き出して、川向こうの小梅村の畑や遠くの林や集落の何もかもが、赤く染まり始めていた。

十間堀の水辺の草むらで、さっき通ったときはいなかった白いこさぎが数羽、くわっ、くわっ、と鳴きながら水辺の餌を漁っていた。ふわりと羽ばたき、水面に姿を映して、小梅村の畑のほうへ飛んでいくこさぎもいた。

土手道の南方の、楓や楢の木々の向こうに広がる押上村にも夕方の日が射し、畑地の彼方に点在する集落や寺院の屋根、また木々が森のように繁る大名の下屋敷を囲う土塀を、赤く耀かせていた。

「小春、帰る刻限が遅くなってしまった。帰ったら、お父っつあんとおっ母さんに、今ごろまで何をしていたんだと訊かれるだろうな」

良一郎は、後ろを歩む小春に背中で言った。

「きっと、訊かれるわ。でもいいの。ありのままに言うから。そういうこともあるわよ。仕方がないでしょう。それになんだか、とてもすがすがしい気分だし」

良一郎は、黙って頷いた。

小春は、黙っている良一郎が少しもどかしかった。風呂敷の包みに添えていた手を差し出し、後ろから良一郎の指を指先で挟むようにとった。

すると、良一郎は前を向いたまま、小春の白い花のような手をにぎり締めた。

良一郎ににぎりかえされ、小春はほっとした。

小春は良一郎に会ったらいろいろ言おうと思っていたのが、もう言葉は要らなくなった。このままずっとこのときが続けばいいのに、とだけ思った。

三

その年の秋も暮れ、朝夕の肌寒さがだんだん身に染む十月がきた。

けれども、天気のいい昼間は、まだ秋の名残りの肌にさらさらした温かい日が射して、ほっとする心地よさだった。

清七は、十回目の江戸の冬を迎えていた。

十年の歳月は果敢(はか)なくすぎ、重いしこりを清七の胸に残した。三十代の半ばすぎの齢(とし)になった。江戸の暮らしにも慣れた。けれど、故郷の両親はどうしているか、倅(せがれ)の吉之助は無事か、このごろそれが気にかかった。

故郷が恋しく、身につまされた。

押上橋の畔(ほとり)の茶店は、午(うま)の刻が近くなって、向島の神社仏閣の参詣客がたち寄って忙しかったのが、そのうちにまばらになった。

茅葺屋根の軒に葭簀をたて廻し、軒先に《おやすみ処》の白い幟を垂らしている。清七が、土手道側の店頭においた炉(ろ)で焼いた焼餅は、甘い黄粉(きなこ)をまぶしたのと餡(あん)をぽってりとくるんだのが二つで、ひと皿八文である。

煎茶や香煎湯(こうせんゆ)は四文で、客は緋毛氈(ひもうせん)を敷いた縁台に腰かけ、茶を一服し黄粉や餡の甘い焼餅を食って、のんびりと休んでいく。焼餅だけでなく、中ノ郷村や小梅村で名物と言われている梅飯や、蕎麦も出す。

清七は、越後の郷里にいたときから、蕎麦を打つのが得意だった。

釣りも好きで、中川で夜釣りをし、釣った川魚を女房のおさんが、煮しめや揚物にして、梅飯や蕎麦の菜に添える小鉢も売り物にした。

と言っても、十間堀に架かる押上橋を渡って向島の神社仏閣の参詣に出かける人出が、そう多いわけではなかった。

いいときもあればそうでないときもある。どうにかこうにか営んでこられたけれど、これからどうなるのか、という思いが脳裡をかすめる。

五年のはずだった。

それが、また一年、もう一年とすぎ、足かけ十年目の冬がきた。

話が違う、とは思わない。それが武家の習い、それがわが忠義の道、臣、臣たらざらずべからず、と清七は日課のように自らに言い聞かせた。

ちょうど、客が途絶えたとき、洗い物などの用を済ませたおさんが、襷をはずしながら清七に言った。

「あなた、今のうちに柿右衛門さんに店賃を払ってきますから、店番をお願いします。子供らがそろそろ戻ってきますので、棚の蒸かし芋を食べさせてやってくださいな。あなたの分もありますよ。そうそう、薪割りをお願いしますね」

「承知した。いっといで」

倅の文吉と娘のお里は、押上村春慶寺の手習所に通っている。

文吉にはせめて四書の素読をやらせたいが、万が一の事態を用心して武士の身分を隠してきたので、清七はやらせなかった。

文吉は村の子供らにまじり、村の子供らしくのびのびと育った。

利発な子である。きっとわかってくれるだろう、と清七は思う。

柿右衛門は押上村の住人で、押上橋の畔のこの茶店の地主である。

十年前、前の茶店の亭主が店を閉じて郷里へ引っこんだあと、深川元町の薬種店の《俵屋》貫平が口を利き、清七とおさん夫婦は、この茶店を居抜きで借りることができた。

地主の柿右衛門は、まだ乳呑児だった文吉を抱いた若い女房の様子を気の毒に思ったのか、宗門改帳のない夫婦に、なるべく早くとり寄せるようにと言ったばかりで、それ以上の詮索はしなかった。

そうして十年がたって、十回目の冬がきたのだった。

文吉は十歳、思いもよらず生まれたお里も、はや五歳になっている。

いい天気の午の刻がすぎたばかりなのに、客はきそうにもない。

まあ、よい、そういうこともある。

清七は斧を手にして、茶店のわきの明地へ出た。

明地からは、店の後ろの土手を蔽う藪と、ちょうど引潮で、十間堀の黒い川底が見えていた。対岸の小梅村の、土手道をいく人もなく、穏やかな初冬の静けさがときを刻んでいた。

茶店の明地側の軒下に、薪の束が積んである。

薪の束のいくつかを明地にばらし、薪割りを始めた。

斧を大上段へ差しあげ、気を薪の芯に集め、躊躇せず打ち落とした。

かあん……

薪を真っ二つにし、正確に両断された薪がはずむように転がる。

かあん……

と、そのひとつひとつをさらに真っ二つにする。

ただ薪を割る、清七はそれ以外何も考えず、ときを忘れ、おのれを忘れ、ひたすら薪割りに意をそそいだ。

たちまち身体が火照り、ほんのりとした汗ばみを覚えた。

清七は、尻端折りにした千筋縞の上着をもろ肌脱ぎになった。

余計な肉を削ぎ落した撓る痩軀を、昼の日に晒して薪割りを続け、やがて、清七の肌に浮きあがる汗が、降りそそぐ日に耀いた。

薪割りは見る見る進んで、傍らの明地に積みあげられていった。

男に気づいたのは、薪を割る台に残り少なくなった薪をたてたときだった。

上背のある瘦身にまとった青鼠の無地と黒紺の細袴が、菅笠をかぶった男の物静かな目だたぬ様子に似合っていた。

瘦身に帯びた黒鞘の両刀が、押上村の畑や道端の木々、遠くの集落や杜や広く高い初冬の空を背にしたのどかな立ち姿に、無用の飾り物のように見えた。

男は菅笠を少し持ちあげ、頰笑みとさりげない辞儀を清七に寄こした。

くっきりと見開いた目は鋭いものの、わずかな下がり眉のひと筋が、男の眼差しをやわらげ、むしろ艶やかな愛嬌さえ湛えていた。

清七は斧をわきへ提げ、会釈をかえした。やおら、ねじり鉢巻をとって顔の汗をぬぐいつつ、
誰だ？

と、それとなく男を見守った。

男は菅笠の陰の中で白い歯を見せ、明るい声を投げてきた。

「見事な薪割りですね。つい見惚れておりました」

「薪割りぐらい、どなたがなさっても同じです」

清七は頰笑みかえした。

「あと少しですね。そのまま、続けてください」

男は薪割りの台にたてた薪を指差した。

清七は、へい、と頷き、大上段から薪を真っ二つにした。二つになった薪が、からからと転がった。

「こちらのおやすみ処の、ご亭主ですね。茶の一服と美味（うま）い焼餅を、所望いたします」

「ああ、お侍さまは、ご休憩でございましたか」

男は清七から目を離さずに頷いた。

「これは気がつかず、相済まぬことでございます。まずは、お入りください。すぐに支度にかかります」

「いえ。薪割りが済んでからでよいのです」

清七は急いでもろ肌脱ぎをなおした。

「薪割りは、手が空（す）いたときにする毎日の仕事です。いつでもできます。わざわざ足を運んでくださったお客さんを、待たせるわけにはまいりません。さあ、どうぞどうぞ……」

と、葭簀をたて廻した茶店へ導いた。裏戸から井戸端へ出て、顔や手を洗ってさっぱりした。ねじり鉢巻を締めなおした。

　ふと、店土間の緋毛氈を敷いた縁台に腰かけた男を見やると、菅笠をとった男は、総髪に髷を結った端正な横顔を見せていた。葭簀の陰の淡い明かりの中に、侍が物静かにひとり、一幅の絵のような居ずまいだった。

　ああ、よき侍姿だと、清七はほのかな羨望を覚えた。

　男に煎茶を出し、店頭の炭火が熾る炉で餅を焼き始めた。

　焼餅の香ばしい匂いが漂いだしたころ、文吉とお里が、土手道をばたばたと駆け戻ってきた。

「ただいま、お父っつあん」

「お父っつあん、ただいま。おっ母さんは……」

　お里が言った。

「おっ母さんは、柿右衛門さんとこへいってる。蒸かし芋があるからお食べ。その前に手を洗っといで」

　店土間の奥に、莫蓙を敷いた小あがりの部屋がある。小あがりの一角に、段梯子が屋根裏部屋へあがっている。

　文吉とお里は手習帳を小あがりに投げ、縁台の男に、「いらっしゃい」と声をかけ、裏戸を抜けて井戸端へ走っていった。

井戸端で水を使う音が聞こえた。

「お父っつあん、今日はね、堀田吉右衛門先生が、唐の偉い先生の漢詩を教えてくれたんだよ。お父っつあんに、聞かせてあげるね。しょうねん老いやすく、学なりがたし」

井戸端に水を鳴らしながら文吉が声に出すと、お里は、「……がたし」とだけ文吉に声をそろえた。

「一寸のこういん、軽んずべからず」

「……べからず」

縁台に腰かけた男が、湯呑を持った手を止め、ふっ、と噴いた。

井戸端から戻ってきた文吉とお里に、清七はおさんが棚の笊に用意しておいた蒸かし芋を出してやった。

いつもそうしている二人は、小あがりのあがり端に腰かけて食べ始める。

餅が焼け、清七はひとつに黄粉をまぶし、もうひとつは餡をくるんで皿に盛って、新しい煎茶の香りとともに、縁台の男に運んできた。

「これは美味そうだ。いただきます」

男は焼餅の皿と箸を持って、清七に話しかけた。

「ご亭主は、こちらに茶店を出されて、長いのですか」

「寛政の御改革のころ、ここに茶店ができたと、うかがっております。わたしども夫婦が、この茶店を遣るようになりましたのは、十年ほど前でございました。前のご亭主が、郷里に退かれるので引き継ぐ相手を探しておられ、ちょうどわたしどもが江戸へ出て、住むところと働くところを探しており、勧める方がおりましたもので、ではやってみるかと、居抜きで譲り受けたんでございます。と申しましても、ここの地主さんは別におられます。ごくわずかな元手でしたので、わたしどもでもどうにかなりました」

「十年前に、江戸へ出てこられたのですか。お国はどちらで」

「越後の片田舎の、小百姓の生まれでございます」

「ほう、越後ですか。米のよく穫れる国ですね」

「ではございますが、跡継ぎではございませんので、耕す田畑もございません。倅が生まれてまだ乳呑児のとき、いっそ江戸に出てみないかと女房に相談し、女房が倅を懐に抱いて江戸に出てまいりました。娘はここで生まれた子です」

清七と男は、小あがりの蒸かし芋に夢中の文吉とお里を見やった。

「ご亭主は、剣術はどこかで稽古をなさったのでは、ありませんか。先ほどの薪割りは見事でした」

「滅相もございません。申しましたように、越後の貧しい小百姓の生まれでございます。子供のころから、親に叱られ大人と同じ力仕事をやらされました。子供のころはつらかったことが今、役だっておるだけでございます」

「そうでしたか」

「お客さん、餅が冷めないうちにお召しあがりください。どうぞ、ごゆっくり」

と、清七は退った。

そこへ、ひと組、二組、と客が入り、茶店は少し賑わってきた。

しばらくして、村の子供らが店先に集まり、文吉の名を呼んだ。

「文吉、こいよ。いくぞ」

「文吉……」

文吉は蒸かし芋を急いで口の中に入れ、頬をふくらませて駆け出していき、お里が、「お兄ちゃん、待って」と、文吉を追っていく。店先の子供らが、わあっ、と土手道を賑やかに駆けていくのを、

「文吉、お里に気をつけてやれよ。遅くなっちゃあいけないぞ」

と、清七は店先に出て、声をかけた。

菅笠をつけた男が店の出入口に立ち、清七を待っていた。

「ご亭主、美味い焼餅でした。勘定を」

店に入った清七に言った。

「ありがとうございます。焼餅が八文に茶が四文の十二文をいただきます」

男は唐桟(とうざん)の財布を出し、十二文を支払って言った。

「わたしは、暇(ひま)な浪人者です。天気がよいので、これから向島を逍遥(しょうよう)するつもりなのです。ここから曳舟川までは、遠いのですか」

「いえ。さほど遠くはございません。この押上橋を小梅村へ渡り、西のほうをご覧になれば、田のくろの彼方に曳舟川の並木が見えます。それを目指して道なりにいけば、曳舟川の土手に出ます。橋を渡って北へいかれても、曳舟川から分かれた用水に出ますので、それをたどればほどなく」

「そうですか。では……」

「またのお越しを」

清七が頬笑んで言った。

男はうららかな笑みを寄こし、昼がすぎて間もない白い日射しの下へ、歩みを進めていった。

四

　引き潮で川底の見える十間堀の押上橋を、市兵衛は小梅村へ渡った。

　小梅村の田のくろ道をそぞろ歩きに北へとり、用水へいきあたったところから、用水端の細道の枯草を踏みしめ、曳舟川の土手並木を目指した。

　田のくろを隔てた林の間に、小梅村の百姓家が茅葺屋根をつらねている。

　田畑を蔽う広大な空に白い雲が棚引き、はるか北の方角の地平すれすれに、筑波山が霞んでいた。

　ほどもなく、曳舟川の土手道に出た。

　ゆるやかな流れを見せる川面より、淡い水の香りがのぼり、川端の林で、つびい、つびい、と名も知らぬ鳥のしきりに鳴く声が聞こえた。

　その刻限、ゆっくりとした流れをさかのぼっていく曳舟川の土手道には、ずっと先に、ひとり、またひとり、と人影が見えるばかりである。

　田畑のどこにも、農夫の姿も見えなかった。

市兵衛は、土手道を四ツ木村のほうへ歩みを進めていった。溜息が出るほどの心地よさだった。前にこの道を通った覚えが、残っていた。わずか数年前のはずだが、ずいぶん昔のような気がした。

しばらくいくと、道の傍らに牓示杭があり、右江戸大川橋へ三十丁（約三・三キロ）、左新宿松戸へ弐里（約八キロ）、と記してあった。

このあたりだな、と市兵衛は周囲を見廻した。

南方が大畑村あたり、北方は若宮村あたりである。

田畑が広がって集落は遠く離れ、森に囲まれた寺院や神社の本殿の屋根が、ぽつり、ぽつりと見えた。

市兵衛は、曳舟川の川面を見おろしつつ、いっそうゆるゆると歩んだ。

この土手道のどこかで、弥陀ノ介は鉄砲の玉を腹に受け、背中に深手を負い、若い達吉郎とともに曳舟川に転落した。

二人は川下へ流され、弥陀ノ介は曳舟川から分流する用水をへて、十間堀の水草に引っかかって浮いていた。達吉郎の亡骸は、曳舟川の川口の暗渠を抜け、源森川から横川へと流され、業平橋の橋杭に引っかかっていた。

二人を襲った賊は、そのあとどこへ消えたのか。

再び周りを見廻しつつ、今少し先へとゆるやかな歩みを続けた。

いくことしばし、やがて、曳舟川と綾瀬川の枝川の流れが交差するあたりに出た。二つの流れの四辻になった土手道に沿って、七、八戸の酒亭や茶店、飯屋などが茅葺屋根を並べている。

市兵衛は、綾瀬川の枝川に架かる橋を渡ったところで、江戸から離れすぎる、と思った。

歩みを止め、もう一度周りを見廻した。

このまま東へいく道は、新宿松戸へと通じる水戸街道につながり、曳舟川に架かる橋を渡って南へいく道は、下総の市川へと通じている。

水戸街道を横ぎって、曳舟川の土手道をさらにいった先に、四ツ木の曳舟の船着場がある。船着場の二軒茶屋の茅葺屋根が、もう見えていた。

二軒茶屋から亀有村まで、二十八丁（約三キロ）を曳舟が旅客を運んでいる。

四辻までできて、人通りが急に多くなった。

信正が言うように、弥陀ノ介と達吉郎が曳舟川の土手道に誘き出され襲われたのなら、二人を襲った一味は、このあたりの土地に詳しく、曳舟川の土手道からは方角の異なるどこかにねぐらを構えているのではないか。

市兵衛は、綾瀬川の枝川の土手道へ方角を変えた。

綾瀬川の枝川に沿って北西へとる道も、水戸街道に出ることができる。

さほどかからず、水戸街道に出た。

水戸街道を隅田川のほうへ戻る道をとった。若宮村、寺島村へと、田畑の中を街道は通っている。

このあたりは、江戸の大店の寮が多いところである。

初冬にもかかわらず、少し暑いくらいの天道は、西の空へ傾きつつあったものの、まだ充分に高い刻限である。

市兵衛は、若宮村と寺島村の境の道を、水戸街道からはずれて南の方角へ折れた。田のくろ道をいき、用水に架かる小橋を渡っていく先に、高い垣根に囲まれた広大な屋敷があった。

文化の初めに、白髭神社の森より一町余東の多賀氏屋敷跡の三千余坪に、《北野屋》平兵衛と《菊屋》卯兵衛が、閑居して世を渡る業にと、梅を中心に、萩、薄、桔梗など、百花の乱れ咲く園を開いて、百花園と称した。

亀戸村に梅屋敷があって、寺島村の百花園は新梅屋敷と呼ばれた。

市兵衛はその新梅屋敷へと、足を運んだ。

なぜなら、と定かに言う理由はなかった。気の赴くままに、いってみようと思った。ただそれだけである。

その男と出会ったのは、紅紫や白色の萩や、青紫の桔梗、金木犀や山茶花が、秋を名残り惜しむかのように花を咲かせている木々の間を廻り、四半刻ほどがすぎたころだった。

その男は、長身の痩軀に老竹色の十徳を纏い、剃髪しているのか、頭に焙烙頭巾をかぶって、梅の林の下に佇んでいた。

男の前の梅の木は、どれも葉を枯らして落葉を地面に敷き、春には紅や白の艶やかな花を咲かせ奔放に躍っていた枝は、干からびた葉をわずかに残しているばかりの寒々しい姿を、午後の日の下に曝していた。

ちらほらと通りがかる客は、誰も立ち止まらず通りすぎていくのを知ってか知らずか、男は長い杖を小脇にかい挟んで、手にした帳面に絵筆を一心にすべらせていたのだった。

色白に淡く朱が差した穏やかな横顔が、葉を枯らした寂しい梅の木を愛でるようにしばし眺め、それから帳面に目を落とし、絵筆を走らせた。

風流に生きる、六十をすぎた老齢の絵師に思われた。

だが、老いて見えても、背筋をすっと伸ばした長軀の周りに、その風雅な様子とは不似合いな精気を放っていた。

市兵衛は、男の絵筆の妨(さまた)げにならぬよう落葉を踏む音を消し、男の後ろを通りすぎかけた。

と、男の背中が、ずっと前から自分の後ろにいて葉を枯らした冬の梅林を愛でている友へ語りかけるように、市兵衛に言った。

「あなたはもう、お気づきでしょう。冬を迎えたこの梅の姿は、今のわたくし自身なのです。春に彩(いろど)られた紅梅、白梅の華やかさは、ときの流れとともに果敢(はか)なく色褪(いろあ)せ、失われてしまいました。冬がくれば春は遠からず、春にまた紅梅や白梅が、景色を艶やかに彩りましょう。ですが、それはこの梅の姿ではありません。梅は流れるときそのものなのです。決してとどまらず、古きものを捨て、新しい装いを纏(まと)い、つぎつぎと、刻一刻と姿を変え……」

市兵衛は立ち止まり、男の言葉を聞いた。

「まことに、人の一生は短い。この梅はどのような一生を終え、今、眠りについて、どのような夢を見ようとしているのかと、わが心がこの梅に傾き、つい足が止まりました」

男は帳面を閉じ、十徳の下の懐へ差し入れた。筆を矢立に仕舞って、帯に挟むと、小脇にかい挟んでいた杖を突いて踏み出した。

男の草履が、敷きつめた落葉をさらさらと鳴らした。

さあ、あなたもどうぞ。

と、男は誘うような笑みを市兵衛に寄こし、歩むことを促した。

「とは申せ、果敢ない一生を嘆いていても、寂しさや空しさは癒せません。それを嘆いているだけでは、みじめでございます。みじめな一生は長すぎます。ですから、今のわたくしは、こうして空しさを、むしろ楽しんでおるのです。空しさを楽しんでおりますと、無性に絵心が動きましてね。葉の枯れ落ちた梅に映じるおのれの定めを、描いてみたくなったのでございます」

ははは……

と、枯葉のような乾いた笑い声をまいた。

「いきなりお声をおかけいたし、失礼をお許しください。鈴本円乗と申します。弟子とともに諸国を廻り、面白き画題を見つけ、絵にしております」

「ああ、鈴本円乗さんは絵師なのですね」

市兵衛は、なるほど、という口ぶりをかえした。

「遠い北国の陸奥の、田舎絵師でございます。この夏の初めに旅に出て、土地土地のお百姓の納屋や離れをお借りして仮住まいとし、北の国々を廻り、ひと月半ほど前に念願の江戸を見ることができました。やはり、江戸は諸国一の町でございますね。画題になる見どころが多く、飽きません。ですが、江戸に逗留して長くなりました。そろそろまた旅をと、考えております。この冬は上方に上り、さらに西国を廻るつもりでおります」

円乗の杖が、地面を蔽う枯葉を突いた。

「お侍さま、お名前をお聞かせ願えませんでしょうか。いえ、わたくしが冬枯れの中の梅を描いておりますと、ずっと離れたところより、お侍さまの眼差しが感じられたのでございます。華やかさの失われた梅など、どなたも気にかけられません。ですが、お侍さまの眼差しは、華やかさの奥の、枯れて葉を落とした空しさの奥の、梅の命を見つめておられるのが、感じられたのでございます。そういうお方もおられるのだな、どういうお方なのだろうと、絵筆を動かしながら思っていたのでございます」

「どうやら、買かぶりをなされましたね。唐木市兵衛と申します。請人宿の周旋により、臨時雇いの渡り奉公をいたし、給金をいただいております。今は奉公先が見つからず、暇は持て余すほどあっても金はありませんので、折りしも小春(こはる)日和(びより)のこの天気に誘われ、向島の散策に出かけて参りました。いたって無粋な、定まった生業を持たぬ浪人者です」

「いえいえ、唐木市兵衛さまは、決してそのようなお方ではございませんよ。定まった生業は持たずとも、齷齪(あくせく)せず、小春日和の天気に誘われ、向島の散策にときをすごされますのは、裏をかえせば、悠々自適(ゆうゆうじてき)にお暮らしの証(あかし)でございましょう。これでも絵師でございます。このお方、と思ったわたくしの見る目が間違ったことはございません。この花の屋敷の景色に似合う、唐木さまはそういうお侍さまでございますとも」

円乗は、自信ありげに頬笑(ほほえ)んでいる。

「なるほど。裏をかえせば悠々自適なのですね。そのように申されますと、その日暮らしの息苦しさが、少し楽に感じられます。愉快だ」

市兵衛は、円乗に頬笑みかえした。

二人はゆっくりと百花園の木々の間を廻り、寺島村の田のくろ道に、姿のよい松並木の景色が眺められるあたりまできた。

そこで円乗が言った。

「唐木さま、わたくしはここにて、失礼をいたします。またのお会いできる機会が、あるような気がいたします。その折りはもっとときをとり、唐木さまのお話を、ゆっくりとお聞きいたしたいものでございます。では」

円乗は百花園の裏門を出て、寺島村の集落のはずれのほうへ去っていった。

市兵衛も裏門を出て、田のくろ道をいく円乗を見送った。杖を突いていても、屋敷内を廻っていたときとは違い、円乗の歩みは速やかだった。

やがて、円乗の姿が道を折れ、木々の向こうにまぎれて見えなくなった。

市兵衛は円乗の去った方角へ、歩み始めた。ゆっくりと、昼下がりの野の道を散策する風情を装った。

ほどもなく、円乗が道を折れた角まできた。道に沿って松林がつらなり、その木陰にさりげなく身を寄せた。菅笠をあげ、円乗の姿を目で追った。

道の先のなだらかな坂をあがったあたりに、入母屋(いりもや)風の茅葺屋根が見えていた。

黒板塀が囲い、板塀の見越しの松が、見映えのいい枝を広げ、茅葺屋根に描いた模様のようだった。

村の百姓家には見えなかった。

ちょうど、円乗が板塀の木戸門を開けて、門内へ姿を消したところだった。

「あれか……」

市兵衛は呟いた。踵をかえし、木陰から離れた。

百花園へは戻らず、寺島村の集落を抜けて、田のくろ道を隅田堤のほうへ向かった。

隅田堤まできて、堤下の白髭大明神に参拝した。八つ半すぎの刻限の所為か、参詣客はまばらだった。西へだいぶ傾いた日射しは、広い境内にまだ白く耀いてはいたが、川風が吹き寄せ、冬の寒さが身に染み始めていた。

市兵衛は、境内の茶屋の縁台にかけ、赤い襷がけの小女に香煎湯を頼んだ。香りのたつ香煎湯を、茶托に載せて運んできた小女に訊ねた。

「百花園の近くに、黒板塀に囲われた入母屋造りの一軒家があるね。枝ぶりのいい見越しの松が見える。おまえは知っているかい」
十二、三歳の白粉顔に口紅を小さく塗った小女は、え？　という顔つきを見せて首をかしげた。
「集落からぽつんと離れて、百姓家のようには見えない。たぶん、江戸のお店の寮だと思うのだが」

市兵衛がさらに言うと、ああ、と小女は思いあたったようだった。

「どなたのお店か、おまえは知っているかい」

「ちょいとお待ちください」

小女は茶店の奥へ小走りに引っこんで、「お父っつあん、あのね……」と、亭主らしい父親に訊ねる声が聞こえた。小女はほどなく戻ってきて、

「お客さん、あそこのお店は、駒形（こまがた）町の《都屋（みやこや）》さんの寮です。蔵前（くらまえ）通りの木戸のそばです。《唐物（からもの）　紅毛（こうもう）物品々　御眼鏡（めがね）処　都屋》と看板を通りにたてていますから、いけばすぐにわかります」

と、親切に言った。

唐物紅毛物品々とは、主に長崎の唐人（とうじん）屋敷や出島（でじま）を通して渡来した、支那（しな）やおらんだを始めとする諸外国の品物である。眼鏡もそうなのだろう。

「駒形町の、唐物紅毛物品々、御眼鏡処、都屋だな」

市兵衛は繰りかえし、香煎湯の湯呑（ゆのみ）を口に運んだ。

五

市兵衛は、隅田川の土手道を南にとった。

つい一刻ほど前までは、小春日和の暖かさだったのが、天道が西の空へ傾き、千ぎれ雲が赤く染まる刻限になって、隅田川より吹き寄せる微弱な川風が冬らしい冷たさで、市兵衛の袖をそよがせた。

絵師と言った鈴本円乗が、気になった。

円乗は、いかにも風雅に生きる絵師らしい風貌だった。

にもかかわらず、百花園の裏門より、寺島村の田のくろ道を去っていく円乗を見送っていたとき、ほんの一瞬、市兵衛の脳裡（のうり）を、円乗は絵師ではないのか、という疑念がかすめたのだった。

その疑念に理由はなく、思いあたる節もなかった。

水戸街道から百花園へ気の赴くままに足を運んで、円乗といき合い、通りすぎるだけのはずが、不意に話しかけられた。その偶然に理由がなく、思いあたる節がないようにだ。

だから、市兵衛は気になった。

それを馬鹿げている、とは思わなかった。

念のためだ、と市兵衛は円乗のあとをつけた。

夕方の大川橋（吾妻橋）を浅草へ渡った。材木町の往来を南方へ抜け、蔵前通りへ出たところが駒形町である。

馬頭観音の駒形堂から通りを半町（約五四・五メートル）ほど南へすぎて、町木戸に近い西側の表店の並びに、《唐物　紅毛物品々　御眼鏡処　都屋》と、軒先にたてられた都屋の看板が読めた。

通りの人通りはまだあったが、店頭の暖簾はすでに仕舞われ、板戸も閉じられていた。商売柄、店を仕舞う刻限が早いと思われた。

都屋の前をすぎ、浅草御門橋へとった。

半刻後、永富町三丁目の安左衛門店に戻ったとき、暮れなずむ紺青の空が広がって、西の空の果てには赤い帯がまだかかっていた。

夕六ツ（午後六時頃）を報せる時の鐘を、途中の新石町の往来で聞いた。

安左衛門店の路地に、住人の姿はなかった。戸口に閉てた板戸の隙間から、明かりが小さく漏れていた。板戸を閉じていない店の腰高障子にも、行灯の明かりが映っている。

市兵衛は店に入り、寂（しん）として冷えきった暗がりが蔽う寄付きに沿って、勝手の土間へいき、そこから台所の間へあがった。

行灯に火を入れ、行灯のそばに坐って腰の二刀をはずした。

菅笠をとって二刀の上に重ね、ふうっ、と長いため息をついた。

青物御納屋（あおものおなや）役所の並びの銀（しろがね）町と多（た）町一丁目との境に、青物新道と界隈では呼ばれている小路に、《さけめし》と《蛤屋（はまぐりや）》と認（したた）めた看板行灯を軒下にたてた、酒亭がある。

四半刻（約三〇分）後、市兵衛は蛤屋の半暖簾をわけ、両引きの格子戸（こうしど）を引いた。

天井にかけた三灯の八間（はちけん）が明々と灯（とも）って、その華やかな明るさと、燗酒（かんざけ）や煮物や焼き物の香ばしい匂いが、たてこんだ客の賑（にぎ）わいと一緒に、戸口に立った市兵衛をくるんだ。

浅黄（あさぎ）に萩の花を白く散らした小袖のお吉（きち）が、市兵衛に頬笑んだ。

「市兵衛さん、おいでなさい」

お吉は、少し低いぐらいのやわらかな声を寄こした。

「やあ、お吉さん……」

市兵衛はお吉に笑みを向け、小あがりのほうを見た。

花茣蓙を敷いた縁台が縦横に二台、四台と並ぶ店土間の片側は、畳敷きの小あがりになっていて、衝立で四つ設けた座がある。

その小あがりの、奥の調理場に近い座に、《宰領屋》の主人の矢藤太、北町奉行所定廻りの渋井鬼三次、渋井の御用聞を務める助弥が、銘々の膳を囲んでいた。

渋井と助弥が目敏く市兵衛を見つけ、渋井が手をふった。

「よう、市兵衛」

六尺ほどの背丈のある助弥は、渋井と並んで長い片足を土間におろした恰好のまま、両手を差しあげ、こっちこっち、というふうに手招いた。衝立を背にしていた矢藤太は、衝立のわきから戸口の市兵衛へ顔をひねり、

「市兵衛さん、遠慮してないでさ」

と、わざとふざけた口ぶりを寄こした。

「どうぞご一緒に。すぐにうかがいますので」

お吉は市兵衛に言って、土間の客の注文を聞きにいった。

店土間奥の調理場は、仕切の板壁で隔ててあり、板壁に空けた窓ごしに湯気が白くのぼる調理場が見え、後ろ鉢巻の調理人が市兵衛に気づき、「いらっしゃい」と、親しげに顔をほころばせた。

仕切の暖簾をさげた出入口から、暖簾を分けて色白のお浜がにこやかなふっくらした顔をのぞかせ、「おいでなさんせ」と、市兵衛に声をかけた。

「美味い煮つけを肴に、酒を呑みにきました」

市兵衛はお浜に言った。

調理場の料理人は丹治と言い、お浜の亭主であり、夫婦はお吉の両親である。お吉は、一度嫁いだ先から戻ってきた。蛤屋のお吉は青物新道では評判の器量よしだが、様子に少し寂しげな影が差すのはその所為かもしれなかった。三十にひとつ二つ前の年ごろ、と聞いている。

「さあさ、坐った坐った」

と、矢藤太が膳をずらした。市兵衛は矢藤太の隣に座を占め、

「渋井さん、しばらくぶりです。変わりはありませんか。宗秀先生からは渋井さんの様子をうかがっていましたが、ここのところ、会う機会がありませんでし

たね。助弥とも久しぶりだな」

「市兵衛さん、お久しぶりで。あっしも、市兵衛さんはどうしていらっしゃるのかなと、旦那と話してました。もっとも、この夏は例の流行風邪で江戸中大騒ぎだったし、そのころはまた、良一郎坊ちゃんが御番所にご出仕となって、まことにめでたいやら心配やらで、どたばたしてるうちに、いつの間にか冬になっちまったって感じです」

　助弥が言った。

「そうそう。良一郎の御番所出仕も、宗秀先生から聞いています。この夏に良一郎に会ったときは、その話は何も決まっていませんでした」

「済まねえ、市兵衛」

　渋井が渋面をいっそう渋くして言った。

「急にとんと話が決まってさ。この秋の初めから、十八の男が十三、四の子供らと一緒の無足見習だ。先だって、ようやく少々の手当がつく見習になった。こっちが気をもんで、くたびれるぜ。良一郎には、市兵衛にさんざん世話になっているんだから必ず報告にいくんだぞと言いつけたが、二度ほど店を訪ね、二度とも留守だったそうだ。市兵衛も忙しいんだな」

「と言って、うちが請けた奉公先に勤めているわけじゃありませんしね。この前は宗秀先生の斡旋で、借金取りの仕事についていたし、そのあと、あっしがこの仕事はどうだいと周旋しても、気が進まないとか、ほかにないのかとか、相変わらずわがままなんだから。どうやって暮らしていけるのか、こっちが心配してやきもきさせられますよ」

矢藤太が口を挟み、

「そう言うな、矢藤太。たまたま、野暮用が続いているだけだ。これでも矢藤太を頼りにしているのだ」

と、市兵衛はかえした。

矢藤太は、三河町三丁目の請人宿宰領屋の主人である。

「お待たせいたしました」

お吉が市兵衛の膳を運んできた。膳には燗の徳利と、茄子に大根、人参牛蒡胡瓜の、色とりどりの糠漬けの大皿が添えてあった。

「お待たせしたお詫びに、これは市兵衛さんとみなさんに蛤屋からです」

四人が、おおっ、とざわついた。

「これは美味そうだ。お吉さん、今日は何かいいことがあったのかな」

助弥がお吉をからかった。

「はい。今日はいいことがありました。久しぶりに、みなさんがそろってきてくださったんですから」

お吉は平然と受け流すと、渋井が、ふむふむ、と頷き、矢藤太が、お目あては誰だ、とわざとらしく見廻し、市兵衛はからからと高笑いをあげた。

今日はたらでです、とお吉の言ったたらの煮つけに、茄子の田楽、それに、腹に溜まりそうな煮豆を頼んだ。

「市兵衛、まずは一杯いこう」

お吉が退ると、渋井が徳利を差した。

いただきますと、それを受けた市兵衛に渋井が続けた。

「良一郎が、市兵衛に報告がまだできてねえって言うから、先月の末に訪ねたら留守だった。で、今日も今日とてまた留守ときた。仕方がねえから、矢藤太を誘って一杯やるかってことにしたわけさ」

「仕方がねえはないでしょう。こっちは寝る間も惜しむくらい忙しいのに、旦那に声をかけられちゃあ断れませんから。ですよね、市兵衛さん」

「冗談だ。矢藤太とも呑みたかったのさ。ちょいと、市兵衛と矢藤太の考えを、聞かせてもらいたくてな」

「旦那はさ、良一郎坊ちゃんとあれのことで、悩んでいらっしゃるんだよ」

矢藤太が、おかしさを怺(こら)えて真顔を作った。

市兵衛は矢藤太に頷き、渋井へ向いて言った。

「渋井さん、良一郎と小春のことですか」

「わかるかい、市兵衛。そうなんだ。先日、良一郎がいきなり言い出した。見習から本勤並(ほんづとめなみ)に就いたら、小春を女房にしたいんだとさ。いつかは言い出すんじゃねえかと思ってはいたが、実際に言われて、はいそうですかってわけにはいかねえよ。小春の親のこともあるしさ。だいたい、本勤並にもならねえ見習の身で、嫁とりの話なんぞ、早すぎるぜ。良一郎が見習出仕を始めたからには、そりゃいつかは番代わりをするのはいた仕方ねえとしても、歳(とし)は十八だがまだまだひよっこじゃねえか。だから、今はまだその話をするときじゃねえ、町方の勤めを人並みに果たせるようになってからの話だと、言ってやった。良一郎のやつ、しょげやがって。ちょっと可哀想(かわいそう)になっちまってな」

「長谷川町の左十郎夫婦は、三歳の耀くような童女だった小春を養女にしたときから、いずれは倅の又造(またぞう)と夫婦にして、扇子職人のあとを継がせるつもりなのです。左十郎夫婦は、小春が又造の女房に納まるものだと、まったく疑っていません。小春は、育ての親の左十郎夫婦に、兄の又造の女房になれと言われたら、たぶん拒めないでしょうね」

「そりゃそうだよな。そうなると、良一郎坊ちゃんが見習の身で焦る気持ちも、わからねえわけではねえ」

矢藤太が、頷きつつ言った。

「渋井さん、わたしは算盤侍です。算盤は、まあ得意ですが、夫婦になるとかならぬとか、こういう男と女の人情の機微に触れる事柄は、算盤をいくらはじいても、妙案は出ません。渋井さんは良一郎の父親ですが、母親はお藤さんです。お藤さんに相談してみたらどうですか」

「お藤？　だめだめ。そりゃだめだ。ありゃあ、子は親の言いつけに従うもんだと決めてかかっている女だから、お藤に相談しても言うことはわかってる。おれが何を言ったって同じさ」

「案外に、そうではないかもしれませんよ。確かにお藤さんは気が強くて、怒らせると器量よしの顔が般若のようになって恐ろしいですが……」

市兵衛が言うと、矢藤太が噴き出し、渋井が唇をへの字に結んで矢藤太を横目で睨んだ。

「お藤さんがどう判断するかはおいて、お藤さんは筋の通った考えをする人です。小春の気持ちにも、左十郎夫婦にも、男親の渋井さんよりも女親のお藤さんのほうが、親身になって添えるのではありませんか。どうですか、渋井さん。お藤さんに相談するという考えは」

「ええ？　お藤にかよ。気が重いな」

すると、助弥が言った。

「旦那、あっしもそれがいいと思います。おかみさんは、ずけずけ遠慮なく物を言うし、女にしては背が高いから押し出しが強いんですが、ああ見えて、濃やかに気配りをなさるんじゃありませんかね。良一郎坊ちゃんが、いきなり町方になると言い出したとき、おかみさんが良一郎坊ちゃんの考えは甘いと、ずい分たしなめなすった。けれど、良一郎坊ちゃんに、ちゃんと覚悟をしているんだろうねと何度も念を押して、覚悟ができてるなら頑張っておやり、嫌になって途中で逃げ出したら、自分ひとりじゃなくて、父親の渋井さんにも恥をかかせることになるんだからね、と仰いましたよね。あのとき、あっしはそばで聞いていて、おかみさんはこういう人なんだ、おかみさんの言うことは筋が通ってるじゃねえかと、感心しました。それまでは、惚れて所帯を持った旦那と離縁になったのは、おかみさんは町家のお嬢さま育ちだから、ずい分とわがままを言って旦那を困らせ、それで離縁になったんだなと、勝手に思っていたんですけどね。そうじゃなくて、良一郎坊ちゃんや所帯のことはおかみさんに押しつけて、自分は仕事のことしかかまわねえ旦那に、おかみさんのほうが愛想をつかし、良一郎坊ちゃんの行末を考えて、良一郎坊ちゃんの手を引き、顔は般若でも心は泣く泣く出ていかれたんだろうなと、あのとき、やっとわかった気がしやした」

「わかる。顔は般若でも心は泣く泣くね。わかる」

　矢藤太が大きく首を上下させた。

「な、なんだよ、助弥。おめえまで市兵衛と一緒になって、お藤の味方かよ」

　渋井は目の遣り場に困った顔つきだった。

「そうじゃなくて、旦那。おかみさんなら、良一郎坊ちゃんのことも、小春のことも、相手の左十郎夫婦の事情にも、親身になって相談に乗ってくださるんじゃねえかなと、あっしは思いやす。ですよね、市兵衛さん」

「そうだな。渋井さんは良一郎の父親なんだし、お藤さんは母親なんですから、何がいいのか、どうしたらいいのか、妙案ではなくとも、きっと、ましな手が見つかると思います」

「よっ、それで決まりだ。じゃあ、旦那、ぱっとやりましょう。良一郎坊ちゃんも小春も、相手方の左十郎さん夫婦も、みながしゃんしゃんと丸く収まりますように、祝杯をあげましょう」

矢藤太が、調子のよい合いの手を入れるように手を打った。

しかし、渋井は物憂(ものう)そうにうめいた。

「お藤にか。ふうむ……」

よほど、別れた女房のお藤が苦手らしかった。

六

《蛤屋》の看板は、五ツ半（午後九時頃）ごろである。

決まってはいないが、その刻限のころには、客がだんだんと退いていき、お吉は店先の暖簾を仕舞(しま)った。

その夜、四人は五つ半をだいぶすぎて、小あがりの座を立った。

気がついたら、店土間にも小あがりにも、客は四人だけになっていた。

「済まねえ、お吉さん。ついときを忘れて、呑みすごしちまった」

矢藤太がお吉に言った。

「いいんですよ。みなさん、楽しそうに呑まれて。渋井さま、お坊ちゃんにお嫁さんをお迎えになるんですか」

お吉が言い、調理場のお浜が暖簾を分けて顔を出し、

「お坊ちゃんに、お嫁さんをお迎えになるんでございますか。それはめでたいことでございますね」

と、渋井にふくよかな笑顔を寄こした。

「いやいや、先のことは、まだ何も決まっちゃいねえんだ」

渋井は手をふって、照れ臭そうに顔をしかめた。

勘定は、今夜は前祝いの前祝いなんだから、あっしにお任せを、と矢藤太が済ませた。蛤屋を出て青物新道を横大工(よこだいく)町の往来へとった。

市兵衛と渋井、助弥の三人は、横大工町の辻で、三河町三丁目へ戻る矢藤太と別れ、南の鎌倉河岸(かまくらがし)のほうへ折れた。

「矢藤太、そのうちに顔を出すからな」

「はいよ。いつでもきな。仕事はちゃんと見つけてやるからさ」

市兵衛と矢藤太は、声を投げ合った。

その往来の途中に市兵衛の暮らす永富町、さらに数町先が鎌倉河岸である。

「助弥、やっぱり冷えるな。河岸場で船がつかまったら、そいつで帰ろうぜ」

渋井がほろ酔い加減で言った。

「へい。なんなら、河岸場の船頭小屋の船頭を、起こしやすか」

助弥もほろ酔い加減でこたえた。

「渋井さん、鎌倉河岸で蕎麦を食いませんか」

市兵衛は、永富町の往来で別れず、渋井と肩を並べて言った。

「そうだな。ちょいと小腹に何か入れたい感じだしな。いいぜ、市兵衛。助弥、蕎麦を食っていこう」

「へい。あっしも小腹が減ったなと、思っておりやした」

鎌倉河岸の御濠端の店はどこも閉じて、河岸場にずらりとつながれた船も人気はなく、静かに浮かんでいる。

この刻限、暗い御濠に棹を差して通る船は、大抵、舟饅頭である。小提灯を背中に差した船頭が、「おまん、おまんでござい」と土手の人影に呼びかける。土手のほうでは、夜鷹が物陰からふらりと現れ、通りがかりの客を引いた。

鎌倉河岸に出た三人は、御濠が神田堀へ分かれる竜閑橋の袂の、柳の木の下に《風鈴そば》の提灯看板を見つけた。冬の冷たい夜風が御濠の水面をかすめて、屋台に吊るした風鈴を、ちりん、ちりん、と鳴らしている。

蕎麦屋にあられ蕎麦を言いつけ、三人は柳の木の下で向き合い、提灯看板のかすかな明かりに白い湯気をゆらした。

「で、市兵衛、話はなんだ」

市兵衛が言い出す前に、ずる、ずる、と蕎麦をすすりながら、渋井がさりげなく言った。渋井は、市兵衛に何か用があることは、すでに察していた。

「渋井さん、何も訊かず、人を貸してくれませんか」

「市兵衛が人を貸してくれと言うのは、珍しいな。しかも、わけは、訊いちゃあならねえんだな」

「市兵衛さん、あっしははずしましょうか」

助弥が気を利かせて言った。

「いや。助弥にも承知しておいてもらいたい。蓮蔵のことだ。蓮蔵に手伝ってほしいのだ。ただし、渋井さん、たぶん危うい仕事になります」

渋井の御用聞、すなわち岡っ引を務める助弥の、蓮蔵は下っ引である。渋井の手先として働くが、助弥の手下である。

「蓮蔵ひとりで、いいのかい」

「もうひとり、紺屋町の文六親分の下っ引の富平にも、手を借りたいのです。文六親分に、わたしの頼みは伏せて、渋井さんのほうから、それとなくかけ合ってほしいのですが……」

「表沙汰にできねえ危うい仕事の助っ人に、うちの蓮蔵と文六んとこの富平だな。ほかには」

「蓮蔵も富平も、気心はわかっています。あの二人なら目だちません。目だたぬように、わたしを入れて三人。ぎりぎりです」

　市兵衛は言った。

　ずる、ずる、と渋井は蕎麦を鳴らし、助弥も黙々と蕎麦をすすっている。

「それから、蔵前通りの駒形町に、《唐物　紅毛物品々　御眼鏡処　都屋》と看板をたてた表店があります。どういう商家か、知りたいのです」

「唐物紅毛物に眼鏡処ときたら、渡来物を扱う店だな。助弥は知ってるかい」

「駒形町の《都屋》という、唐物類を扱う店があるのは知っておりやす。確か、主人の名は都屋の丹次郎だったと、思います。三代ぐらい前から続いている、唐物紅毛物、眼鏡の類を扱う店としては、老舗ですぜ」

「三代ぐらい前から続く老舗か。丹次郎のことを探るのかい。それとも……」

「向島の寺島村に、都屋の寮があります。百花園の南方です。この秋に鈴本円乗と名乗る絵師が、弟子とともに逗留しているようです。都屋と鈴本円乗がどういうかかり合いか、ただの絵師と都屋の主人が贔屓、というだけなのか、それともほかに事情があるのか、それが確かめられればありがたいのですが」

　渋井は食い終った蕎麦の碗と箸を片手に持ったまま、黙然として、市兵衛の話を聞いていた。

「昼間、曳舟川の土手を散策して、水戸街道を隅田川のほうへ戻り、百花園へ寄り道をしました。そこで、偶然、鈴本円乗に話しかけられたのです。向島からの戻り、大川橋を浅草のほうへ渡っていたとき、人につけられていることに気づきました。それが誰か、狙いが何かは、不明ですが。渋井さん、こちらが探っていることを気づかれないように、わかるところまででいいのです」

「鈴本円乗の、差金かもしれねえんだな。向島から、ずっとつけられていたってことなら、円乗って野郎は、絵師のくせに滅法怪しいな。何が怪しいのか、見当もつかねえが」

渋井は、また考える間をおいた。それから言った。

「話は違うが、先月下旬の早朝、横川の業平橋の橋杭に、人足風体の若い男の亡骸(なきがら)が引っかかっていた。亡骸は川に落ちて命を落とした土左衛門(どざえもん)じゃねえ。何ヵ所も斬(き)られて仏になったんだ。あんなふうに何ヵ所も斬られたってことは、何人かに寄って集(たか)って斬られたんだ。ちゃりんちゃりんと、斬り結んだ末に斬られたとしたら、仏は人足風体に見えても、正体は侍だったのかもな。むろん、身元は今もわからねえ」

市兵衛も助弥も蕎麦を食い終え、渋井の話を凝(じ)っと聞いている。

「業平橋の近くで、斬り合いや喧嘩(けんか)騒ぎはなかった。仏は業平橋に引っかかったんだから、横川の上流のどっかで斬られて川に落ち、流されてきたと見るのが妥当だ。亡骸は大して傷(いた)んじゃいなかったから、殺(や)られたのは、前日、たぶん前夜と思われた。大川、源森川と漂い流れ、横川に入って業平橋、というのがひとつ。もうひとつは、向島の曳舟川から、十間堀じゃなく、どういう具合でか横川へ流れ、業平橋に引っかかった。で、おれは曳舟川の土手道をたどって、その前日、あるいは前夜、曳舟川のどっかの土手道で騒ぎはなかったか、人の叫び声や不穏な物音を聞いた者はいねえか、あて推量で、土手道から見える百姓家に寄って、訊きこみをしてみた。向島の支配は陣屋で、おれたち町方じゃねえんだが、晩秋の向島の景色に魅かれて、助弥とついぶらぶらと。なあ助弥」

「へい、ついぶらぶらと向島までいきやした」

ちりん、ちりん、と屋台の風鈴が鳴った。

「市兵衛が、表沙汰にできねえ用があって、昼間、曳舟川の土手道を散策したなら、おれたちのぶらぶら歩きと、ちょいと因縁を感じるぜ。でだ、そのあて推量の訊きこみに大した話は訊けなかったが、ひとつ、鉄砲かもしれねえ音を、前夜の夜更けに聞いた百姓がいた。だいぶ遠くのほうから、間をおいて二度、ぱあん、ぱあん、と聞こえたという話だ。ただ、どっかで騒ぎがあったかなかったか、そいつはわからねえ。たぶん、曳舟川の周辺の百姓家を一軒一軒あたっていけば、鉄砲らしき音を聞いた者は、もっと出てくるだろうな」

「業平橋の仏については、渋井さんはそれからどのように」

「そこなんだ。市兵衛に言っておきてえのさ。その日、向島から呉服橋の奉行所に戻ったのは宵の刻限だった。奉行所に戻ったら、目安方の栗塚と公用人の三宅と言う与力に呼ばれてな。業平橋の一件は、町方は手を引けときたから事情が呑みこめねえ。どういうことか、子細は栗塚らも承知してねえが、その昼、お城で御目付役筆頭の片岡信正どのとか言う偉いお方から、うちの御奉行に窃(ひそか)に申し入れがあった。つまりだな、町方は業平橋の一件から手を引け、わけは知る必要はねえ。業平橋の仏も、おれたちが向島をぶらついてる間に、御目付役の手の者がさっさと引きあげたらしいってな」

　市兵衛は、黙って頷いた。

「栗塚らは、御目付役がそれを申し入れたってえことは、隠密(おんみつ)が動いている一件かもしれねえと言ってた。するってえと、裏稼業で稼ぐ連中の仲間割れとか、もめ事、いざこざ、ごたごたの末の斬り合いとかの話とは、だいぶ違っていそうだとわかった次第だが、そのとき、ふと気づいた。御目付役筆頭の片岡信正どのとかの偉いお方は、市兵衛の兄上じゃねえか、とだ。間違いねえ、市兵衛の兄上の御目付さまが業平橋の一件の掛(かかり)なら、確かに、おれたち町方の出る幕じゃねえなと思った。市兵衛も、そう思うだろう」

　しばし、渋井は風鈴そばの看板行灯の薄明かりを透(とお)して、市兵衛の様子をまじまじと見た。そして続けた。

「承知した、市兵衛。何も訊かねえし、知る気もねえ。おれと助弥以外にはわからねえように、手を貸してやる。助弥、いいな」

「合点だ。市兵衛さん、人目を忍んでこっそり動くのは、あっしら岡っ引や下っ引は、案外に慣れているんですぜ。任せてくだせえ。それで、蓮蔵と富平には、市兵衛さんの店へいかせますか。それとも……」

「わたしをつけてきた何者かは、永富町の店を知っている。今夜は、明かりを消して寝たふりをし、裏戸からこっそり出てきたのだ。宰領屋で矢藤太と渋井さんたちが蛤屋にいると聞き、蛤屋にいった。渋井さんを訪ねるつもりでしたから、都合がよかった」

「ほう。蛤屋に顔を出すだけで、ずい分手間がかかったんだな」

「念のためにです」

と、市兵衛は助弥に向きなおった。

「今夜中に、わたしは永富町の店を出て、しばらく戻らない。蓮蔵と富平に、明日昼、花川戸町の蕎麦屋の牧屋久兵衛の店にくるように伝えてくれ。昼をいただきながら、段どりを伝える。ただし、わたしは姿を変えているので、驚かないようにとな。渋井さんに連絡をとりたいときは、蓮蔵か富平に頼みます」

「はあ、姿を変えて……」

「わかった。市兵衛、気をつけてな」

渋井が、急に心配顔になって言った。

それより一刻ほど前、縞の半纏に股引を着けた職人風体が、提灯の明かりを頼りに、向島百花園の南方、松林が見どころと言われる田野の道から、ゆるいのぼり道へ折れた。

のぼり道の先、黒板塀に囲われた都屋の寮の、茅葺屋根つき門の潜戸をくぐり、職人風体は姿を消した。

丹波久重は、配下の八五郎が戻ってきたと知らされ、寮の奥の居室に使っている部屋に呼びつけた。

宵になって急に寒気がおりて、丹波は陶の火鉢に炭を入れさせた。火鉢に皮が透けて見えるような白い手をかざし、江戸市中の絵地図を畳に広げてつくづくと見入っていた。

焙烙頭巾をかぶらず、綺麗に剃髪した形のよい白い頭に、行灯の明かりが映っていた。

ほどなく、石燈籠に明かりを灯し、塀ぎわの三本松が枝を躍らせる庭伝いの縁廊下に、八五郎が着座した。

「お頭、八五郎でございます」

「入れ」

お頭、と呼ばれた丹波は、腰付障子を見もせずに言った。

腰付障子が引かれ、庭の寒気とともに八五郎が入ってきた。

八五郎は畳に手をつき、「ただ今戻りました」と言った。

「ふむ。で？」

丹波は絵地図に目を落としたまま、手をあげよ、とも言わなかった。

「へえ、唐木市兵衛と申す男は、確かに浪人者で、神田永富町三丁目の安左衛門店という裏店に、間違いなく居住いたしておりました。いかにも、貧乏浪人の住まいらしい安普請の、町家の長屋でございました」

「あの男、まことに江戸の町家に住んでおる浪人者であったか」

と、丹波は絵地図から顔をあげた。一灯の行灯の明かりが薄暗く照らす部屋の暗みへ物憂げな目を泳がせた。少ししゃくれた尖った顎を撫でながら、

「女房や子は……」

と、眼差しと同じように物憂げに言った。

「女房も子もおりません。近所に酒屋がございましたので、そこで一杯呑みなが

ら、亭主にそれとなく聞いたところ、わりと評判のよい男でした。女房も子もない独り身で、算盤ができて、渡り奉公を生業にしていると。五、六年ほど前に上方から江戸へ下り、宰領屋という三河町の口入宿の周旋を請け、渡り奉公に就いたり就かなかったりと、あまり仕事熱心ではないようでございました」

「算盤のできる、上方の男？　江戸の男と思ったが、そうではないのか。江戸では、算盤のできる町民が武家屋敷の台所勘定をつけるために雇われ、雇われている間は帯刀が許されていると聞いたことがある。唐木は、侍ではないのか。いや違うな。間違いなくあの男は侍だ。八五郎、そう思わぬか」

「ふうむ、わかりませんな。確かに、見た目は侍らしい風体でございますが、白髭大明神から神田まであとをつけた間、つけられていることに気づいた様子は、まったくございませんでした。周りに用心や気配りをするふうも見られず、呑気に帰途についたばかりでございました。思いますに、侍だとしても、それほどの者ではございますまい。あれ式の者がこのあたりを散策していたのは、風流を気どって向島の景色を眺めにきた、そればかりではございませんかな」

「風流を気どってだと？」

丹波は、白々とした顔つきを八五郎へ向けた。

「あ、いや、あまり侍らしくないという意味で……」

八五郎はつくろった。

丹波は絵地図へ顔を戻して言った。

「近所の酒屋でそのようなことを聞いて、怪しまれたのではないか」

「そこは抜かりなく。自分はあるお武家屋敷に出入りしている者にて、お屋敷ではこのたび唐木市兵衛を雇い入れる話があり、口入屋の周旋だけではわからぬことがあるため、近所の評判を聞いてくるように頼まれたと、酒屋の亭主には申しました。そういうことならと、聞けた評判ゆえ」

「そうか。まあ、よかろう」

「では、唐木市兵衛のことは、放っておいてよろしゅうございますか」

丹波は絵地図から顔をあげ、腕組みをした。

「いや。あの男は気になる。ただの渡り奉公の者とは思えぬ。唐木市兵衛の、もっと詳しい素性を探れ」

丹波の老いた白い顔に、急に血が廻るような朱が差した。

第三章　歳月

一

　富平は本所の横川端、時の鐘屋敷の北隣、入江町で生まれ育った男である。

　物心ついたときから、本所は富平の遊び場で、神田紺屋町の岡っ引・地蔵文六親分の下っ引に使われる前は、大人に混じって博奕に手を出すほどの本所の悪がきだった。

　ただ、貧乏育ちの悪がきでも、性根に憎めない愛嬌があって、案外に気も利き、悪がきと言われながらも、本所の町家や村の住人に顔は広く、知らない顔でも、顔見知りを通して探っていけば大抵のことはわかった。

　地蔵文六が富平を下っ引に使い始めたきっかけも、性根の愛嬌のよさと、その顔の広さを買ったからだった。

初冬のその日、横川に架かる法恩寺橋を東へ渡った富平は、法恩寺門前を天神橋のほうへとった四ツ目の通りを、柳島村の北側の押上村に向かった。

このあたりは、点在する村の百姓家や、土塀に囲われた武家屋敷や寺院、葉を枯らした樹林などが、田畑の向こうに見えるばかりだった。

天気のよい昼間の、森閑としたのどけさが村を蔽(おお)っていた。

村役人の柿右衛門の店は、北割下水(きたわりげすい)の小橋を渡って半町ほどいった往来の角地にある。店は網代垣(あじろがき)と石垣で囲われ、両開きにしたままの門内の広い庭に、茅葺(かやぶき)屋根の主屋と、同じく茅葺屋根の納屋が見えた。

納屋は馬屋にもなっており、馬が柵の上から顔を出し、門をくぐった富平を不審そうに見守っていた。

用があるんだよ、と富平はにやにや笑いを馬へ投げた。

主屋の大きな軒庇(のきびさし)の下に、両引きの腰高障子戸が閉じられている。

富平は庭に面した縁側のほうへ廻(まわ)り、縁側の前部屋に閉(た)てた四枚の腰付障子に声をかけた。

「周太郎(しゅうたろう)さん、いるかい。周太郎さん……」

声はかえってこなかったが、主屋に人の気配はあった。

ほどなく、人が縁側のほうへくるのがわかった。

腰付障子が引かれ、主人の柿右衛門が、日焼けした顔をのぞかせた。縁側のそばに立っている富平を見て、目を丸くした。

「おめえ、富平ではねえか。珍しいな」

柿右衛門は、顔をのぞかせた恰好のまま富平に声をかけた。

「柿右衛門さん。ご無沙汰いたしておりやした」

富平は、照れ臭そうに頭を下げた。

「富平、変わりはねえか」

柿右衛門は訝しむように言った。

「周太郎から聞いたが、おめえ、お上の御用を務めているんだってな。二、三年前だった。今もやってるのか」

「へ、へい。神田の紺屋町の地蔵文六親分の下っ引を、務めておりやす。もう、三年半になりやす。文六親分は、南町の臨時廻りの旦那の御用聞を務めている親分さんで……」

「ほう、紺屋町の地蔵文六親分の下っ引で、南町の御用をかい。あの富平がそんなわけはねえだろう、お上に追っかけられるならわかるが、追っかけるほうに廻るのは変だろうって、周太郎から聞いたときは言ってやったんだがな。本途(ほんと)だったとは驚いた。変われば変わるもんだ」

「えへへ。どうにかこうにか、続いておりやす」

富平は、うっすらと毛の生えた月代(さかやき)の小銀杏(こいちょう)を整える仕種(しぐさ)をした。

「町方の御用聞の、そのまた下の御用聞だろうが、盛り場のやくざや博奕打ちになっていずれ身を持ちくずすよりは、ずっとましではねえか。お袋も少しは安心してるだろう。入江町だったな。お袋は達者かい」

「相変わらず裁縫仕事で、細々と、なんとかやっているようで。妹と二人で暮らしておりやす」

「歳(とし)をとった母親と若い娘の二人か。親父(おやじ)が亡くなって何年になる」

「今年で、十三年になりやす。生きてる間は、おっかねえだけの親父でしたが、いなくなっちまうと、心細いもんでございやす」

「そりゃあ、そうだ。どんなにおっかなくとも、親父は大黒柱だ。大黒柱の親父がいなくなったら、たちまち飯も満足に食えなくなっちまう」

へえ、と顔を伏せて頷(うなず)きながら、富平は子供のころ、入江町の物揚場(ものあげば)の軽子(かるこ)をやっていた親父が、呑んだくれて夜ふけに裏店に戻り、明日の米はどうするんだよ、うるせえ、とお袋とつかみ合いの喧嘩をしていたことを思い出した。

つらくて悲しい子供のころの記憶だった。

また、この柿右衛門の倅の周太郎とは悪がき仲間で、富平が周太郎をこっそり呼び出して、出かけるところを柿右衛門に見つかり、周太郎が柿右衛門に立っていられないくらいに引っ叩かれ、富平は柿右衛門に石を投げつけられ、追っ払われたことを思い出した。

だが、もう石は投げつけられず、追っ払われもしなかった。

柿右衛門も、しばらく見ぬ間に爺さんになっていた。

「ところで、周太郎に何か用かい」

「へい。周太郎さんに、ちょいと訊ねてえことがあって、うかがいやした。周太郎さんは、いらっしゃいやすか」

「周太郎に訊ねてえこととは、お上の御用かい」

「柿右衛門さん、済まねえ。そいつは、あっしの口からは、そうだともそうでねえとも言えねえんです。怪しいことを訊ねるんじゃございやせん。あっしは下っ端で、上から言われるままに調べているだけでやす。周太郎さんを、呼んでいただけやせんか」

「そうなのかい。生憎、周太郎は出かけている。今な、周太郎に嫁とりの話が進んでいるんだ。というか、もう話は決まって、結納も交わしたんだ」

「ええっ、周太郎が嫁とりを。いや、周太郎さんが」

「相手は、中川の先の小松村の娘でな。なかなか器量よしで、気だてもいい。周太郎にはすぎた嫁とりができることになって、おれもひと安心だ。今日はかかあと一緒に、小松村の家に呼ばれてな。帰ってくるのは夕方になるだろう。たまたまほかの者も出かけて、今、おれひとりなんだ」

「そうか。周太郎が嫁とりか。いいなあ」

「富平は、周太郎のひとつ下だから、年が明ければ二十一だな。そろそろ、嫁とりの話もひとつや二つ、あるんじゃねえのかい」

「とんでもございやせん。あっしなんか、所帯を持ったって、女房をちゃんと食わしていくこともできやせんので。えへへ……」

　腰付障子から顔をのぞかせた柿右衛門と、縁側そばの富平は、そんな遣りとりをしばらく交わし、ふと、言葉が途ぎれたのを機に、柿右衛門は話をきりあげたそうな素ぶりを見せた。

「富平、茶でも飲んでいくかい」

と柿右衛門に言われ、富平は断らなかった。

富平はずんぐりむっくりの短軀に、顎の短い丸顔で、目のくりっとした童顔である。その童顔を、大人びた真顔に変えた。

「柿右衛門さん、じつを言いますとね。こいつは、周太郎さんじゃなくて柿右衛門さんにお訊ねしてえんでございやす。けど、柿右衛門さんはあっしなんか相手にしてくれねえだろうから、周太郎さんに訊くしかねえなと思い、おうかがいしたんでございやす。ただ、あっしは下っ端の使いっ走りにすぎやせん。誰が、何が狙いでと、子細をお教えするわけにはいきやせんし、また、詳しいわけはあっしもよくわかっちゃいねえんでございやす。と言って、決して大それた話をお訊ねするんじゃございやせん。柿右衛門さん、お手間はとらせやせん。茶の一杯を馳走になっても、かまいやせんか」

柿右衛門は明らかに戸惑っていた。しばし考え、

「なら、表から入れ」

と、表戸のほうへ首をふった。

表戸をくぐって、内庭続きの広い勝手の土間に通った。

勝手の土間には、大きな竈が二つ並び、広い流し場と、鍋や釜や鉢、壺、笊、盥、籠などをずらりと並べた棚があった。台所の黒光りのする板間には、大きな茶箪笥があって、囲炉裏が切ってあった。

囲炉裏には炭火が熾り、板間も土間も充分に暖かかった。

屋根裏の梁にさげた自在鉤に、大きな鉄瓶がかけてあり、そそぎ口にゆれる湯気が白く見えた。

村役人を務める豊かな農家の店の様子に、明かりとりの格子窓から、昼間の明るい日がほのぼのと射していた。

「富平、あがれ」

柿右衛門は藺の円座を囲炉裏のそばへおき、急須に鉄瓶の湯をそそいで茶の支度にかかった。

「畏れ入りやす」

と、富平は板間にあがって、円座へにじり寄り、畏まった。

「ふん、悪がきも大人になったではねえか。いいから、膝をくずせ」

富平の囲炉裏の片側に胡坐をかいた柿右衛門が、富平の膝のそばへ茶托に載せた碗を差し出した。そして、莨盆の煙管をつまんで刻みをつめ、囲炉裏の炭火につけた。莨の煙りをくゆらし、ぼそりと声をかけた。

「で、何を訊きてえ」

富平は上等な茶を一服し、碗を茶托に戻して言った。

「十間堀の押上橋の畔に、茶店が一軒、ございやすね。十歳ぐらいの男の子と、五、六歳の女の子の、子供が二人の夫婦者が営んでおりやす。あの茶店の地面は、柿右衛門さんが地主さんとうかがっておりやす」

「そうだ。店もおれの親父が建てて、人に貸していたんだ。その者が、歳をとって郷里へ引っこむことになって、そのあと、夫婦者が居抜きで借りることになった。もう十年になるが、夫婦者は向島の神社仏閣の参詣客目あてに、地道に遣っているようだぞ。地代も店賃も、滞ったことはねえ。夫婦そろって人柄は悪くねえし、村の者がみなで力を合わせねばならねえときも、ちゃんと手伝いにくる。二人の子供も村で育ち、村の子供らに馴染んでいるしな。亭主の名は清七、女房はおさんだ」

柿右衛門は口元をゆるめた。

「清七とおさん夫婦の素性を、おうかがいしたいんでございやす」

「素性ってえのは、押上橋の茶店を借りる前のことをかい」

「へい。十年より以前のことなんで。あの茶店を借りる前は、どこで暮らし、何をしていたのか。江戸者じゃねえなら、生国はどこか、どんなわけがあって江戸へ出てきたのか、とか」

「もしかして、あの夫婦者は、十年より以前に何かしでかして、追われて江戸へ逃げてきたのかい」

「あっしは詳しい事情は知らねえし、仮令、知っていても、あっしはただの使いの者でございやすので、何も言えねえんでございやす。で、柿右衛門さんも、あっしが夫婦者の素性を探ってるとは、どうかここだけの話にして、柿右衛門さんの腹に仕舞っておいていただきたいんでございやす。周太郎さんにも、もう何も仰らねえように願いやす。さっきも申しやした通り、大それたことじゃねえんで、決してご懸念にはおよびやせん。それは確かでございやす。じゃあなぜ、隠しだてするんだとお思いでしょうが、あっしら下っ端を指図なさる方々の狙いや考えは、なんやかんやとむずかしい障りがあって、あっしらは知る必要はないってことなんでございやす」

「清七とおさんの、十年より以前の素性だな。どこで暮らし何をしていたのか。生国はどこで、どんなわけがあって江戸へ出てきたのか、そいつを知りてえわけだな」

「へい」

富平は両膝に腕を突っ張って、頭を垂れた。

「わかった。よかろう、と言いてえところだが、清七おさん夫婦の、前の詳しい素性は知らねえんだ」

「ええ？　知らねえってえのは、どういう事情なんで」

「だから、十年前、清七とおさん夫婦が、押上橋の畔の茶店を遣り始めてからこれまでのことは知っているが、その前は知らねえということさ。十年前の夏の初めだった。清七とまだ乳呑児の文吉を懐に抱いたおさんが訪ねてきて、あの茶店が空くなら、自分らにあとを遣らせてほしいと、申し入れてきた。で、おれは貸してやることにした。借り手がいなくなって、空家にしておくよりはましだからな。浮浪者が勝手に住みついたりしたら、かえって厄介だ。若い夫婦者は、前の借主に相応の金を払って、居抜きで借り受けた。大した額じゃねえが、どういう金かは知らねえよ。ここだけの話だが、もしかしたら、十年より以前は、清七とおさんも、別の名だったかもしれねえな」

「それじゃあ、清七とおさんの宗門改めは、どうなっておりやすんで」

「なるべく早くとり寄せるようにと言ってはいるが、これまでのところは名主さまに話をつけて、仮人別を作って大目に見ている。そういうことはいくらでもあるんだ。そもそも、富平、おめえの人別はどうなってる。宗門改めはあるのか」

「た、たぶん、お袋がちゃんとしてると……」

「ふん、あてになるものか。江戸はそういう者が多いんだ。一々詮索など、していられるものか」

「あの、柿右衛門さん、清七とおさんの国はどこか、ご存じでやすか」

「知らねえ。知らねえが、たぶん、越後の津坂領だ。それから、清七とおさんは元は武家の出だな。夫婦に間違いはねえが、わけありで江戸に出てきた侍の夫婦だ。江戸に出てきて、名も茶店を営む夫婦らしく変えたんだ。今でこそ、村の暮らしに慣れて、そうでもねえが、十年前は、武家育ちの仕種や言葉遣いを、村の者らしく見せるのに、苦労している様子だった。侍の身分を隠さねばならねえわけが、きっとあるに違いねえ。もっとも、こっちは地代と店賃をちゃんと済ませているんだから、余計な詮索はしなかった。富平が、清七おさん夫婦の何を探っているのか、詮索しねえのと同じだ」

富平は、柿右衛門が、はは、と笑い、また煙管に刻みをつめて火をつけ、気持ちよげに煙をくゆらすのを見て言った。

「それだけわかっていて、十年もよく見すごしてこられやしたね。万が一、夫婦のわけありに巻きこまれて、拙い事態になりやしねえかと、恐ろしくなかったんでございやすか」

「考えないわけはねえさ。けどな、あの若い夫婦も中年の夫婦になった。夫婦は働き者だし、子供らも顔だちがよく、なかなか可愛い。兄の文吉は、童子のころから利発で、村では評判だったんだ。そんな親子四人に、おめえたちは素性が知れねえから茶店は貸せねえ、出ていってくれと言うのは気の毒じゃねえか。それにな、じつは、夫婦に茶店を貸すについては、間に入った人物がいるんだ」

富平が、えっ、とまた目を剝いた。

「深川の元町で薬種店を営む《俵屋》の貫平が、茶店を借りるときの中立をしたのさ。富平、俵屋の貫平は知っているかい」

「名前だけですが、存じておりやす。俵屋は先代が甚助さんで、貫平さんが俵屋の今のご主人でございやすね。ただ、ご主人の貫平さんがどういう方かは、顔も知らねえし……」

「俵屋は先々代の五郎蔵さんが薬の行商から始めて、天明のころ、江戸で店を構えるほどになった、薬種店としては中店(ちゅうみせ)だ。貫平さんは三代目で、まあ老舗(しにせ)と言っていい。おれは、今は隠居の先代の甚助さんも、三代目の貫平さんもよく知ってる。二人とも信用のおける商人だし、人柄も申し分ねえ。そのご主人の貫平さんが、十年前、清七と乳呑児を抱いたおさんを伴ってうちへ訪ねてきて、夫婦に茶店を貸してやってほしいと、持ちかけてきたんだ。ただし、夫婦はわけありで今は素性を明かすことはできねえが、決して胡乱(うろん)な筋の者じゃねえ、万が一、夫婦に茶店を貸して迷惑を及ぼす事態にいたったときは、一切の責めは俵屋の貫平さんが負うと、一札を入れるほどの申し入れだった。日ごろからよく知っている貫平さんがそこまで言うならと、夫婦のわけありにも素性にも目をつぶることにした。清七と乳呑児を抱いたおさんを見て、根が正直そうで、この夫婦なら間違いはねえだろうと思ったしな」

「周太郎さんが、十(とお)をすぎたそこらのころでやすね。そんなことがあったんだ。けど、十年は長えな」

「ああ、長え。初めはな、五年という話だったんだ。それが、一年、また一年と延びて、今年で足かけ十年だ。こっちはかまわねえが」

「清七とおさんが、越後の津坂領の者だと、なぜ思われたんで？」

「簡単な話だ。俵屋を創業した先々代の五郎蔵さんは、生国が越後の津坂だ。おそらく、俵屋には五郎蔵さんの代から、並大抵じゃねえ恩を受けた縁者が津坂にいるんだろう。その縁者から、わけありの清七おさん夫婦の身がたつようにと、頼まれたに違いねえ。貫平さんがあれだけ親身になるってえのは、その恩人は、津坂藩の身分のあるお武家なのかもな」

「身分のあるお武家、でやすか。それで、清七とおさんもお侍の夫婦じゃねえかと、思われたんでございやすね」

「それもある。富平、なんなら深川の俵屋にいって、確かめてみたらどうだ。清七とおさん夫婦の詳しい素性が、おれに訊くよりはわかるんじゃねえか」

富平はしきりに頷いた。

二

蔵前通りに長暖簾(のれん)を垂らした《唐物(からもの)　紅毛(こうもう)物品々　御眼鏡(めがね)処　都屋》の店の間には、ひと組の母親と年ごろの娘ふうの二人連れが、紺のお仕着せを着けた手代の話を聞きながら、二人の前に広げた唐織物らしき色鮮やかな金襴(きんらん)、緞子(どんす)、繻(しゅ)

子(す)、錦(にしき)に眺めいっていた。

手代は金襴の模様に指をなぞるように差し、母娘にあれこれ説いていた。

「まあ、本物の金襴は艶(あで)やかですねえ。やっぱり、唐織物は違いますわね。なんて精巧な織物かしら。ねえ、おしの」

「はい、かかさま。目が眩(くら)むようですわ」

「こちらの緞子の織物は、唐のどちらの物ですの」

「はい。こちらは、唐の四川省(しせんしょう)と申します……」

などと、母娘と手代が言葉を交わし、ため息や軽やかな笑い声が聞こえた。

二人の小僧が、店の間の奥から脚が六本ある大きな唐櫃(からびつ)を運んできて、手代の傍らにおいた。

「お内儀(ないぎ)さま、こちらには唐のお女中が召される衣装がそろっております。お嬢さまがお召しになれば、とてもお似合いになると、存じます」

と、手代は唐櫃の中に重ねた、色とりどりのきらびやかな衣装を、捧(ささ)げ持つように次々ととり出し始めた。

そのとき、白衣に黒羽織を羽織って、紺足袋(こんたび)に雪駄(せった)の町方と、細縞の上着を尻(しり)端折(はしょ)りにし、黒股引(ももひき)、黒足袋に麻裏草履(あさうらぞうり)の御用聞が、長暖簾を分けて表戸をくぐったのが、町方の雪駄の音で分かった。

「いらっしゃいませ」

と、小僧らが声をそろえ、ひとりが素早く前土間におり、町方の前にきて丁寧な辞儀をした。

「お役人さま、お役目ご苦労さまでございます。御用をおうかがいいたします」

「都屋さんのご亭主に、訊きたいことがあってきた。取次を頼む」

黒羽織の下のいかり肩を少しほぐすようにして、町方が言った。

小僧は、町方と町方の後ろの、ひょろりと見あげるほど背の高い御用聞を、唖然とした顔つきで見比べた。

「あ、はい。あの、どちらの御番所の、お役人さまでございましょうか」

「北町の定廻りの渋井鬼三次だ。ただし、今日は定廻りの御用じゃねえ。別件の訊きとりだ。すぐに済む。ご亭主にそう伝えてくれ」

「北町の定廻りの、渋井鬼三次さまでございますね」

小僧は渋井の名を繰りかえし、「少々お待ち願います」と、ぱたぱたと草履を鳴らして、一旦、店の外へ走り出ていった。

渋井と助弥が、店の間の手代や小僧、客の母娘の様子をむっつりと見やっていると、ほどなく、またぱたぱたと草履を鳴らし、小僧が駆け戻ってきた。

「お役人さま、お待たせいたしました。どうぞこちらへ」

と、小僧は渋井と助弥を、一旦表通りへ出て、天水桶のある店わきの路地へ入り、石畳を踏んで、表の店とは別棟になった住居へ案内した。

渋井と助弥は、明障子を閉てた六畳の部屋に通された。

部屋に火の気はないが、腰付障子に庭の日が白々と映り、寒くはなかった。

六畳の一方の壁の棚に、唐物と思われる青磁の壺や皿、釉薬を施した艶やかな碗、虎や馬の置物、また紅毛物の陶器や人形、派手派手しい扇子や不気味な仮面、装飾品の数々、そして、棚の一角には西洋の大きな甲冑がたててある。

渋井と助弥は、天上に届きそうな甲冑に驚いた。

「これが西洋の鎧かい。でけえな」

渋井が棚に向いて坐って言い、

「動きにくそうですね。これで戦ができるんですかね」

と、渋井の後ろに控えた助弥は、長い首をひねった。

すぐに廊下を、とと、と踏む音が聞こえ、薄鼠色の羽織を着けた五十すぎごろと思われる中背の男が部屋に現れた。白足袋を畳に擦って渋井と対座し、

「お役目ご苦労さまでございます。都屋丹次郎でございます」

と、手をついた。

「都屋さん、手をあげてくれ。ちょいとした訊きとりだ。大した御用じゃねえんで、店の間でよかったんだが、小僧さんに取次を頼んだら、大袈裟なことになっちまった」

「滅相もございません。お寒い中、わざわざお運びいただき、店の間でというわけには参りません」

丹次郎は、ひと重の細い目が離れた扁平な顔を持ちあげて、無理矢理な笑みを浮かべて言った。

「まだ秋の名残りで、昼間は暖かいくらいさ。朝夕は寒くなったがね」

渋井は、わざとらしいほどにこやかな笑顔を作った。

中働きの若い女中がきて、茶托に蓋つきの碗の茶と練羊羹を並べた。

「お、練羊羹だね。熱い茶に練羊羹は合うからね。遠慮なく、いただくぜ」

練羊羹は上菓子である。

渋井は香りのよい茶を一服し、添えてある竹の小楊枝で羊羹のひと欠片を分けて口に運んだ。口の中に練羊羹の上品な甘みが籠った。

渋井の様子を、丹次郎はひと重の目をいっそう細めて見つめ、やがて、よろしゅうございますか、という態（てい）で言った。

「渋井さま、御用の向きを、おうかがいいたします」

「おう、それなんだがね。先だって、大坂の町奉行所から知らせがいくつか届いた中に、都屋さんのような唐物紅毛物を商うお店に、長崎奉行所管轄下を通っちゃいねえ相当量の渡来物が扱われていると差口（さしくち）があって、大坂町奉行所はその実情を探っているが、江戸にもそれらの渡来物がすでに少なからず流れていると思われ、調べるようにと言ってきた。むろん、都屋さんがそうだと、疑って言うんじゃねえよ。そういう渡来物が、江戸のお店でも出廻っているんじゃねえかと見こまれる、あくまで推量の話だ」

丹次郎が黙然と頷き、渋井は練羊羹をまたひと欠片、口に入れた。

「そこでわれら江戸の町方も、北町奉行・榊原主計頭（さかきばらかずえのかみ）さまのお指図により、唐物紅毛物品々を扱う江戸市中の一店一店を廻って、訊きとりを始めたのさ。調べたところによると、都屋さんは京の烏丸（からすま）に本店があって、こちらの江戸店を開いて二十年余になるそうだね」

「さようで。江戸で丙寅（ひのえとら）火事がございました文化三年（一八〇六）の夏、大火事の災難のあとは好景気に沸きたつに違いないと、先代が見こみ、この町に江戸店を構えたのでございます。はや、足かけ二十年に相なります。京の本店は長男の兄が継ぎ、二男のわたくしはこの江戸店を任されております」

「二十年も、これだけのお店を守ってきたんだから、大したもんだ。じゃあ、都屋さんの仕入れは、長崎から廻船で、下関、瀬戸内をへて大坂、大坂から本店の京、また江戸店の江戸へと分けて廻漕されるんだね」

「よくお調べで、畏れ入ります。ではございますが、そうではございません。わたくしどもの長崎で仕入れた品々は、下関から瀬戸内へは向かわず、西廻りの航路を使い、若狭の長浜へと輸送し、長浜からは陸路を大津へ出て、京の本店に運びこまれます。本店の主人の兄が、本店はこれ、江戸店はこれ、と仕入れた品々を分け、大坂よりの廻船を使って、江戸の鉄砲洲沖へと運ばれて参ります」

「西廻り航路の若狭の長浜から、陸路、京へか。そういう湊があるんだね」

「ございます。長浜は、若狭の小さな湊ではございますが、廻船が常にいく艘も舫っており、廻船問屋仲間も花町もございます。若狭の田舎にしては、思いのほか賑わっております湊町でございます」

「都屋さんは、昔からそうなのかい」

「昔から、そのようにいたしております。と申しますのは、わたくしども烏丸の都屋は、お公家（くげ）さまの朱雀家（すざくけ）のお屋敷にお出入りを許されております、御用達（ごようたし）の商人でございます。その朱雀家のご采地（さいち）が、じつは長浜湊の若狭のあの地なのでございます。朱雀家とのご縁で、長浜湊の廻船問屋の《武井》とは、先代のころからのつき合いでございます」

「そうだったのかい。じゃあ、あれも……」

と、渋井は棚のわきにたてられている西洋の甲冑を指した。

「武井の廻船で、長崎から若狭の長浜へ運ばれて、京、大坂、江戸の鉄砲洲と長々と旅をした末に、今はこちらに飾られているというわけだ。さぞかし、値が張るんだろうね」

「いいえ。あれは二束三文でございますよ。見た目が派手でございますので、お客さまが見えられたときの看板代わりに飾っております。この部屋に飾っております品々は、どれもそれらしく見えましても、さほど高価なものではございません。高価な品々は蔵に仕舞っております。ここに飾って破損でもしましたら、大損でございますので」

丹次郎は、何もかもを承知した口ぶりで言った。

「もっともだ。ところで、都屋さんは下谷の津坂藩の江戸屋敷にお出入りしているようだが、津坂藩の御用達も長いのかい」

「はい。長うございますとも。越後の国の津坂藩のご領主は、鴇江伯耆守憲実さまでございます。その憲実さまのご正室が、なんと、京の朱雀家の姫さま・蘭の方さまなのでございます。姫さまが京の朱雀家ですくすくと美しくお育ちになられたのは、御用達の都屋の者はみなよく存じております。その姫さまが、鴇江家のご正室に入られ、京より江戸屋敷に蘭の方さまとしてお住まいになられてからは、わたくしども都屋の江戸店の者も、お方さまに可愛がっていただいております。まことにありがたいことと、思っております」

「なるほど。てえことは、長浜湊の廻船問屋の武井は、越後の津坂湊との交易があるんだろうね」

「それは、当然、交易は盛んに行われております。津坂湊の廻船問屋仲間の行事役を務める《香住屋》と、長浜湊の廻船問屋の武井は盟約を結び、両港の商いがより発展し、津坂藩、並びに長浜湊を采地とする朱雀家が、ますます栄えますようにと、日々とり組んでおられます。わたくしども都屋も、唐物紅毛物品々を扱う小さな商いではございますが、そのお手伝いが少しでもできればな、と思っておる次第でございます。わたくしも、まだ江戸店ができる前の若いころに、武井の廻船で、長浜湊から津坂領へ、旅に出たことがございます。あのとき見た津坂城下は、越後の京を思わせるかのように雅（みやび）でありながら、やはり武家の城下町らしい凜（りん）とした佇（たたず）まいでございました。渋井さまも、一度、津坂へ旅をしてみられてはいかがでございますか。きっと、よい思い出になりますよ」

「はは。こっちは雅とは無縁の、武骨な江戸の町方さ。江戸を出たこともねえから、江戸しか知らねえし、おれはそれでいいのさ。ということで、もしも、怪しい渡来物が出廻ったら、御番所に一報を頼むぜ」

「承知いたしました」

丹次郎は、ふくよかな笑みを見せ、悠然と頭を垂れた。そして、頭をあげ腰を浮かしかけたとき、

「あ、それと、もひとつ……」

と、渋井は額に指をたて、ちぐはぐな目をいっそうちぐはぐにした。

はい？　と丹次郎は笑みを見せつつ、少し眉をひそめた。

「向島の寺島村に、都屋さんの洒落（しゃれ）た寮があると聞いたが、そうなのかい」

「ああ、はいはい。身内の者や使用人が骨休めにすごせるようにと、寮にちょう

どよい出物があるとお客さまに勧められ、五年ほど前に。寺島村のあのあたりは松林が見どころと評判ですし、近所に百花園もございます。わたくしも、この春は女房や子供らと寮で数日すごし、梅を楽しませていただきました」

「ふむ、この春にね。じゃあ、今はどなたが……」

「留守番の婆(ばあ)さんと、下女を雇っております。それから、ただ今は二月(ふたつき)ほど前より、陸奥南部藩(なんぶはん)の絵師の鈴本円乗さまと門弟衆が、諸国に画題を求めて旅に出られ、八月の半ばごろ、江戸にご到着になって、わたしどもの寮にご逗留(とうりゅう)なさっておられます」

「絵師の鈴本円乗と門弟衆がね。その鈴本円乗という絵師は、都屋さんのご贔屓(ひいき)の絵師なのかい」

「はい。江戸ではあまり知られておりませんが、陸奥では高名な絵師でございます。先代より江戸店を任せられて江戸へ出てから、鈴本円乗さまの絵を拝見する機会があり、魅せられたのでございます。円乗さまにお便りをいたし、江戸へ出られる折りは、是非ともお立ち寄りくださいと、お伝えいたしておりました。この秋、願いがとうとうかなったのでございます」

「八月の半ばごろか。今はもう十月初めだ。長逗留だね」

「諸国一の江戸は、さすが、画題になる見どころが多く厭きない、と仰られまして、ご門弟の方々を引き連れ、江戸見物をなさっておられます」

「おれは根が無粋なもんで、絵の良し悪しはわからねえが、いい絵を見ると、なるほど上手いもんだと、感心する。それほどの絵師なら、床の間にかける掛軸を一幅描いてもらうってえのも、いいかもな」

「それはよろしゅうございます。きっと、ご満足なさいますよ。ただ、円乗先生はご高齢で、気むずかしいお方でございます。気に入った画題でなければ、なかなか筆をとられません。お頼みになる前に、絵について少しお勉強をなさってからにしたほうが、よろしいかと存じます」

「そりゃそうだ。おれみてえな、絵の良し悪しもわからねえ野暮な男がいきなり現れたら、円乗先生もお困りになるだろうな。やめたほうがいいな、助弥」

　渋井が後ろの助弥に言い、

「へい。やめたほうがいいと思いますよ、旦那」

　と助弥がこたえ、わざとらしい高笑いを二人はあげた。

「そうかい。わかった。そいつはやめとこう。それじゃあ、都屋さん、邪魔したな。向島の寮には、そのうちに顔を出すかもしれねえが、あくまで、念のための訊きとりだから、大したことじゃねえと、鈴本円乗先生に伝えといてくれ」

「あ、はい。訊きとりに、寮へいかれますので……」

と、丹次郎が戸惑いを隠さず訊きかえした。

三

都屋の店を出た渋井と助弥は、馬頭観音を祀った駒形堂をすぎた蔵前通りの西角を、菊屋橋のほうへ折れた。

東本願寺の門跡前から、新堀川に架かる菊屋橋を渡った正行寺門前の裏店に、橋蔵と言う歳のよくわからない爺さんがいた。

若いころは、正行寺の僧房で開帳していた賭場の中盆を務め、物覚えがよく頭のきれる男と、評判だった。

今は歳をとって、歩くのもよろよろと覚束ないあり様ながら、物覚えのよさは相変わらずで、浅草の広小路以南、大川から新堀川周辺の、表店や裏店、神社仏閣、武家屋敷、そこに暮らす老若男女のもめ事ごたごた秘め事、どこそこの誰と誰が理ない仲でとか、あのお店は羽振りがよさそうでも、内情は借金で首が廻らずとか、人々の間でささやかれ、人から人へ蔓延していくこの夏の流行風邪のような噂評判、表事情のみならず裏事情に詳しかった。

町方の御用で江戸市中を嗅ぎ廻る岡っ引や下っ引も、あそこら辺の事情は橋蔵爺さんに聞けば大抵のことはわかるぜ、と知られていた。

渋井と助弥は、新堀川端の路地の木戸をくぐった。人と人が身体を斜めにしてやっと擦れ違えるほどの路地のどぶ板を踏み、正行寺の土塀ぎわまできて、

「橋蔵、いるかい。御用だ」

と、渋井が表戸の破れ障子ごしに声を投げた。

橋蔵の声はかえってこないが、ごそごそと動いているのはわかった。

「橋蔵、開けるぜ」

破れ障子の表戸を、咳きこむような音をたてて引くと、薄暗く散らかった四畳半に、橋蔵が胡坐をかいて欠伸をしていた。

くすんだ薄い上布団と箱枕がそばにあり、隅の枕屏風の陰に、上布団だけを引っ張り出して残されたくすんだ敷布団が見えた。

枕元に徳利と碗があった。

割長屋の裏手はもう阿部川町で、細道を隔てた垣根ごしの竹林が、一尺（約三

〇センチ）余透かした腰付障子の隙間に見えた。腰付障子に薄日が射し、背中を丸めて胡坐をかいた橋蔵を濁った灰色に隈どっていた。

「ああ、旦那か」

「入るぜ」

渋井と助弥は、狭い土間を鳴らした。橋蔵は四つん這いであがり端にきて、よっこらしょ、とそれでも端座し、濁った声を寄こした。

「旦那、助弥さん、ご無沙汰で」

「昼間っから、酒を喰らって昼寝かい。気ままでいいな。坐らせてもらうぜ」

へい、と橋蔵は手であがり端を指した。

「朝湯にいって、皮がふやけるほど温まって帰ってきた。昼めし代わりに軽く一杯のつもりが、急に眠くなって横になってひと眠りして、ちょうど目が覚めたところに、旦那の声が聞こえたんだ」

橋蔵は、白髪だらけの寝起きの蓬髪じみた薄い髪をかいた。

渋井は刀をはずしてあがり端に腰かけた。

助弥は、表戸を閉めて破れ障子を背に立ち、腕組みをした。

「知りてえことがある」

鐺（こじり）を土間について、渋井は柄頭（つかがしら）に片手をかぶせた。黒羽織の袖からひとくるみ白紙をとり出し、橋蔵の膝の前にすべらせた。

「そうかい。気を遣わせて済まねえな」

橋蔵は、薄くなった白髪頭の下の、頰（ほお）が垂れ染みの浮いた白い顔をゆるめ、紙包みをつかんで袖に入れた。

「知ってることならいくらでも話してやるよ。御用の役にたつかたたねえか、そいつは約束できねえぜ。まずは、寝起きに一杯だ」

橋蔵はまたよっこらしょと立ちあがって、よろよろと茶簞笥のほうへいき、盆をとって新しい碗を二つに、枕元の徳利と吞みさしの自分の碗を盆に載せ、あがり端に戻ってきた。

「老いぼれは汚（きたな）がられるから、せめて碗や皿は綺麗（きれい）にして使っている。汚（よご）れちゃいねえ。安心しな」

ふっ、と碗に息を吹きかけ、徳利の冷酒をなみなみとついだ。

「旦那、吞んでくれ。さあ、助弥さんもここにおくぜ」

渋井と助弥の碗をあがり端におくと、自分の吞みさしの碗にも酒を足し、美味（うま）そうに喉を鳴らした。

「そうかい。これでも御用だが、せっかくだから、ひと口つき合うぜ」

渋井は助弥へ目配せし、助弥も碗をとってまた表戸を背にした。

「話を、聞くぜ」

橋蔵が言った。

「駒形町の唐物紅毛物品々を扱う、都屋の内情を知りてえ。主人は都屋丹次郎。都屋の本店は京の烏丸という町家にあって、駒形町の店は都屋の江戸店だ」

渋井は、ひと口をつけた碗を畳においた。

「駒形町の都屋は、二十年ほど前に構えた。京の本店は、同じ烏丸に屋敷のある公家の朱雀家に出入りを許されている御用達商人で、十五年ほど前、朱雀家の姫君の蘭の方が、越後の津坂藩主の奥方さまに入り、江戸屋敷にお住まいと相なった所縁で、駒形町の都屋も、下谷の津坂藩江戸屋敷にお出入りがかなった。駒形町の都屋丹次郎の話じゃ、都屋の江戸店も蘭の方に可愛がられて、江戸屋敷のお出入りは、もうずいぶん長くなるそうだ」

橋蔵は、ふむ、とうめき、碗を舐めた。

「訊きてえのは、都屋と津坂藩江戸屋敷とのかかり合いが、どういうかかり合いなのかだ。都屋が奥方さまのただのお気に入りの商人というだけか、ほかにもかかり合いが、津坂藩と都屋の間にあるのかねえのか、そいつだ」

「町方の御用にかかわるような気になる事情が、津坂藩の江戸屋敷と、御用達の都屋にあったのかい」

　橋蔵が、呑み乾した碗に徳利を傾けた。

「御用にかかわるかどうかは、まだなんとも言えねえ。ただ、あそこは妙だって知らせがあった。何が妙なのか、その元を調べ始めたところさ。橋蔵、今はそれ以上は言えねえ御用なのさ」

「そうかい。こっちも別にかまわねえよ。駒形町の都屋は、御眼鏡処とあって、眼鏡も扱ってる。おらんだの眼鏡らしい。おれも老いぼれて、医者に言わせりゃあ老視とかで、渡来物のいい眼鏡がほしいが、値が張って手が出ねえ。都屋にいけば、老視に効くいい眼鏡が、見つかるのかね」

　橋蔵は酒がこぼれそうな碗を、ずるずる、とすすった。指の骨が見えそうなほどの痩せた掌で口元をぬぐい、酒に濡れた掌を擦り合わせ、白髪だらけの薄い蓬髪を両の掌で整えた。

「都屋が津坂藩の江戸屋敷にお出入りになったのは、朱雀家の姫さまが津坂藩の殿さまに嫁入りする前からだ。津坂藩と都屋の因縁は、江戸店を駒形町に構えたころからあったらしい。どういう因縁か、詳しい事情は知らねえ。けど、京の朱雀家の姫さまが、越後の田舎大名の奥方さまになった裏には、津坂藩と朱雀家には、きってもきれねえ縁があるからさ。京の北の若狭という土地に朱雀家のご領地がある。そのご領地の長浜湊に、越後の津坂湊の廻船が、米俵やら絹の織物やら材木やら、他国に出せば売り物になる津坂藩の産物を山積みにして、始終、入船しているそうだ。反対に、長浜湊からも、畿内の繰綿（くりわた）やら酒樽（さかだる）やらを積んだ廻船が、越後の津坂へ海路向かっているが、なんといっても、京の贅沢（ぜいたく）な着物や櫛（くし）や笄（こうがい）、簪（かんざし）、さすがは京の都という雅（みやび）な品々も、津坂湊へ運ばれていく。当然、津坂湊の廻船問屋と長浜湊の廻船問屋は、大事な商売相手だ。その長浜湊がご領地の京の朱雀家の姫さまと、津坂藩の殿さまが祝言をあげたのは至極もっともなことぐらい、子供にもわかる」

「そうだな。おれにもわかるぜ」

「けどな、朱雀家の姫君さまは越後の田舎大名に嫁いで、京から遠く離れた江戸の武家屋敷で暮らすのは、意に染まなかったらしい。それは、両家が栄えるためですから何とぞご辛抱をと、機嫌をとってどうにか江戸へ送り出す裏の働きをしたのが、津坂湊の廻船問屋は誰で、長浜湊の廻船問屋は……ああ、名前が出てこねえぞ。誰だっけな」

「津坂湊は香住屋で、長浜湊は武井だろう」

「そうだ。香住屋と武井だった。近ごろ、名前が出てこなくなっちまったぜ。歳はとりたくねえな」

　と、橋蔵はまたずるずると碗をすすった。

「酒を呑みすぎて、てめえの名前を忘れんじゃねえぜ」

「てめえの名前が出てこなくなっちゃあ、もうお仕舞えだ。けど、旦那が香住屋と武井を知ってるなら、おれから聞くこともねえんじゃねえか。津坂藩の江戸屋敷と御用達の都屋のかかり合いも、わかっているんじゃねえのかい」

「大名の江戸屋敷の内情とか裏話は、町方に案外聞こえてこねえ。小耳に挟んだ噂話でかまわねえ。橋蔵の知ってる裏話を、全部聞かせてくれ」

「そうかい。そしたら、津坂藩の江戸屋敷と都屋のかかり合いの、こういう裏話はどうだい。その裏話をした野郎は、都屋が江戸店を構えたころからの古い使用人だった。博奕に目がねえ野郎で、借金まみれのうえに、都屋の売物を横流しにして遊び金をひねり出していやがった。おれが正行寺の賭場の中盆をしていたころ、二、三度、わずかばかり儲けさせてやったことがある。その礼に、こんな裏話がある、きっとどっかで売れるぜ、と言ってやがった。ただし、そんな野郎の裏話だから、証拠はねえぜ」

「橋蔵が中盆をしていたころなら、七、八年前だな」

「その話は、十年ぐらい前のことだ。古い話じゃだめかい」

「古くてもかまわねえ。聞くぜ」

「そいつが言うには、都屋の江戸店の丹次郎は、奥方さまのお気に入りばかりじゃねえ、津坂藩の江戸家老のお気に入り、ていうか、江戸家老の聖願寺とよ……とよなんとかと、ただの江戸家老と御用達商人の間柄だけじゃねえ、ずい分と親密なかかり合いがあったらしいのさ。たぶん今も、親密なかかり合いは続いているんじゃねえか」

「どんなかかり合いだ」

「旦那、為替のことはわかるかい」

「為替？　金貨銀貨の代わりに決済する手形のことかい」

「さすが、よく知ってるな」

「聞いたことがあるだけだ。手形で決済するもしねえも、おれに縁はねえ」

「おれにも縁はねえが、江戸家老の聖願寺と都屋丹次郎とは、その為替がからんだかかり合いがあるっていうのさ」

「ほう。為替手形がかい」

「わかりやすく言えばだ。京の都屋の本店に、朱雀家から御用達の品々の代銀が支払われる。都屋はその代銀を為替手形に替えて、駒形町の江戸店へ送る。江戸店の丹次郎は、手形を山吹色の小判に替えて、津坂藩江戸屋敷の奥方さまでも勘定方でもねえ、江戸家老の聖願寺とよなんとかさまへ直々(じきじき)に、しかもこっそりお届けする。聖願寺さまは、都屋ご苦労、とかなんとか言って、当然のごとく自らお受けとりになるって寸法だ」

「どういうことだ」

「どういうこともこういうことも、あるもんけ。何年も都屋に勤めたそいつが間違いねえ、と言うのはそれだけだからよ。けど、朱雀家の京の都屋に支払った代銀が、妙な手間をかけて、江戸の都屋から津坂藩江戸家老の聖願寺になんで届けられるのか、筋が通らねえ。だから、そっから先は、そいつがたぶんこうじゃねえかと推量して言ったことだから、あてにならねえぜ。つまり、朱雀家が京の都屋に支払った代銀は、出どころが朱雀家じゃねえのさ。朱雀家ご領地の、長浜湊の廻船問屋の武井が用だてたのかも知れねえ。だが、武井が用だてるのも筋が通らねえ。となると、そいつは元々、武井が商売相手の津坂湊の香住屋に支払わなきゃならねえ代銀じゃねえのか。そいつを、都屋を通して香住屋が江戸家老の聖願寺へ、つけ届け、あるいは賂(まいない)として送ったとなりゃあ、筋が通らねえわけじゃねえ。だが待てよ。香住屋のつけ届けか賂なら、なんでそんな手のこんだ手だてをとらなきゃならねえ。つけ届けや賂なら、せいぜい数十両の端金(はしたがね)だろう。と思ったとき、野郎ははたと気づいた」

橋蔵は、ひとりで小芝居をするかのように、たん、と膝を打った。そして、碗の酒をぐいとやって、ひと息吐(つ)いた。

「その代銀は、つけ届けや賂じゃねえ。香住屋が江戸家老の聖願寺とよなんとかと手を結んだ横領じゃねえのか。しかも、香住屋だけじゃあできねえ。商売相手の長浜湊の武井、長浜湊がご領地の京の朱雀家、朱雀家御用達の都屋、江戸店の都屋丹次郎、みなが加担しねえとできることじゃねえ。もしもそうなら、為替手形に替えた代銀は、小判にして数百両どころじゃ済まねえ、数千両、長年積もり積もって数万両かもな、だとしたら、朱雀家の姫さまが田舎大名の津坂藩の殿さまと無理矢理祝言をあげた裏には、そういうみなの事情がからんでいたのに違いねえぜ、と野郎は笑って言ってやがった」

「為替手形の話が、越後の津坂湊、若狭の長浜湊、京、江戸と、ずい分手間のかかる横領話だな。そこまでやるなら、確かに、数十両の端金じゃあ合わねえ。あり得ねえとは思わねえが」

「ただな、証拠にはならねえが、と野郎はこんなことも言った。朱雀家から津坂藩主の鴇江家に縁組したのは、じつは輿入れをした奥方さまだけじゃねえ。朱雀家の親類の大友家の松之丞重和という、十年前は九歳だったのが、殿さまと奥方さまの間に生まれた三歳の姫さまと祝言をあげて、鴇江家へ養子に入った。しかも、九歳の松之丞重和が鴇江家の世継ぎと決められたというのさ。これには家中が大分もめて、お家騒動になったそうだ。松之丞重和を世継ぎにと強く推したのが、江戸家老の聖願寺とよなんとかで、重役らもそれがいいと口をそろえ、殿さまのお許しを得て世継ぎとなった。松之丞重和が藩主に就きゃあ、聖願寺一味の掌中の玉、津坂藩の政はてめえらの思うがままという次第さ。京の朱雀家は言うに及ばず、津坂湊の香住屋も、長浜湊の武井も、都屋の京の本店も江戸店の丹次郎も、松之丞重和の婿入りに裏で画策したに違いねえってな」

「橋蔵。その松之丞重和は、この秋の七月、津坂藩の江戸屋敷で急逝して、津坂藩は病死と幕府に届けたが、じつは横暴なふる舞いが家臣の怒りを買い、刃傷沙汰の末にと、読売が売り出した一件だな」

「旦那、出どころは言えねえが、ここからは別口の裏話を聞かせてやる」

橋蔵は徳利が空になるまで、碗に酒をついだ。そして、碗にわずかな酒を、惜しそうにすすった。

「奥方さまはじめ、江戸家老の聖願寺とよなんとかからは、どうやらまた、京の朱雀家の一門につながるがきを、今度は下の姫さまの婿養子に迎えて、年が明けた春の早いうちに祝言をあげ、婿養子を津坂藩の世継ぎにたてる腹だと、噂が流れているのさ」

「十年がたって、同じ手を打とうってえのかい。聖願寺とよなんとかも奥方さまも、執念深えな。横領でよっぽどうまい汁を吸っていやがるのか」

「あはは。ところが、聖願寺らの狙いに、待ったをかけた殊勝な野郎が現れた。そうは問屋が卸さねえぜ、ときた」

渋井は首をかしげた。

「今は在国中の、津坂藩主の鴇江伯耆守憲実さまが、殿様ご臨席の下、重役らが開いた合議の場で、下の姫さまに婿養子を迎え世継ぎにたてるその話は待て、と一蹴したそうだ」

「ほう、殿様がかい。十年前の同じ手は喰わねえってか」

「そういうことだ。しかもだ、待ったの理由がちょいと驚きさ」

「どんな理由だ」

「じつはな。十年前、殿さまにはご側室が産んだ伜がいたのさ。江戸屋敷の奥方さまには姫さましかいねえから、ご側室の産んだ伜がお世継ぎに決まるのが順当だ。ところが、ご側室の昔の許嫁が嫉妬に狂ったとかで、ご側室とお世継ぎに決まるはずの和子さまを襲ってお命を奪う、とんでもねえ事件が起こった。そのあと、松之丞重和さまの婿養子入りと、津坂藩鴇江家のお世継ぎに就く話が、とんとん拍子に進んだんだ」

渋井はちぐはぐな目を橋蔵に向け、むっつりと黙っている。

「殿様が待てと一蹴した理由が、なんと、十年前にお命を奪われたはずの和子さまが、あるところに生きている、その和子さまをお世継ぎにたてるのが筋だと、殿様はお考えなのさ。殿様がいきなりそんな妙なことを言い出して、重役らは呆気にとられ、口をあんぐりとさせた。和子さまご存命の話はたちまち家中に広まり、国元の津坂じゃあ、今にお家騒動が始まって、死人が沢山出るんじゃねえかと言われているらしい。江戸屋敷は家老の聖願寺とよなんとかの力が強えから、一見、平穏を保っているようだがな」

橋蔵は、残り少ない酒を呑み乾した。

「ほんのひと口、口をつけただけだ。こいつも呑んでくれ」

渋井は、自分の碗を橋蔵のほうへ進めた。

「橋蔵さん、おれもそうだ。これもよかったら……」

と、助弥が碗を橋蔵の前においた。

「そうかい。旦那らは呑まねえかい。遠慮深えんだな。勿体（もったい）ねえから、おれが呑むぜ」

橋蔵が碗をあおった。

四畳半の腰障子を一尺余透かした隙間に、店の裏手、安倍川町の境の細道に通りがかりが見えた。まだ高い午後の日が細道に射し、道端の生垣に囲われた竹林を耀かせている。

橋蔵が碗を持つ手を止めて言った。

「こんな江戸のぼろ長屋で、真昼間の酒呑みの肴に、七万石のお大名のお世継ぎ騒動やら手のこんだ横領話も悪くねえ。旦那に話して、存外愉快な気分だぜ」

あはは……

と、橋蔵は隙間だらけの黄ばんだ歯を剝き出しにした。

「橋蔵、町家ばかりじゃなく、大名屋敷の裏話まで、よく知ってるな」

「気にさえかけてりゃ、必ず、どっかから聞こえてくるのさ。都合の悪いことを隠したつもりでも、隠しきれるもんじゃねえ。お天道さまは、何もかもお見通しさ。あはは、うめえ」

だから御目付役の片岡信正さまなのかい、と渋井はそのとき思った。

「博奕好きの使用人は、まだ都屋に勤めているのかい」

「あのときから一年もたたねえうちに、売物の横流しが主人にばれて、江戸を逃げ出した。野郎はもういねえ。どっかで野垂れ死にしたかもな」

渋井と橋蔵はむっつりと目を合わせ、そのうちにくすくす笑いを交わした。

四

助弥は、隅田川の土手道から細流に架かる小橋を渡り、白髭大明神の瑞垣に沿う往来をいった。この往来をいくと、水戸道につながる。

高曇りの空が向島の野を蔽って、湿った寒気がおりていた。

白髭大明神の境内は、遠くからも見える森に囲われていて、水鳥や魚や小鳥や虫の名所と、江戸庶民の人気が高い。

助弥は、大明神の大鳥居を通り、大鳥居のわきに葭簀をたて廻した一軒の掛茶屋に入った。

十二、三歳の白粉顔に口紅を小さく塗った小女が、「おいでなさい」と、甲高い声をかけた。小女は髪を島田に結って、赤い襷がけである。

店土間をぐるりと見廻し、隅の縁台に腰かけた、紺手拭を頰かぶりにした百姓風体を見つけた。百姓風体は、傍らの土間に小枝を一杯入れた竹籠をおいて、黒の股引に黒足袋草鞋掛の長い足を閂に組み、煙管を吹かしていた。

この天気の所為でか、掛茶屋の客はその百姓風体ひとりだけだった。

百姓風体は、八手文の紺木綿の布子を鉄色の角帯でゆったりと締め、尻端折りの裾を無雑作に帯へ挟んだ恰好の背中を助弥に向けて、葭簀ごしに参詣客の姿もない静かな境内を眺めている。

どこかの雑木林に枯木を拾い集めにいった百姓が、戻りに白髭神社境内の掛茶屋に寄り、ひと休みしている風情だった。

「あすこに、抹茶を頼む」

　助弥は百姓風体を指差して、小女に言った。

「はあい。お抹茶をひとつぅ」

　と、白粉顔の小女が元気に繰りかえした。

　助弥は縁台の間を大股で通り、百姓風体に近づいていった。

「市兵衛さん、お待たせしやした」

　八手文の背中に声をかけた。

　市兵衛がふりかえり、頬かぶりの下から頬笑み(ほほえみ)を助弥に寄こした。煙管の吸い殻を莨盆(たばこぼん)の灰吹きに落とし、煙管を莨入れに戻しながら、

「やあ、助弥。ひとりかい」

　と、渋井の姿を探すように店を見廻した。

「今日はあっしがひとりです。旦那がね、町方といるところを見られて、市兵衛さんの調べに差し障りがあっちゃあならねえから、あっしひとりでいくようにって、仰いやしてね。今日はあっしひとりでやす」

「そうか。それで助弥もその恰好か。気を遣わせて済まない」

　助弥は紺地に細縞のお仕着せふうに、濃い鼠色の長羽織を羽織った、お店の番頭ふうに拵え(こしらえ)ていた。足下は白足袋に麻裏つきの草履で、案外、表店の旦那ふう

に見えなくもない。

「ちょいと照れくせえんですが、いかにも柄の悪い御用聞に見られるのも拙いだろうと思ったんで、こいつでびしっと決めてきました」

「なかなか似合ってるぞ。遣り手の商人に見える。坐ってくれ」

市兵衛は、縁台に敷いた緋毛氈を、掌で払った。

「市兵衛さんこそ、頬かぶりで顔が隠れて、ちょっと見に気づきませんでした。お百姓の恰好も、案外いけますよ。市兵衛さん、そいつは刀で……」

助弥は市兵衛に並んで腰かけ、竹籠一杯の小枝の中に差し入れた、ひとくるみの筵をそっと指差した。

「刀は邪魔だが、仕方がない。この竹籠は、お百姓らしく見せるために亭主に借りてきた。ここへくる前、雑木林を歩き廻って枯木を拾い集めた。枯木拾いも、お百姓には案外大事な仕事なのだ」

「亭主ってえのは、今借りてる百姓家の……」

「蓮蔵の遠い縁者らしい。蓮蔵が町方の手先を務めているのを承知して、内々の調べということならと、何も訊かずに離れを貸してくれた。ちょうど目あての都屋の寮が、松林の間に見えて、都合がいい」

「蓮蔵も富平も、お役にたっておりやすか」

「大いに役にたっている。渋井さんと助弥のお陰だ」

小女が抹茶の碗を運んできた。あてに塩煎餅がついていた。

助弥は抹茶を一服し、碗を茶托に戻してから言い始めた。

「昨日、駒形町の都屋へいって、亭主の丹次郎の話を訊いてきました。近ごろ、長崎奉行所を通さねえ渡来物が出廻っている差口があって、どこの店とあてがあるわけじゃなく、渡来物を扱う店を一軒一軒訊きこみにあたっていると、そいつを口実にしましたから、疑われちゃあいません。そのあと、浅草菊屋橋の正行寺門前の橋蔵という爺さんからも、話を聞いてきました。橋蔵は、数年前まで正行寺の賭場の中盆をやっていて、物覚えが滅法よい、刺身包丁みてえに頭のきれる中盆と、博奕打ちの間では知られていた男です。爺さんになって身体は老いぼれましたが、耳だけは未だ早耳と評判で、その橋蔵が、駒形町の都屋の丹次郎と、下谷の津坂藩江戸屋敷の、奥方さまやら聖願寺とか言う江戸家老やらとの、表沙汰にはできねえ妙なかかり合いに詳しいんです。それから、津坂藩では世継ぎを廻るお家騒動が起こっているようでしてね。橋蔵は、お家騒動の事情もいろいろ噂話を聞きつけていて、どうやら、十年前に亡くなったはずのお世継ぎが、まだご存命だとわかり、そいつがお家騒動のきっかけになったとか、その話もついでに聞けました」

「十年前の、亡くなったはずのお世継ぎがまだ存命だと、その話も聞けたのか」

「へい。ただ、橋蔵爺さんは早耳ですが、所詮、聞き耳をたてた噂話にすぎませんから、本途かでたらめか、あてにはなりませんが」

「噂話でかまわない。助弥、聞かせてくれ」

市兵衛は助弥を促した。

もう午の刻をだいぶすぎたころ、市兵衛は寺島村の田のくろ道を戻った。

白い雲が高くどこまでも広がって、向島の野の果てへ落ち、高曇りの空の下には、濃い灰色の千ぎれ雲が低く流れていた。湿った寒気が野を蔽い、周囲の景色は薄墨色に染まったようにくすんでいた。

市兵衛は、十年という歳月が気がかりでならなかった。

お世継ぎになる赤ん坊は、この十年の間、どこで誰に育てられて生き長らえ、しかもそれは一体誰が知っていて、これから何が始まり、何が起ころうとしているのか、と考えた。

そして、考えた末に、間違いない、と確信した。

あの夜、曳舟川の土手道で弥陀ノ介に瀕死の深手を負わせ、達吉郎を無きものにした《その者》と手下らは、津坂藩鴇江伯耆守憲実の世継ぎとなるその赤ん坊を抹殺するため、江戸にきた者たちに違いない。

のみならず、《その者》と手下らをこの江戸に遣わしたのは、江戸家老の聖願寺豊岳と聖願寺に与(くみ)する者たちに間違いない。

すなわち、赤ん坊は十歳の少年となって、今この江戸にいるのだと、市兵衛は確信したのだった。

田のくろ道をいき、石垣に囲まれた百姓家の木戸門をくぐった。

その百姓家の裏に建てた離れは、茶室風の一室に水屋があるだけの、百姓家には似つかわしくない、数寄屋造りを真似(まね)た一戸だった。

だいぶ以前、村役人を務めていた先代が茶の湯に凝(こ)って、お叱りを受けるかもしれねえからとみなが止めるのも聞かず、無理矢理に建てた。

数年前、茶の湯好きの先代が亡くなってから、茶の湯などを嗜(たしな)む者がおらず、離れは空家も同然になっていた。

数年前亡くなった先代が、蓮蔵の母親方の里と親類で、蓮蔵がその親類の親類という伝で、離れを借りることができた。

百姓家の亭主は、遠い親類の蓮蔵が町方の手先を務めていると知っており、柄の悪い厄介者で、どちらかと言えばうとんじていたが、お上の内々のお調べとそれとなくほのめかされ、断るのもはばかられ、仕方なく応じたのだった。

近所には、下総の親戚の者が訪ねてきたので、と亭主は口実にした。

その離れの南側に引違いの腰付障子と濡縁があって、腰付障子を開けると、石垣と田畑の向こうの、ここら辺は松の名所と知られている松林の間に、都屋の寮の黒板塀と出入り口の木戸門が、上手い具合に見えた。

贅沢な入母屋造の茅葺屋根と、板塀の見越し松の枝ぶりは松林に隠れたが。

市兵衛は、蓮蔵と富平をともない、この離れから都屋の寮の見張りを始めた。

都屋の寮には、南部の絵師・鈴本円乗とその門弟らが投宿している。

百花園で初めて円乗を見かけ、偶然、言葉を交わしたそのときから、円乗という絵師が気になった。初めはただそれだけだった。

ところが、この向島の百花園で円乗と始めて言葉を交わしたそのあと、何者かが市兵衛を神田永富町の店までつけてきた。円乗が門弟に市兵衛をつけさせたことが、容易に察せられた。

百花園で、鈴本円乗はただの通りがかりにすぎなかった市兵衛を怪しんだ。

だから円乗は、市兵衛に声をかけてきたのだ。

おまえは何者だと。

あたかも、野に放たれた獲物に狙いを定め、挑む獣のようにだ。

鈴本円乗とはそういう男なのかと、市兵衛はそのとき気づいた。

しかし、野に放たれた獲物に挑むとき、暗い藪の中にひそんでいた獣は、藪の中から姿を白日の下に曝さなければならない。白日の下に曝された獣の姿を、確かめる必要がある、と市兵衛は思ったのだった。

茶室を真似て作った部屋は四畳半で、床の間こそないが、客が使う躙り口もある。茶道口から四畳半へ通る水屋側の表戸は使わず、出入りには、外からはわかりにくい躙り口をくぐった。

「お帰りなさいやし」

腰付障子の隙間から外を見張っていた富平が、躙り口をくぐった市兵衛に言った。水屋にいた蓮蔵が、茶道口の片引きの襖の間から顔を出した。

「お疲れさんでやす。動きがなんにもねえんで、退屈だから茶でもと思って、支度してたところでやす。番茶しかありやせんがね。市兵衛さん、どうでやした。

旦那と助弥の兄いは……」

蓮蔵が盆に茶碗と急須を載せて、四畳半に入ってきた。

四畳半の一隅に炉が掘ってあり、鉄輪(かなわ)にかけた茶釜に湯気がのぼっていた。

「渋井さんは、町方は目だつからと助弥ひとりだった。いくつかわかったことがある。だがまずは、わたしも茶をいただく。富平、代わろう」

「へい。今日はまだ人の出入りはありやせん。やつら、凝っと息をひそめている様子に見えやす。なんにもねえと、かえって肩が凝りやす」

と、富平は肩をほぐしつつ、炉のそばに胡坐(あぐら)をかいた。

蓮蔵は、茶釜の湯を柄杓(ひしゃく)で汲(く)んで急須にそそぎ、湯気のたつ番茶を三つの茶碗に淹(い)れた。

「へい、市兵衛さん。ほれ、富平も」

と、黄ばんだ古畳に碗を直(じか)においた。

市兵衛は富平と代わって、腰付障子のそばに坐っていた。

「助弥兄いの話は、どうだったんで」

蓮蔵が、茶をひとすすりして言った。

「都屋と津坂藩の江戸屋敷の、裏のかかり合いがいろいろ聞けた。今のところ証拠のない裏話だがな」

と、市兵衛は助弥に聞いた裏話を、蓮蔵と富平に聞かせた。

すると、富平が茶碗から呆気にとられた顔つきをあげ、市兵衛を見つめた。

五

越後津坂城下に、冬の気配が少しずつ忍び寄っていた。

雲のきれ間から明るい日は射しても、津坂の浜辺には冬の荒波が打ち寄せた。

その冬の日、城中大広間より大廊下をわたっていく黒書院の上段下に、国家老・吉風三郎次郎、それより上段寄りの座に、主君・鴇江伯耆守憲実の側用人・村井三厳が着座していた。

国家老の右手に小木曽勝之ほか三名の年寄が居並び、その四人に相対して、今ひとりの年寄・戸田浅右衛門が、国家老の左手に端座していた。

座敷の腰付障子を開け放った廻廊ごしに、白砂利を敷きつめ、石灯籠に夾竹桃の灌木を植えた中庭が広がっている。

黒書院の上段に、主君・鴇江憲実の臨席は、その日もなかった。

藩の政（まつりごと）を担う国家老と年寄五人の重役に、主君の側用人が加わり、秋の半ばよりたびたび開かれてきた合議であったが、事態の進展はないまま、秋が終り十月の声が聞こえたのだった。

国家老の吉風三郎次郎は、五人の年寄が沈黙し、また側用人の村井三厳に質（ただ）す事柄もないため、その日の合議も終えるしかなかった。

「江戸より聖願寺どのの催促の書状は届いておるが、殿さまは急ぐにおよばず、今しばし待てと申されるのみにて、未だご裁可にはならず、本日はこれまでにいたす。おのおの方、よろしいな」

吉風三郎次郎が、年寄の五人を見廻して言った。

「ご家老、同じことを一体いつまで続けるのでござるか。無為にときばかりがすぎて、すでに十月ですぞ。この際、われら重役一同にて申し合わせ、殿さまのご裁可を是非にも仰ぐときではござらぬか」

小木曽勝之が、苛（いら）だちを抑えかねた口ぶりで言った。

すると、小木曽と居並ぶ年寄の塚本高安（つかもとたかやす）が小木曽に賛同した。

「それがしも、もはやそうすべきときがきておると存じます。江戸家老の聖願寺どのの、国のためを思う強いご意向もござる。これ以上、徒（いたずら）にときをすごすのは、確かに、御公儀の手前、よろしくないと存じます。われら一同、殿さまに是非ともご裁可をお願い奉るべきかと」

さようさよう、と二人の年寄も同調して吉風に迫った。

吉風は国家老の重責を負いながら、勢いに押されて抗しきれず、優柔不断に困惑している様子が露わであった。

「それもそうだが、殿さまは、まだよいと仰せゆえ……」

吉風は渋面を作り、口ごもった。

小木曽は、もう黙ってはおられぬ、という口ぶりで続けた。

「村井どのも、このままでは鴇江家の体面にかかわると思われぬか。あまりにも無駄なときがかかりすぎるではござらぬか。家臣の中には、十年前、ご側室の阿木の方が儲けられた憲吾さまが、今なお江戸表にご存命にて、憲吾さまをお世継ぎにたてると殿さまが明言なされたなどと、騒ぎたてる者もおります。一体誰がそのような埒もない戯言を殿さまに吹きこんだのか、その者は断固処罰せねばなりません。その者は、殿さまがお世継ぎのご判断を今なおくだされぬのは、憲吾さまご存命の戯言を真に受けておられるゆえと、妄言を吐き、家中のひとにぎりの不埒な者どもを扇動いたし、城下を不安に陥れております」

気を昂(たかぶ)らせた小木曽が、村井のほうへ膝を進めるように向けた。

「村井どの、殿さまは、われら重役には、憲吾さまをお世継ぎにたてることのみならず、そもそも、憲吾さまが江戸にてご存命であるなどと、明言なされたことはございません。お側にお仕えの村井どのには、殿さまはそのようなことを申されたのでござるか」

「断じて、そのようなことを申されてはおられん。殿さまは、しばし待て、と申されたのみにて、それ以外のお口は噤(つぐ)んでおられる」

村井三厳は即座に応じた。

「ならばなぜ、もはや十月というのに、殿さまは、われら国の行末を案ずる重役ご一同の切なる懇請(こんせい)を、お聞き届けくだされぬのでござるか」

「それは、慌てずともよいと、お考えなのであろう。たぶん……」

村井は、ひそめた眉に戸惑いを浮かべた。

すると、小木曽は向かい合った年寄の戸田浅右衛門へ厳しく言った。

「戸田どの、そちらはどのようにお考えか。殿さまがご裁可にならぬ事態に、われら重役一同、いかなる手だてをつくすべきか、お考えをお聞かせ願いたい」

すでに五十をいくつかすぎた戸田浅右衛門は、重く口を閉ざした不愛想な顔つきを、小木曽へゆっくりとひねった。

「ただ今、村井どのが申されたではござらぬか。殿さまは、慌てずともよいと、お考えなのであろうと。それがしも、さように思う。殿さまのお考えにお邪魔にならぬよう、お考えの末にご決断なさるまで、われら家臣は、心静かにお見守りすべきであると存ずる」

小木曽が言いかえそうとする前に、戸田はさらに言った。

「それから言うておく。小木曽どのは、重役ご一同の切なる懇請と申されたが、それがしは、まだ十一歳の沙紀姫さまに婿養子を迎え、その婿養子を鴇江家のお世継ぎにたてるなどと、そのような懇請には反対であった。今も反対でござる。ただし、江戸家老の聖願寺どのを始めご重役方の多数がそれに賛同なされ、それでよし、と殿さまがご裁可なさるのであれば、それに従うことにやぶさかではござらん。あくまで、殿さまのお考えに従うのみでござる」

「それは無責任だ。藩の政を担う重役ならば、殿さまによりよき手だてを建言いたすのが、殿さまにご奉公いたす忠義の本分ではござらぬか。戸田どののお考えをお聞かせ願いたい。いつも沈黙を守っておられるが、少しはご自分の考えを述べ、述べたことに責任を持たれてはいかがか」

「殿さまのご下問があれば、いつでもおこたえする用意はいたしておる。殿さまはまだ四十前にてお若いが、男子がお生まれでないのであれば、姫君さまに婿養子を迎えるのではなく、鴇江家ご一門よりご養子をお迎えする手だても、考えられよう。殿さまご自身、鴇江家の分家よりご本家へご養子にお入りになられたお方でござる。十年前、阿木の方と和子さまが、峠伸六なる者に襲われ、無残にもお命を奪われた。その峠伸六をとり逃がし、真相が不明のまま、幼ない真木姫さまに、京より九歳の松之丞重和さまを婿養子にお迎えし、お世継ぎにたてたこと自体、無理があったようにそれがしは思う。十年がたったこの秋、松之丞重和さまが不幸な災難に遭われ落命なされて間もない今、この度は沙紀姫さまに婿養子を迎えお世継ぎにたてるなどと、また無理をして同じ轍(てつ)を踏むのではないかと、むしろ、懸念すら覚えておる」

小木曽は、戸田を凝っと睨(にら)むばかりで、言いかえさなかった。家老の吉風は口をへの字に結んで成りゆきを見守り、側用人の村井も顔を中庭のほうへ背け、塚本ら三人の年寄は、ひそひそとささやき合っていた。

「それではご家老、それがし、本日はこれにて」

戸田は吉風に言い、裃(かみしも)の裾を払い座を立った。座敷から中庭の廻廊へ出る背中に、みなの眼差（まなざ）しを一斉に浴びた。

しかし、それから一刻半（約三時間）後の夕七ツ（午後四時頃）、戸田浅右衛門は再び城中に召し出され、御年寄衆の間において、小木曽勝之ら年寄衆の見守る中、国家老の吉風三郎次郎より、百日の蟄居（ちっきょ）を申しつけられた。

蟄居の罪状は、憲吾さまご存命という妄言を言いたて、家中を濫（みだ）りに騒がし、お家の面目を貶（おとし）めた、というものであった。戸田の弁明の余地もなく、

「殿さまのご裁許である。慎んでお受けするように」

と、裁許状を読みあげた吉風は、決まり通りに言うと、さっさと御年寄衆の間をあとにし、小木曽ら四人も黙然と座を立った。

戸田は御年寄衆の間に、ひとり残された。

三日後、越後の野に東の山嶺（さんれい）のほうより風が吹きおろし、海に面した津坂城下にも、冬にしては珍しく生温かな風が吹いた。

その日の夜明け前、編笠（あみがさ）を風にあおられぬように縁を指で押さえた二人の侍が、大手門の大通りよりひと筋、東へそれた戸田浅右衛門の拝領屋敷を訪ねた。

当主の浅右衛門に蟄居は申しつけられたが、戸田家は閉門ではなかった。

それでも奥方は、当主の蟄居に恭順の態度を示し、昼間は屋敷を閉ざして人の出入りを禁じた。浅右衛門は子に恵まれたのが遅く、まだ十六歳の嫡男と十三歳の娘の二人であったが、二人の子らにも、父の蟄居とともに閉門同様にふる舞うことを命じたのだった。

ただ、夜明け前の早朝と日が暮れたのちは、日々の営みにぎりぎりに必要な御用聞の商人や訪れる者の出入りは許した。

二人の侍は、空にまだ星がきらめき、彼方の山嶺の端に朱の帯がかかる前の早朝、御用聞の商人がくぐる木戸口から屋敷内に入った。

「このような折りに、わざわざのお越し、痛み入ります。わが夫は蟄居の身ゆえお客さまのお迎えはできませんが、どうぞご勝手にお通りくださいませ」

奥方は二人の侍を、そのように迎えた。

二人の侍は廊下を静かに通り、浅右衛門が蟄居する部屋の板戸を閉てた、暗い廊下に端座した。

そうして、板戸ごしに部屋の浅右衛門に忍ばせた声をかけた。

「戸田さま、お目覚めでございますか。蕪木弥太郎にございます」

「中井正吉にございます」

ゆったりとした沈黙のあとに、

「起きておる。よくきたな」

と、浅右衛門の低い声が板戸の奥から聞こえた。

蕪木が言った。

「お身体に、変わりはございませんか」

「まだ三日目だ。何も変わりはない。ただ、一日のすぎるのがさぞかし長いのだろうと思っていたのが、逆だ。一日が、驚くほど短く果敢(はか)ないと知った」

「ご心中、お察しいたします」

「みなは動揺しておらぬか」

「動揺というのではございませんが、竹中(たけなか)らは、このまま村井や小木曽らの為(な)すがままにさせておいては、戸田さまに理不尽な蟄居を命じたように、われら一人ひとりが、あらぬ嫌疑をかけられて処罰されるのではないか、聖願寺一派がここまであからさまな手を打ってくるからには、われらも手遅れになる前に立ちあがるべきではないかと、強硬に申しております」

「ならん。村井や小木曽らがあからさまな手を打ってくるのは、あの者らも追いこまれて、焦っているからだ。自重せよと、竹中らに伝えよ。相手の挑発に乗って拙速に動いてしまえば、かえって拙い事態を招きかねん。まだ早い。決して、誰も死なせてはならん。変わらぬ日々をすごせとな」

「は、はい。伝えます。伝えますが……」

「殿さまのご様子は、わからぬか」

「大広間のご拝謁はなく、ご座の間をお出にならぬと、聞きおよんでおります」

「おいたわしいが、今は我慢のときだ。江戸屋敷のほうから、新しい知らせは届いておらぬか。丹波久重らの動きが気になる」

「先月以来、何も届いておりません。丹波久重らが、江戸屋敷においていかような指図を受けているのか、未だつかめてはおらぬようです。丹波らが江戸屋敷に姿を見せることは、今のところまったくないと思われます」

「いや。そんなことはあるまい。姿を変えて、少なくとも丹波久重は聖願寺に会いにきているはずだ。裏横目のあの者らは、隠密の行動に長けておるのでな」

しばしの沈黙をおき、浅右衛門が言った。

「長居をするのはよくない。もうよい。いけ」

だが、すぐに浅右衛門は続けた。

「村松喜四郎をいかせておる。村松なら必ずやってくれる。文蔵と昌もおる。文蔵と昌夫婦は、ただひたすら忠義のためにおのれを捨て、この十年、よくぞ憲吾さまを守ってくれた。おのおの方は、この十年が無駄にならぬよう、憲吾さまをつつがなくお迎えいたす支度を十全に調えて待て」

ははあっ……

蕪木と中井は冷たい廊下に手をつき、閉てた板戸へ深く一礼した。

第四章　影役

一

その朝、冬の冷たい時雨が横川に降りそそいで、鼠色に濁った川面に無数の波紋を描いていた。

その横川に架かる業平橋の袂に、瓦焼場の薪を運ぶ人足らがたむろする傍らを、焦げ茶の引き廻し合羽に饅頭笠をかぶった旅人がひとり、足早に通りすぎた。

旅人の背裂きの合羽から、腰に帯びた二刀の黒鞘がのぞいており、また雨に濡れた裁っ着け袴の足下に黒足袋草鞋が見える侍風体であった。

冷たい時雨が水飛沫を巻く業平橋を、侍風体は西方の押上村へ渡った。

大名屋敷と押上村の集落の境を抜け、十間堀の雨に烟る土手道に出た。

押上村の集落はすぐに途ぎれ、道端の木々や川向こうの土手の樹林が葉を枯らし、木々の間に見える押上村の畑地も、寺院や大名屋敷の屋根も土塀も、寂しそうに雨に打たれていた。

土手道に出てほどなく、押上橋と聞いている十間堀に架かる橋が見えた。その畔に、切妻ふうの茅葺屋根の一軒家が建っている。

一軒家の鄙びた佇まいが、灰色の雨の景色に似合っていた。

「あれか……」

侍は饅頭笠を持ちあげ、呟いた。

この雨の所為か、葭簀はたてかけていなかった。

まだ支度中らしく、板戸を閉て廻し、板庇下の一角に薪の束が重ねてある。

ただ、庇に差した竿に《おやすみ処》の幟が垂れ、煙出しから白い煙が茅葺屋根を舐めるようにのぼっていた。

小藪が一軒家の裏手の土手に鬱蒼と繁って、小藪の下を水かさの増した十間堀が流れ、土手の小藪にも、十間堀の早い流れにも、薄い皮膜で蔽うかのように時雨が降りかかっていた。

侍は、茶店の前まできた。

土手道に向いた一枚の板戸が開いていて、腰高障子が閉じてあった。右手の土壁に格子の小窓が開き、白い煙はそこからのぼっていた。侍は、土手道の前後と押上橋のほうを見廻した。土手道にも、押上橋にも川向こうにも、侍のほかに通りがかりの姿はなかった。

「ごめん」

侍は板庇下に入り、よく通る声を腰高障子に投げた。そして、腰高障子を静かに引いた。

店の中のやわらかな暖気が、侍の冷たい頬を撫でた。

薄暗い店土間に、四台の縁台が並んでいた。

店土間の奥に小あがりの部屋があって、腰付障子が閉ててあった。

「おいでなさい」

と、男の声が店土間の右手からかかった。

侍は店土間に入り、右手の炉のそばにいた主人の清七と向き合った。

「生憎、ようやく火をいれたばかりの……」

清七は言いかけた言葉を止め、饅頭笠や引廻し合羽から雫を滴らせた侍を、訝しげに見つめた。侍の様子が、茶店の客に思われなかった。

侍は、顎紐をほどいて雫の滴る饅頭笠をとった。

女房のおさんは、小あがりの右手へ折れ曲がった土間の、竈と流しのある一隅にいた。そこから顔をのぞかせたおさんが、饅頭笠を脱いだ侍を見て、あっ、と声をつまらせた。

にこりともせず、侍は清七を見つめた。日に焼けた精悍な顔だちに、ひと重の鋭い目が、土間の薄暗がりを跳ねかえすように光っていた。

やがて、よく通る声で言った。

「真野文蔵どの、ご無沙汰いたしておりました。御納戸組の、村松喜四郎でござる。真野文蔵どのと無事お会いでき、喜ばしゅうござる」

「村松……村松喜四郎どのか」

江戸にきて、清七と名を変えていた文蔵が、思わず声を高くした。

「いかにも。御年寄役・戸田浅右衛門さまのお指図を受け、それがしがお迎えにあがりました。この十年、まことに、まことにご苦労でした」

村松は膝に手をあて、清七へ木偶のように腰を折った。

「あ、あなたは村松さま……」

おさんが、震える声で言った。

村松は腰を折った恰好を、江戸にきてからはさんと名を変えていた、文蔵の妻の昌へ向けた。

「昌どの、お懐かしゅうござる。村松喜四郎でござる。若きころ、真野文蔵どのにお招きいただき、小姓町のお屋敷におうかがいいたした折りの記憶が、鮮やかに甦って参ります。はや、十年の歳月がたち、長い間の辛苦をお察しいたします。真野文蔵どの昌どのと、今こうしてお目にかかれ、感無量でござる」

「村松喜四郎どの、戸田さまのお指図で、おぬしがきてくれたのだな」

「さようでござる」

と、身を起こした村松の鋭い目が、かすかに潤んでいた。

「あの、村松さま、小姓町の、義父や義母は、わが倅の吉之助は、無事に暮らしておりましょうか」

「ご安堵なされ。真野家のご隠居さまご夫婦もお健やかにて、吉之助どのは十一歳になられ、凜々しい若衆の面影が備わりつつ、どちらかと申せば昌どのに似ておられるゆえ、綺麗なお顔だちの少年にお育ちでござる」

「まあ……」

昌が心揺さぶられ、切なそうな声を漏らした。

「昌どのの里の方々もつつがなく、この十年をすごされておられますぞ」

「父と母も、つつがなく……」

昌は繰りかえした。

「昌、よい。国へ帰ってからだ。若君をお守りする役目が、まだ終ったのではない。村松どの、戸田さまのお指図をお聞かせくだされ」

「ふむ。戸田さまより、文蔵殿へ書状と、道中つつがなきよう藩の手形をお預かりして参った」

と、村松が背中の荷をほどこうとしたとき、屋根裏に物音が聞こえた。

小あがりから段梯子が天井の切落し口へのぼり、屋根裏の小部屋は兄の文吉と妹のお里の寝間に使われていた。

村松は、はじかれたように店土間の煤けた天井を見あげた。

兄と妹がおりてくる段梯子が鳴り、二人の声が聞こえた。

「お兄ちゃん、待って」

「お里、ぐずぐずしてたら先にいっちゃうぞ」

文吉が小あがりの腰付障子を引き開け、侍のお客と目が合った。

文吉は一瞬、きょとんとした。

お里が文吉のそばから、先に土間へ降りた。兄と妹は、手習所へいく手習帳などの道具を提げている。

「お父っつあん、おっ母さん、手習所へいってくるよ」

文吉は侍のお客へちらちらと目をやり、土間の藁草履に黒足袋をつっかけた。土間におりたが、普段と様子が違うので、お父っつあんとおっ母さんのほうに向きなおった。お里は様子が違うことに気づかず、「お弁当は」と、おっ母さんのそばへいった。

だが、おっ母さんは何も言わず、お里の小さな肩に手を廻し抱き寄せたので、お里は、なあに、という顔つきで見あげた。

普段通りなら、おっ母さんは慌ただしく二人に布にくるんだまだ温かい弁当を渡し、こんな雨の日は、壁に吊るした子供用の蓑と笠を着せ、「気をつけてね」と送り出してくれる。

茶店を開く支度にかかっているお父っつあんは、「いっといで」と、二人の背中に声をかけるのだ。

しかし、その朝は違っていた。

お父っつあんもおっ母さんも、恐そうな顔をした侍のお客も立ちすくみ、凝(じ)っと文吉を見つめて動かなかった。

文吉は、侍のお客が板戸を半間ほど開けた白い腰高障子を背にし、影になった顔は恐ろしげな表情しかわからなかった。

ただ、だんだんと目が慣れて、侍のお客の頰(ほお)に涙が伝っているのが見えた。

文吉は胸を衝(つ)かれ、侍のお客から目が離せなくなった。

「おっ母さん、お侍さまが泣いてるよ」

お里が心配して、おっ母さんにささやいた。

すると、侍のお客は裁っ着け袴の膝をいきなり土間へ落とし、両手をついた。

額が土間に触れそうなほど身体(からだ)を伏せた。

「若君さま、ご尊顔(そんがん)を拝し奉(たてまつ)り、畏(おそ)れ入り存じ奉り候。それがし、津坂藩納戸組頭・村松喜四郎でございます。軽輩の者ではございますが、ご重役・戸田浅右衛門さまのお指図を承(うけたまわ)り、若君さまのお迎えにただ今参上いたしました。上さまが若君さまの無事なご帰国を、お待ちでございます。いよいよ、津坂にお戻りいただく時節が到来いたしたのでございます」

村松喜四郎と名乗った侍は、頭を低くさげた恰好のまま、涙が土間に滴るのも拭わず、声を抑えた語調で言った。

文吉は、村松喜四郎の言葉が、まるで飲みこめなかった。何を言っているんだい、と不審しか覚えなかった。

「お父っつあん、お侍さんは何を……」

と、呼びかけたとき、いつの間にか、お父っつあんもおっ母さんも、妹のお里までがおっ母さんに頭を押さえられ、土間に跪き手をついていた。

文吉は吃驚して、つい自分の周りを見廻した。そして、気味が悪くなった。

すると、お父っつあんが、これまでそんな言い方をしたことのなかった言葉つきに変えて、頭を垂れて言った。

「鴇江憲吾さま、それがあなたさまのご本名でございます。憲吾さまは、越後津坂藩主・鴇江伯耆守憲実さまのじつの若君にて、文吉の名は、ゆえあって十年前、生れてまだ二月余の憲吾さまを江戸のこの村にお連れいたし、それがしとわが妻の倅としてお育てするとき、衆目より鴇江家の若君さまであることをお隠しするためにつけた、仮の名でございます。かく申しますわたくしは、上さまのお身の廻りを警護いたします小姓番・真野文蔵。これなるはわが妻・昌でございます。わたくしどもも、憲吾さまをお守りしお育てするため、文吉の父母の清七とおさんに名を変えたのでございます」

「何を言ってんだよ。お父っつあん、わけがわかんねえよ」

「憲吾さまは、押上村の茶店を営む清七おさんの倅ではございません。こののちは、津坂藩鴇江家の若君としてご帰国なされ、いずれは、津坂藩を率いるご領主の座に就かれるのでございます」

「だ、だってさ。それじゃあ、お里は、ど、どうなるんだい」

「これなるお里は、わが夫婦の娘でございます。すなわち、若君の妹ではございません。本日この朝より、われらは、上さま、そして若君の家臣とその一族の者として、お仕えするのでございます」

「家臣って、お頭（かしら）の手下みたいなことなのかい」

「さようでございます」

　そんな……

　と、憲吾は戸惑い、呆然（ぼうぜん）とした。

　すると、お里はとても悲しいことが起こっているのがわかったのか、おっ母さんにすがってめそめそと泣いた。

「お兄ちゃんが、可哀想（かわいそう）」

するとおっ母さんはお里の頭を撫でて言った。

「そうではないのです、お里。よくお聞き。憲吾さまを、もうお兄ちゃんと呼んではなりません。お殿さまの若君の、憲吾さまなのですからね。憲吾さまはこれから、本当のお父上さまの若君としてお暮らしになられるのです。お里もお父っつあんもおっ母さんも、憲吾さまのお供をして津坂というお国へ帰り、お里はお国のお侍の家の娘として、生きていくのです」

お里はそれがどういうことかわからずとも、もうどうにもならないことだけはわかったらしく、涙を拭いながら、こくりと頷(うなず)いた。

「憲吾さま、今日より手習所へ通われることはございません。十年前に何があって、ご身分を隠して憲吾さまがわが夫婦の倅となり、この押上村の子として暮らさねばならなかったのか、わけをすべてお聞かせいたします。今はおわかりにならずとも、いずれ、すべてをご理解いただけます」

まずは、と文蔵は小あがりを手で差した。

「村松どの、まだ役目が終ったわけではない。これからの段どりも決めねばならぬ。おぬしもあがってくれ。昌、みなに茶を淹(い)れてくれるか」

「はい」

と昌が立ったが、お里はおっ母さんのそばをずっと離れなかった。

それから、一刻余がすぎた。

時雨は止まず、雨垂れの音を絶えずたて、土手の小藪をざわざわと騒がせていた。ごくまれに、土手道を人の寂しげな足音が通りすぎていった。

村松喜四郎は、店土間で焦げ茶の引き廻し合羽を着け、饅頭笠をかぶり顎紐を結んだ。引き廻し合羽も饅頭笠も、もう雫は垂れていなかった。

憲吾は文蔵に並びかけ、お父っつあんと手をつなぐ倅のように、文蔵の手をしっかりとにぎって、村松を見守っていた。

お里も母親の昌の手をとって、村松を見送った。

「憲吾さま、では明日夜明け前、お迎えにあがります」

と、村松は憲吾に深々と辞儀をした。

「村松どの、気をつけてな。《俵屋》貫平どのに、まことに世話になった、貫平どののお陰で、憲吾さまもわれらも、生き延びることができた、この十年の恩は生涯忘れぬと、伝えてくれ」

「承知いたしました。俵屋どのはすべてを承知してくれておる。この店のあとの始末は俵屋どのに任せれば、よろしゅうござる」

村松は昌にも強い眼光を向け、昌は「何とぞ」と村松に礼をした。

「そうだ。江戸屋敷に笹野景助(ささのけいすけ)という若い男がいる。真野どのはご存じか」

「笹野与五郎(よごろう)どのの倅の、笹野景助か」

「さよう。与五郎どのが隠居をし、景助が蔵方(くらかた)を継いだ。今は江戸屋敷に勤番しておる。若いが腕がたつ。景助も津坂まで、憲吾さまのお供に加わることになっておる。今日の夕刻、俵屋で落ち合う」

「よかろう。あの若衆の景助がそれほどになっていたか。当然だな。やはり、十年の季(とき)が流れたのだな」

「では、明朝夜明け前に」

と、村松は腰高障子を引き、雨垂れが激しく滴る板庇下に出た。

息が白く見えるほど、冷たい時雨だった。

堤道へ踏み出した村松は、時雨の雨煙にたちまちくるまれた。

二

村松喜四郎が竪川の一ツ目之橋を渡って、水戸家の石揚場と本所弁天門前の境の往来を南へ、御船蔵、植溜、灰会所と続く堀沿いをいき、新大橋の東詰まできたところ、時雨は小降りになり、やがて止んだ。

大川をいく船影は見えず、不気味に黒ずんだ川面は、流れが土手にあふれそうなほど波だっていた。

橋詰の大川端には、葭簀張りの水茶屋が、二軒、三軒と建っていて、雨が止んで、襷がけの茶汲女が、はや店先に出て客引きを始めていた。

村松は水茶屋の店先を通りながら、やっとあがったか、と曇り空を見あげた。

新大橋の東詰をすぎ、救荒米の御籾蔵の角を東へ折れた。

御籾蔵と深川元町の町家を隔てた往来が、大川端より六間堀に架かる猿子橋まで通っている。大川端から六間堀の間は、上元町と言った。

村松は上元町の往来を、水溜りをよけつつ六間堀のほうへとった。

左手に御籾蔵、右手に上元町の表店の並びの五軒目に、《薬種店　家伝長寿丹

調合所　たはらや》の軒看板を見つけた。雨があがって、仕舞(しま)っていた黒茶色の長暖簾(のれん)を往来にさげ、暖簾には俵の文字が白く染め抜いてある。

村松はここでも、念のため往来の人通りを見廻した。雨があがっても、上元町の往来の人通りは少なかった。

村松は、おのれをかき消すかのように俵屋の店へ没した。

その少し前、村松喜四郎が大川端で雨あがりの空を見あげたとき、新大橋袂の水茶屋の二階座敷にいた二人の男のひとりが、出格子窓の障子戸の隙間から、大川端の往来を見おろしていた。

男は、雨の止んだばかりの往来で、焦げ茶色の引廻し合羽を着けた旅の侍が、饅頭笠を持ちあげ、曇り空を見あげたその顔に気づき、「あっ」と声を出した。

腕枕でうたた寝をしていたもうひとりが、その声に目を覚まし、むっくりと起きあがった。そして、

「仲六、現れたのか」

と、峠仲六のそばへ、にじり寄った。

「間違いない。見ろ。饅頭笠の侍だ」

「茶の合羽を着けた侍だな」

もうひとりが、峠仲六の後ろから、侍が御籾蔵の角を上元町の往来へ折れていくのを、目で追った。

「遣いがついに現れたか。名は」

「村松喜四郎だ。やっぱり現れた。村松が戸田浅右衛門に遣わされたのか」

「腕はたつのか」

「もう十年以上昔だが、おれが知る限りは相当の腕利きだ。村松は手ごわいぞ。仙助、おれはここで村松の動きを見張る。やつが動いたらあとをつける。いき先を確かめて、駒形町の《都屋》で落ち合おうと、頭に伝えるんだ。急げ」

仲六も、上元町をいく村松から目を離さず言った。

尻端折りの上着の下に、黒の股引と黒足袋の町民風体に拵えた山奈仙助は、その上に黒の半纏を素早く羽織ると、仲六が「急げ」と言い終らぬうち、部屋の襖を閉じていた。

およそ二月前の八月の半ば、津坂藩裏横目の頭・丹波久重は、総勢十一名の手の者を率いて江戸に出た。

丹波は、江戸に着いたその日から上元町の俵屋の見張りを始めた。

俵屋の先々代は、生国が越後の津坂で、真野家とは深い縁があり、俵屋と真野家との縁は、俵屋が江戸に薬種店を構え、今の貫平の代になっても続いていることを、丹波はつかんでいた。

丹波は、江戸に隠れている真野文蔵に俵屋が手を貸さないはずがない、戸田浅右衛門の指図を受けた者が、必ず俵屋に現れる、その者が真野文蔵の江戸の居場所を知っている、そいつを締めあげ居場所を白状させる、という目論見だった。

丹波は、二人ずつを三組に分け、交代で俵屋を見張らせた。

見張り場所は、都屋が窃に手配した新大橋の水茶屋の二階だった。

山奈仙助は、水茶屋を出ると、手拭を頬かぶりにして、半纏の袖に両腕を通した腕組みの恰好で、一ツ目之橋のほうへ、ぬかるんだ道の水溜りをよけつつ、小走りに駆けていった。

折りしも、止んでいた雨が再び、さわさわと音をたてて降り出し、やがて、遠い雷鳴まで轟く強い雨になった。

すでに、齢六十を超えている丹波久重は、皮が透けるように白い細面を少しも動かさなかった。

ただ、透けるように白い皮に、ほんのかすかな朱が差し、老いて瞼の垂れた切れ長な、一見穏やかな眼差しの奥には、断固たる決意を秘めた精気が、青く冷たい炎となってゆれていた。

「そうか。やっと現れたか。ご苦労だった。小雁、みなを呼べ」

裏横目の若頭を務める堂下小雁が、丹波の傍らに控えていた。この小雁は、丹波が放浪していたときからの相棒で、やはり六十に近い男だった。

「早速に」

小雁は六十近い歳とも思えぬ俊敏な動きを見せた。

中背よりむしろ小柄ながら、肩の肉の盛りあがりや分厚い胸、太い手足が、鳶色の上着に隠れていてもわかった。

ほどなく、寺島村の寮の丹波がひとりで使っている十畳の居間に、黒板塀に囲われた庭の縁側伝いに、配下の者らが集まった。

小雁ら八人の男が神妙に着座した。

その日、丹波は寮の下女に言いつけ、火鉢に炭火を熾して部屋を暖めていた。

丹波は火鉢に手をかざし、八人の男を見廻した。

この八人のほかに、上元町の俵屋を見張っている峠伸六を入れた九人が、丹波久重率いる裏横目の配下であった。

先月の初めに江戸へ出たときは、配下は十一人だった。先だっての夜更け、曳舟川の土手道で幕府の隠密らしき二人を始末したとき、こちらも二人斃された。よって九人になった。仕方があるまい。もとより、これ式の損失は織りこんでいる。

元々、命知らずの無頼な者らをかり集めて、津坂湊の廻船問屋《香住屋》の先代重右衛門に湊の番人として雇われた。

もう二十年近く前のことである。

丹波自身、まだ四十代の半ばにもならぬ血気盛んのころだった。あのころからの手下で、まだ生きてここにいるのは、若頭の堂下小雁、蛭沼郷一、山奈仙助の三人だけだ。

三人の中では、六十に近い小雁の次は郷一がすでに五十代の爺さんで、仙助だけが四十をすぎたばかりだった。

病気で亡くなった者もいるが、大抵は、斬り合いで命を散らしたか、丹波に背いて始末されたり、丹波を恐れて逃げ出したりしたかだった。

手下が減るたびに、元船乗り、凶状持ち、博奕打ち、百姓から身を持ちくずしたやくざ、無頼な浪人者ら、腕っ節の強さと命知らずの気性だけを見こんで手下に加えた。

津坂湊の番人にすぎなかった丹波が、廻船問屋香住屋の先代・重右衛門が中立をして、津坂藩の江戸家老・聖願寺豊岳とその一派の指図により、のちに家中では裏横目と呼ばれる役割を請け始めたのは、十年以上前である。

十年以上前、津坂藩内では一揆や米問屋の打ち毀しが頻発し、家中においても政を廻る家臣同士の争いが起こっていた。それを、いかに手荒な手段を使ってでも、容赦なく取り締まる役割だった。

ただし、それは隠密にであり、丹波も手下らも、津坂藩鴇江家に召し抱えられたのではなかった。それでも、丹波はそれを機に、素性の知れない手下らに名字帯刀を許し、侍風体に装わせた。

すなわち、丹波と手下らは、聖願寺豊岳とその一派に雇われた影役だった。

そのころから、丹波の手下には、家臣同士の争いで傍輩を疵つけたり死なせるなどの、不届きなふる舞いがあって津坂藩の役目を解かれた者や、罪を犯して欠け落ちをした者が、窃に加わるようになった。

十年前、丹波の手下になった峠伸六もそのひとりである。

聖願寺派の雇い主らは、丹波のふる舞いに目をつむった。

火鉢に手をかざした丹波は、冷やかな淡々とした口調で言った。

「津坂藩の者が、ついに俵屋に現れた。戸田浅右衛門が遣わした手の者に、間違いはあるまい。上手く事が運べば、今日中にも子供を見つけ、予て（かね）の指図通り始末をつける。子供の始末をつけたら、すぐにたつ。江戸に長居は無用だ」

続いて、若頭の小雁が言葉を添えた。

「ただし、俵家貫平と町家の者は巻きこむんじゃねえぞ。町方が乗り出してきたら、面倒なことになりかねねえ。それは気をつけろ。いいな。よし、支度にかかれ」

男らは低いどよめきを居間に響かせた。

四半刻後、丹波久重を先頭に、一同九人は菅笠（すげがさ）をかぶり、桐油（とうゆ）を引いた紙合羽を羽織って、寮の木戸門を出た。

手下らにはみな、両刀を帯びた侍風体に拵えさせた。

丹波自身、紙合羽の下の、老いて見えても背筋の伸びた長身の痩軀（そうく）に二刀を帯び、剃髪（ていはつ）した頭に焙烙頭巾（ほうろくずきん）と菅笠をかぶった。そして、廻船問屋香住屋の先代・重右衛門より譲られた、火縄の要らぬ渡来物の短銃を懐に呑（の）んでいた。

時雨が再び降り出し、前より激しくなっていた。

暗雲が低く垂れこめ、寺島村の田のくろ道は雨に烟り、しかも、北の空には稲妻が走って、どろどろと雷鳴がとどろいた。雨は松林を騒がせ、一同の紙合羽にも、ぱちぱちと音をたてて激しく降りかかった。

「頭、あそこの集落を、見てくだせえ」

先頭をいく丹波に小雁が並びかけ、松林の先の集落を指差した。

丹波は、小雁の指差したほうへ顔を向けた。

「あの集落の中に、主屋に並んで離れを普請した百姓家があります。わかりますか。土蔵とは違いますぜ。低い石垣に囲まれた……」

「わかる。たぶん、あれは数寄屋(すきや)造りの茶室だ。百姓家に茶室を普請する贅沢(ぜいたく)は珍しいと思っていた。あの百姓家がどうした」

「先々月、おれたちが寮を宿にしてから今月の頭まで、離れの板戸が閉じられたままで、誰も使っていねえようでした。けど、四、五日前からあの離れが使われているらしく、昼間は板戸を引いて、障子戸を閉ててあるのが見えて、人のいるのが知れたんですがね。今日はこの雨で、板戸を閉てておりますが、やっぱり誰かが離れにいるようで、少し透かしてあって、中の障子戸も透かしているのはわかりますか」

丹波は、松林の先の時雨に烟る百姓家を見守った。

その離れに閉てた板戸が、小雁が言う通り少し透かしてあり、中の障子戸も透かしてあるのがわかった。

ふと、なぜだ、と丹波は訝った。

小雁がなおも言った。

「あの百姓家の離れを誰かが使っているなと思って見たとき、たった二度ばかりのことなんですがね、二度とも、障子戸が透かしてあったんです。障子戸を透かしているのは、今日で三度目です。それで今、気づいたんですがね。おれたちにあの離れが見えるように、あの離れからも、おれたちの出入りが見えていたんだろうな。今の二本差しの恰好も、見えているんだろうなってね」

丹波は、松林の先の百姓家の離れを見守り続けた。

あのわずかに透かした障子戸の隙間から、こちらを見ている目が、ちくちくと皮を刺すように感じられた。

「まあ、気にすることはねえのかもしれませんがね」

小雁が言ったとき、丹波の脳裡（のうり）に唐木市兵衛と名乗ったあの男の姿が閃（ひらめ）いた。

そうか、おまえか、と丹波は気づいた。小癪（こしゃく）な、と腹の底で呟（つぶや）いた。

「なるほど。迂闊だった。だが小雁、かまわねえ。それも今日で終る。為すべきことを為して速やかに引き退く。小雁、おれたちはずっとそうやって、生きのびてきたではねえか」

「そうだでな。それあるのみだでな」

信濃生まれの丹波久重と堂下小雁は、放浪していた若き日々の相棒に戻って言い合った。

顔を見合わせ、雨の騒めきにまぎれるくすくす笑いを交わした。

長命寺のわき道から、隅田川の土手道に出た。

洲崎村に、山谷堀とつなぐ竹屋の渡しがある。

渡し場は生憎の雨で客もなく、隅田川は水かさが増し、白く波だっていた。

渡船用の数艘の猪牙が、船寄せで波にゆれていた。その猪牙の並びに、駒形町の都屋の日除船が舫っていた。

都屋の主人・丹次郎が、丹波らが寺島村の寮に入ったときに言った。

「この日除船は、竹屋の者に船守を頼んであります。いつでも、よろしい折りに使っていただけますので」

日除船は鴨居に茣蓙を垂らして、降りしきる雨を防いでいた。

丹波らは黙々と日除船に乗りこんだ。

舫い綱を解いて、ひとりが舳で棹をとり、ひとりが艫の櫓を漕いで、黒ずんだ川面に白波のたつ流れへ押し出した。まだ日没に間はあったが、大川も両岸の町家も、すでに宵を思わせるような暗がりに蔽われていた。

ほかに船影は見えず、稲光が空に走り、鋭い雷鳴がしきりに吠え始めた。水かさの増した早い流れにもまれ、翻弄されながらも、日除船は大川を下り、四半刻余ののち、新大橋袂の船寄せに船を着けた。

新大橋東詰の大川端へあがり、数軒並ぶ水茶屋の一軒の格子戸をくぐった。

総勢九人の丹波らが、軒の雨垂れを散らして店土間に入ると、客とも思えぬ男らの物々しい気配に、茶汲女らがざわめいた。

亭主が慌てて出てきて、丹波らを峠伸六のいる二階の部屋へ通した。

丹波らが部屋へ入ると、伸六が待ちかねた様子で言った。

「お頭、間に合いました。村松喜四郎は俵屋に入ったまま、出てきません」

丹波は出格子の窓際に長身の痩軀を寄せ、窓に閉てた板戸の隙間ごしに往来を見おろした。

「五軒目が俵屋です。軒看板が見えますか」

「見える。村松喜四郎に間違いないのだな」

「間違いありません。納戸組の剣術自慢の男です。血の廻りは悪いですがね」

「それはよい。ほかに変わった事は」

「今ひとつ、江戸屋敷勤番の笹野景助という若いのが、先ほど俵屋を訪ねてきました。蔵方の下役です。隠居をした親父が戸田浅右衛門の一味です。たぶん、倅もそうなのでしょう。景助も腕だけは達者のようで、村松と何をたくらんでいるのやら。政などわからぬ貧乏人のくせに、偉そうに侍の真似事をしおって」

するると、窓際に立つ丹波は、伸六を見おろして言った。

「伸六、われらも侍ではねえ。侍の真似事をしているだけだでな。侍でねえ者が政に首を突っこむのは、許せねえのかい」

「あ、いや、そういうことではございません。それとこれは、べ、別で……」

そのとき、雷鳴が安普請の水茶屋の屋根をゆるがすようにとどろいた。

「そうかい。ならよかろう。ここでやつらが出てくるのを待つしかない。仙助、見張りを代わってやれ」

へい、と仙助が窓際にきた。

「どけよ。変わるぜ」

「よかった。小便がしたいのを、我慢していたんだ」

「いってこい」

仲六が男らの間をそわそわと通っていく尻を、小雁が分厚い掌で叩いた。

三

市兵衛は、都屋の寮の木戸門から男らが続々と出てきたのを見て、咄嗟に、動き出したと察した。

男らはみな一様に菅笠をかぶり、紙合羽を着け、両刀を帯びており、誰ひとりとして、絵師とその門弟という姿に身を晦ましていなかった。遠目には、菅笠の下の顔は見分けられずとも、先頭の長身痩軀が鈴本円乗とわかった。

「蓮蔵、富平、出かけるぞ。支度をしろ」

円乗から目を離さず、退屈して寝そべっていた蓮蔵と富平に言った。

おっと、と二人は跳ね起き、障子戸の隙間をのぞきにきた。

「へえっ。みんな刀を差してますぜ。市兵衛さん、やつらやっぱり、絵描きじゃなさそうでやすね」

富平が言った。

「ああ、絵描きとは思えぬ」

「ひいふうみい……全部で九人だ。先頭をいく背の高いのは、鈴木円乗に間違いありやせんね」

蓮蔵が言った。

「間違いない」

と、市兵衛が立とうとしたときだった。

先頭をいく円乗に小柄なひとりが並びかけ、明らかにこの百姓家の離れを指差し、二人は歩みながらそろってこちらへ顔を向けたのだった。

菅笠の陰より、円乗の冷やかな眼差しが凝っと向けられたのを、市兵衛は刺すように感じた。

すると、円乗ともうひとりが顔を見合わせ、笑っていた。

「気づかれたか。ならば今日で終りにせねばな」

市兵衛は、降りしきる雨にまぎれていく円乗に言った。

円乗らが小さくなると、市兵衛は八手文（やつでもん）の紺木綿（こんもめん）の布子を尻端折り（しりはしょり）にした。そして、鉄色の角帯に黒鞘の二刀を帯びた。下は黒股引（ももひき）に黒足袋（たび）である。

蓮蔵と富平も、市兵衛が二刀を帯びたのを見て、鍛鉄(たんてつ)の十手(じって)を腰にぎゅっと差した。定廻り(じょうまわ)の御用聞やその下っ引は、町方について見廻るとき以外、御番所の十手は持たされない。二人の十手は、

「万が一ってえこともある。おめえらもこいつを持っていけ」

と、渋井にわたされたものだった。

三人は、菅笠に百姓家の亭主から借りた蓑(みの)を着けた。

寺島村の田のくろ道を追いかけ、円乗らの一団が長命寺のわき道を隅田堤のほうへ向かっているところを見つけた。

一団に気づかれぬよう、充分に間をとってあとを追った。

円乗らの一団は隅田堤に出て、南の洲崎村へとり、竹屋の渡しから日除船に乗りこむのが見えた。

日除船は、濁って黒ずんだ川面に無数の白波のたつ流れへと押し出した。

艫の男が懸命に櫓を漕いで、流れにもまれ屋根をあがったりさがったりさせながら隅田川を下っていき、だんだん小さくなった。

市兵衛は雨を散らして船影を追いつつ、蓮蔵と富平に言った。

「船影を見失うな。どこの河岸場に船をつけたかがわかればいい」

「合点だ」

降りしきる雨とぬかるみで足下は泥だらけだった。

低く垂れこめた黒雲に一瞬の閃光が射(さ)し、すぐに雷鳴が空を引き裂き、三人の耳をつんざいた。

「たはあっ。おっかねえ」

富平は菅笠をあおられないように押さえて喚(わめ)いた。

隅田堤を駆け抜け、本所の大川端をひたすら駆け、大川にもまれているただ一艘の船影を、どうにか見失わずに済んだ。

日除船は浅草と本所の間をすぎ、両国橋もくぐった。

東両国の町家まできたとき、三人の息はさすがに乱れ、蓮蔵と富平はもう声もなかった。普段なら賑(にぎ)やかな両国橋東詰の広小路も、この雨と雷ですでに板戸を閉てた表店もあり、人通りは殆(ほとん)どなかった。

「蓮蔵、富平、こっちだ」

市兵衛は両国橋に駆けあがった。

橋板を雨が激しく鳴らし、水飛沫(みずしぶき)が烟っていた。

両国橋の手摺(てすり)ごしに、東へなだらかな弧を描く流れが、靄(もや)に閉ざされそうなはるか下流まで見わたせた。

新大橋の橋影が、白い靄のずっと先にうっすらと浮かんでいた。新大橋をすぎたあたりより、今度は西へと大きく蛇行する流れのその先は、靄に溶けて消えていた。

だが、ぼんやりと見える新大橋の橋杭のところに、流れにもまれている日除船の影が、ぼうっと認められた。

蓮蔵と富平が、市兵衛のそばへ並びかけ、両国橋の手摺にすがった。

「船が、新大橋をくぐって、消えちまいやす。畜生、ここまで追っかけたのに」

蓮蔵が荒い息を吐きつつ、悔しげに言った。

白い靄にまぎれそうな船影が、ただ一艘、新大橋をくぐっていく。

そのとき、富平が言った。

「そうか。わかった。市兵衛さん、やつらはきっと、深川の元町へ向かってるんですぜ。ほら、船が新大橋の河岸場のほうへ、寄せてるじゃありませんか」

小太りで短軀の富平が、ぽってりと太短い腕を手摺ごしに突き出した。

確かに、日除船の小さな薄い影が、新大橋の東詰のほうへ、寄っていくかのように見えなくもなかった。

「深川の元町に、薬種店の俵屋がありますぜ。きっと、俵屋に何かあったんですよ。やつら、そいつを嗅ぎつけて押しかける腹に違いねえ」

「蓮蔵、富平、俵屋へいくぞ」

瞬時もおかず駆け出した市兵衛は、両国橋を駆けおりながら言った。


新大橋袂の河岸場をこっそり見にいった富平が、菅笠を低くさげて降りつける雨をさけながら、小走りに戻ってきた。

市兵衛と蓮蔵は、御籾蔵の北側の小路へ折れたところで富平を待っていた。

「市兵衛さん、見つけやした。雨よけに莫蓙を垂らした日除船が、船寄せに繋（つな）いでありやす。やつらの船に間違えありません」

「わかった。やはり俵屋に何かありそうだ」

「じゃあ、やつらはどこかで俵屋を見張っているんですかね」

「どこから見張っているか。俵屋を見張るとしたら……」

御籾蔵の北角から、新大橋の東詰や大川端の水茶屋などが見えている。

市兵衛は蓮蔵に言った。

「蓮蔵、あそこの水茶屋が、俵屋の人の出入りを見張るのに、よさそうだな」

「へい。渋井の旦那が俵屋を見張るなら、あそこら辺の水茶屋の亭主に話をつけて、そうするでしょうね」

「では、われらは六間堀のほうから、俵屋を見張るとしよう」

市兵衛は御籾蔵の北側の小路を、東の六間堀の上手道に出た。

半町ほど南の猿子橋から、上元町の往来を西へとった。

上元町の往来は、御籾蔵の南側を大川端へ通り、東西に通る往来を境にして御籾蔵の土塀がつらなっている。

三人は、俵屋と二十間ほど東側の、路地に折れる木戸口に身をひそめた。

雨の夕方のうす暗がりで、俵屋の軒先にたてた薬種店の看板は読めなかったが、軒の雨垂れが店先の水溜りに雫を跳ねている音は聞こえた。

雷はだいぶ前に遠のいていた。

時雨だけが執念深く降り続き、往来をさわさわと物寂しく騒がしている。みぞれになりそうな冷たい雨だった。三人の吐息は、夕方のうす暗さの中で、かすかに白く見えた。

半刻ほど前までの激しい雷雨の折りに、往来のどの店も閉てた板戸を開けぬま
ま、今日はもう店仕舞いにするのか、通りがかりの姿もなく、往来はひっそりと

静まりかえっていた。

「市兵衛さん、ちょいと伺いやすが……」

と、富平が話しかけた。

「なんだい」

市兵衛は、俵屋のほうを見遣りつつ訊きかえした。

「やつらは、押上橋の茶店の夫婦に用があるんですよね」

「そうだ」

「ところがやつらは、てめえらの用のある相手が、押上橋の茶店の夫婦だとは、知らねえんですよね」

「円乗らは、それを探っているのだ」

「けどやつら、俵屋の貫平さんが、押上橋の茶店の亭主と女房を知らないはずがねえと、気づいちゃいねえんですかね。俵屋を見張るぐらいだから、ご主人の貫平さんが知ってて当然と、普通はそれぐらいの察しがつくじゃありませんか。押上橋の茶店の亭主と女房に用があるなら、こんな手間をかけずに、なんで貫平さんから直に訊き出そうとしねえんですかね」

「そりゃそうだ。そうすりゃあ、手間が省けるしな」

富平と並んだ蓮蔵が、もっともだというふうに頷いた。

「円乗らは、津坂藩の政を牛耳っている者らから、ある使命を受けて江戸に遣わされた影役だ。たぶん、押上橋の茶店の亭主と女房に用があって、それは表だっては果たせない用なのだ」

「そ、そりゃあ、影役の使命ですから、表だっちゃあ拙(まず)いっすよね」

「俵屋は、先々代が越後の津坂から江戸に出てきて起こした薬種店だ。三代目の今の主人は、江戸の町家で表店を構えている。津坂が郷里とは言え、今は歴とした江戸の商人に一大名家の指図を受けた影役が、胡乱(うろん)な働きかけやふる舞いにおよんで、もしそれが表だってしまえば、その大名家は無事では済むまい。だから、影役は俵屋の主人に手は出さないのだ。手を出すなと、指図する者に命じられているのだろう。円乗らは、俵屋を訪ねてくる者、あるいは訪ねてきた者が俵屋から出てくるのを見張るしかない。影役の使命を果たすために、二刀を帯びてな」

「確かにそうだ。俵屋の貫平さんに、余所者(よそもの)が妙な手を出しやがったら、江戸の商人(あきんど)になんてことをしやがるって、あっしだって黙っていられませんぜ」

「わたしもそうだ。ただし、切羽つまったときは何が起きるかわからない」

「だから、影役には影役ってわけで、市兵衛さんも影役のお勤めをどなたさまかから、請けられたんですよね」

「富平、それは言えないのだ。訊かないでくれ」

「余計なことを訊くんじゃねえ、富平。渋井の旦那にきつく言われてんだ。市兵衛さんの指図通りに働いて、何も訊いちゃあならねえし、誰にも喋っちゃならねえぞってな」

蓮蔵が、鼻をしゅんしゅん鳴らしながら言った。

「わかってますって。ちょいと訊いてみただけです」

二人は雨に打たれて着けた蓑を震わせ、白い吐息が忙しくなっていた。

「寒いな。わたしも寒い。もう少し様子を見て、何も起こらぬようであれば、俵屋を訪ねてみよう。少し考えがある」

「へ、へい」

「それがいいっすね」

そこに、本所横川の時の鐘と思われる鐘が、蕭々と降る雨空に小さな子の泣き声のように流れた。

「なんだ。ありゃあ暮れ六ツ（午後六時頃）か。ずっと暗えから、もっと遅い刻限かと思ってたのによ。まだ宵の口じゃねえか」

蓮蔵が、かすかな明るみの残る雨空を見あげた。三人がいる木戸口の前を、雨に濡れた野良犬が一匹、頭を垂れて大川のほうへ通っていった。

そのとき、俵屋の戸口から人が往来へくぐり出てきた。

饅頭笠と菅笠に、合羽の二本差しの侍が二人と、羽織に足駄(あしだ)を履いて唐傘を差した町民風体がひとりだった。町民風体が提灯(ちょうちん)を提げていた。三人は大川のほうへいき、野良犬が、三人のあとをとぼとぼと追いかけていた。

「あれか」

「あれですね。侍二人に、ひとりは俵屋の貫平さんですかね」

「たぶんそうだ。あとをつけるぞ」

「合点だ」

市兵衛は往来へ出ていき、蓮蔵と富平が続いた。

と、前をいく三人の行手に、ばらばらとたち現れた数体の黒い人影が見えた。

人影は三人をとり囲み、くぐもった声を投げかけた。言葉は聞きとれないが、問いつめるような口調だった。三人は沈黙し、人影を見廻していた。

野良犬もあゆみを止め、成りゆきを見守っている。

背の高い円乗らしき男が声をかけているが、菅笠の陰に隠れて、青い炎を秘めたあの不気味な顔は見えなかった。途端、

「逃がすなっ」

と、円乗が怒声を放った。

菅笠のひとりが、抜刀して身を反転させ、人影を蹴散らして囲みを開いた。

侍は合羽をなびかせ、菅笠と提げた刀に降りそそぐ雨の飛沫を巻あげ、ぬかるんだ泥を蹴散らし、見る見る市兵衛らのほうへ駆けてくる。

野良犬がけたたましく吠えたてていたが、往来を駆けてくる侍の勢いに怯(おび)え、慌てて軒下へ逃げた。

一方、囲みが乱れたその機に乗じ、町民は提灯を円乗に投げつけ、唐傘をふり廻してこれも身をひるがえした。

提灯の明かりは消えたが、町民のひるがえした背中へ、一体の影が追いすがり様、すっぱ抜きを浴びせかけたのはわかった。

町民は袈裟懸(けさがけ)に背後から斬り落とされ、悲鳴をあげて数歩よろけ、ぬかるんだ道に膝からくずれ落ちた。

町民の落とした唐傘が、空(むな)しく往来に転がった。

と、そのとき、ぱあん、と銃声が往来に走った。

市兵衛らのほうへ駆けてくる侍が、あっ、と叫んで身をくねらせた。

天を仰ぎ、なおも数歩、よろよろと走った。

それから、提げていた刀を落とし、力つきてぬかるみへ突っこんだ。

市兵衛が見ると、往来の先で円乗らしき背の高い人影が、短銃を真っすぐにこちらに向けて佇立(ちょりつ)していた。

咄嗟に市兵衛は叫んだ。

「人が撃たれた。けが人が出たぞ。出会え出会え」

「喧嘩(けんか)だあ。斬り合いが始まったぞ」

「強盗がでたあ。助けてくれえ」

蓮蔵と富平も続いて大声をあげ、何軒かの表戸が次々と開かれ、

「どうしたんだ」

と、住人が顔をのぞかせた。合羽を頭からかぶったり、雨傘を差して、雨の往来に恐る恐る出てくる住人が続いた。

市兵衛は、ぬかるみに突っこんだ侍のそばへ駆け寄った。

蓮蔵と富平も駆けつけ、侍をのぞきこんだ。

侍はぬかるみへ俯せに倒れ、苦しげに顔を歪めていた。背中の合羽に、銃創らしき跡が暗がりを透かしてわかった。

市兵衛は侍の肩に手をかけた。

「しっかりしろ」

侍はやおら顔をあげ、雨が顔の泥を洗った。

「何があった」

市兵衛が言った。すると、

「後生だ。頼む……」

と、侍は震える目で市兵衛を見あげ、喘ぎつつ言った。

「頼みがあるのか。何をだ。言え」

「押上橋の、文蔵に……逃げろ。若君を、守り、逃げろと、つ……」

「押上橋の文蔵に、若君を守って逃げろと、伝えるのだな」

市兵衛は侍の耳元で言った。

侍はかすかに首を動かした。

「おぬしの名は。名を聞かせてくれ」

しかし、侍はそれ以上、何も言えなかった。持ちあげた顔を、力つきたかのように落とした。

「おぬしの名は」

市兵衛はもう一度大声を出したが、瞼(まぶた)を薄く開いた侍の目は、すでに生気が失(う)せていた。

そのとき、女の悲鳴と男らの甲高(かんだか)い声が往来に走った。

「俵屋さん、しっかり、気を確かに持って。今、お医者さまを呼びますからね。医者だ。誰か医者を呼べ」

「医者だ。お医者さまだ」

「おまえさん、しっかりして。おまえさん」

「おかみさん、そんなに動かしちゃあだめだ。みなで、中へそっと運びましょう」

旦那さま、旦那さま……

と、奉公人らの声が聞こえた。

斬られた町民は、やはり俵屋の主人の貫平と思われた。

しかし、円乗とその一団の人影は、すでに路地から姿を消していた。三人いた中の、もうひとりの侍の姿もなかった。

「蓮蔵、富平、円乗らが消えた。船だ。二人で船を追え。円乗らがどこへいくか確かめろ」

「合点だ。やつらを追っかけやす。市兵衛さんは……」

蓮蔵が言った。

「押上橋の文蔵へ知らせにいく。蓮蔵、富平、清七とおさん夫婦の倅の文吉の命が狙われている」

「わ、わ、若君のお命が危ねえんでやすね。なんてこった。承知しやした。やつらの動きを確かめて、市兵衛さんに知らせやす」

「頼む」

「富平いくぜ」

おう、と蓮蔵と富平は大川端のほうへ駆け出した。

雨の往来に住人の姿がだんだん増え、市兵衛と俯せた侍の周りにも集まって、様子をうかがっていた。

軒下に逃げた野良犬が、しきりに吠えていた。

四

丹波久重は、怒りに震えていた。

手下らは、頭の怒りが青い炎となって燃えているのがわかっていて、みな押し黙っていた。

日除船は櫓床に櫓を軋(きし)らせ、白波のたつ大川の流れに逆らい、懸命にさかのぼっていった。船体が大きく上下するたびに、鴨居に吊るした雨除けの茣蓙へ波飛沫(なみしぶき)がかかり、茣蓙の中まで飛んだ。

だが、波の飛沫など、誰も気にかけなかった。

菅笠と紙合羽を着けたまま坐りこみ、雨の雫を板子に垂らしていた。

頭の怒りは、目論見(もくろみ)通りに事が運ばなかったためだった。

板子には、茣蓙にくるまれた笹野景助が、材木のように寝かされていた。

上元町の往来で村松が身を反転させたとき、笹野はいきなり羽交締めにされ、小雁の石の拳(こぶし)の当身(あてみ)を腹に喰(く)らった。

息ができず、気が遠くなった。

気がつくと、茣蓙でぐるぐる巻きにされ、この船の板子に寝かされていた。大川と思われる流れの不気味な響きが、板子を通して伝わってきた。船は上下に大きくゆさぶられ、船縁を波が絶えず叩いていた。

誰かの咳や吐息、人の蠢く気配はあるのに、話し声は聞こえなかった。

笹野は両手両足を縛られ、猿轡を噛まされていた。

当身を受けた腹がまだ痛み、身を少しよじった。すると、

「動くな。大人しくしろ」

と怒声が飛び、茣蓙の上から刀の鞘で腹をしたたかに打たれた。

笹野はうめいて、声を殺した。

丹波が峠仲六を睨んだ。

「頭、こいつを今すぐ痛めつけて、文蔵の潜伏先を吐かせましょう。ぐずぐずしていたら、文蔵らは潜伏先から逃げ出すかもしれません」

仲六が丹波に言った。

「そいつは、ここで少々痛めつけても、吐きはせぬ。無駄だ。だが、生きておれば吐く。寮に戻ってから吐かせてやる」

「寮に戻ってですと。そんな悠長な」

「悠長なだと？」

丹波の太い声が、板子を這うように吐き出された。

「は、はい。ですから、文蔵らを逃がしたら、聖願寺さまに言いわけがたたないのではと……」

「伸六、なぜ俵屋を斬った。江戸の町家の者には手を出すなと、わたしが命じたことを忘れたのか」

「わ、忘れはしませんが、あそこで俵屋を逃がしては、拙いと思いましたゆえ、斬り捨てました」

「江戸の商人を斬ったことで、幕府は血眼になってわれらを探り出そうとするだろう。隠密目付や御庭番どもが、次々と津坂に送りこまれることになる。下手をすると、われらは津坂を逃げ出す羽目に陥りかねん。それどころか、津坂藩がこののちも安泰かどうか、それすら怪しくなるかもな」

「も、もとより、わたしは聖願寺さまと、一蓮托生の身ですから」

「そうか。なら、聖願寺さまのために精々働くがいい。一蓮托生は、津坂の峠一門も同じ運命だ。伸六、覚悟をしておけ」

伸六は不満そうに眉をひそめた。

蓮蔵と富平は、新大橋から日除船の黒い船影が、大川を流れにもまれつつさかのぼっていくのを見つけた。水かさが増して荒れた大川をさかのぼるのに、日除船は難儀していて、見失わずに追いかけることができた。

円乗とその一団が、竹屋の渡しで陸へあがって、笹野をくるんだ莫蓙をかついで隅田堤を寺島村へとり、長命寺のわき道から寺島村の田のくろ道をたどって都屋の寮へ戻るまでに、半刻余がかかった。

雨は止まなかったが、だいぶ小降りになっていた。

円乗らが黒板塀に囲われた寮の中へ消えたすぐあとに、蓮蔵と富平は木戸門のそばへ足音を忍ばせた。蓮蔵が門扉の隙間をのぞき、富平は門扉に耳を近づけ、中の物音を聞きとろうとした。

「だめだ。暗くて何も見えねえ」

蓮蔵がのぞきながら呟いた。

「戸を開けたり閉めたりする音が聞こえやす。声も聞こえやしたが、なんて言ったかはわかりませんね」

富平がささやいた。

「どうする、富平。やつらが出てくるのを待つか」

「蓮蔵兄さん、やつら、二人がかりで妙な荷物をかついでましたね」

「かついでたな。ありゃあ、簀巻きか、茣蓙か筵かでぐるぐる巻きにした人じゃねえか」

「ひ、人ですよ。ありゃあ、さっき、俵屋さんと一緒だった二人の侍の、片っぽうじゃありませんか」

「間違いねえ。俵屋の貫平さんは斬られた。逃げた侍のひとりは、おれたちの目の前で鉄砲に撃たれた。残りのひとりがつかまったんだ」

「ていうことは、残りのひとりを痛い目に遭わせて、押上橋の清七とおさん夫婦の居所を、吐かせる腹じゃありやせんか」

「それしかねえ。清七が文蔵で、文蔵の倅が、じつは若君さまの文吉だ。やつら、若君さまのお命を狙っていやがるんだ」

「兄さん、確かめやしょう。中へ入って……」

ええ？　と蓮蔵は目を剝いた。

「そそ、そいつは危ねえんじゃねえか」

「残りのひとりも、やつらに殺されるかもしれねえ。これでもあっしら、町方の手先ですぜ。放っとけませんよ」

「そりゃそうだが、どうやって入る。門は閉まってるし、塀は高いし」

蓮蔵と富平は、塀を見あげた。板塀の上に松の枝が出ていた。雨が菅笠の下の二人の顔を洗った。

「これでもあっしは身軽なんです。蓮蔵兄さんの肩に乗せてもらったら、あの松の枝につかまって塀を乗り越えて、中から門を開けやす」

蓮蔵も富平も、中背より小柄で、しかも富平は硬そうな小太りである。

「富平は重そうだな」

「ひとつ、お願えしやす」

蓮蔵はしぶしぶかがんだ。板塀に両の掌を突き、「乗れ」と言った。富平が蓮蔵の蓑を着けた肩に乗り、

「兄さん、持ちあげてくだせえ」

と、松の枝と塀の上へと手を延ばして言った。

蓮蔵がうめき、身体を小刻みに震わせながら、ようやく中腰ぐらいまで持ちあげた。

「これで、どうだ。くう……」

「兄さん、もう少し。そう、あと少し」

うう、重い、とうめいた蓮蔵の肩が、ふっと軽くなった。

富平が松の枝をつかみ、黒板塀の上に足をかけていた。

「やったぜ」

と、松がざわつき、塀の中へ飛びおりた拍子に、どすん、と音がした。

「富平、どうした」

蓮蔵が、板塀に顔を近づけ、ひそめた声をかけた。

「ちくしょう、痛てて。兄さん、門を開けやす」

ごと、ごと、と木戸門が音をたて、門扉が通れるほどに開いた。

「転んだのか。大丈夫かい」

「ぬかるみで滑って、尻餅を搗(つ)いちまいました。兄さん、こっちだ」

富平は尻を擦(こす)り擦りして、水溜りを騒がせないように足音を忍ばせた。木々や灌木(かんぼく)に降りかかる雨の音が、二人の足音を消した。

二人は、入母屋(いりもや)ふうの主屋の裏へと廻るところまできた。

「富平、どこへいくんだ」

「ほら、兄さん。あそこだ。戸の隙間から明かりが漏れてるでしょう。塀から飛び降りるとき、ちらっと見えたんです」

「おう、見えるぜ。あそこか」

暗がりに閉ざされた主屋の影から、ひと筋の明かりが庭へ落ちていた。庭の木々に隠れてしまいそうな、ほんのひと筋だった。

「きっとあそこですよ。いきやしょう。やつらの話し声が聞けるかも」

二人は身を低くかがめて、庭のぬかるみをそろそろと進んだ。

明かりは、縁側に閉てた雨戸が閉じきれておらず、一寸（約三センチ）か二寸（約六センチ）足らずの隙間よりもれていた。

雨垂れが、たたた、と軒下を叩いている。

二人は菅笠をとり、隙間をのぞいた。

縁廊下に、腰付障子を透した部屋の明かりが薄く射していた。

部屋の中に人の気配がし、障子ごしに声が漏れてきた。だが、上手く聞きとれなかった。

「兄さん、床下へ」

富平が縁の下を指差し、蓮蔵は黙って頷いた。

二人は縁の下へもぐり、見えずとも埃（ほこり）がもうもうと舞うのがわかる床下を、四つん這いになって部屋の真下あたりまで這った。頭のすぐ上で、床が不気味に軋んだ。部屋にいる人の動いている気配が伝わってきた。

富平が蓮蔵の肩を叩き、頭の上の床を指差した。いきなり、

「おまえの命をとるつもりはない。大丈夫。生かしておいてやる。おまえが訊かれたことに、こたえようがこたえまいがな」

と、低いくぐもり声が微弱ながら、確かに聞こえた。

二人は、床へ耳を向けるように頭を傾けた。

「とは言え、命をとり留め生き延びたとしても、五体残らず無事かそうではないかは、おまえ次第だ。すなわち、まだ年若い健やかなその身体に、これまでは備わっていたものが備わっているかいないかは、とり留めた命をまっとうするおまえが決めるのだ」

丹波は笹野景助を見おろして言った。

笹野は着物の下着までを剝ぎとられ、瑞々しい若い裸身を蔽うのは、白い下帯ひとつだった。血止めの布団に仰のけに寝かされ、四肢の足首手首を縛った綱を、四人の男らが四方へぎりぎりまで引っ張っていた。

そうして、口には猿轡を嚙ませ、その上へ手拭を二重三重に厚く巻きつけ、叫

び声や悲鳴も出せないようにしていた。

笹野は四肢を大の字に広げ、一灯の行灯(あんどん)の明かりが照らす周りの男らを、荒い鼻息を繰りかえし、怯(おび)えた目で見廻していた。

丹波久重の姿は見えず、ただ冷ややかな声だけが聞こえた。

それが、顔は知らなかったが、裏横目の頭として家中では知られている丹波久重と言う男の不気味さをかきたてた。

そのとき、笹野の頭のほうから黒い塊(かたまり)が差し出された。

笹野は差し出した者のほうへ顔をひねり、丹波を見極めようとしたが、丹波は見えなかった。ただ、黒い塊が開いたり閉じたりして、刃の白い鋼が見えた。

片方が弧になって刃幅が狭く、片方は刃幅が丸い鋏(はさみ)だった。

「笹野景助、これは何か知っておるな。そうだ、木の小枝を刈る剪定(せんてい)鋏だ。わたしは、この剪定鋏と木鋏、刈りこみ鋏で、この寮の木々や垣根の剪定をやっておる。手入れのいき届いた庭を眺めるのは、心持ちを清浄にしてくれる」

丹波は笹野の目の前で、剪定鋏を開いたり閉じたりして見せた。

「この剪定鋏は、太い枝を刈ることはできるが、思うに、人の指の一本ぐらいなら、ちょきんと切り落とすこともできるだろう。そこでだ。わたしには、おまえに訊(たず)ねることがある。訊ねるのは、簡単な問いがひとつだ。わたしは欲張りではない。人に訊ねるほど値打ちのある事など、この世にそう多くはないからな。ひとつ訊けば、それで充分だ。おまえがわたしの問いに、即座に、正直にこたえてくれるなら、目をぎゅっと三度瞑(つむ)れ。それを合図に、わたしはこの剪定鋏を使わず、元の場所に戻して、おまえのこたえを聞く。それから、おまえをここに残し、仲間のみなと江戸にきた目あての用を果たしに出かけ、用を果たしてから戻ってきて、おまえを解き放ってやる。もしお前が望むなら、わたしの仲間に加えてやることも、やぶさかではないぞ。それは約束する。しかし仮に、おまえが即座に、正直にこたえることを拒(こば)んだら……」

丹波は小雁に目配せした。

小雁は手首を縛った綱をとる男と二人がかりで、笹野の右腕を持ちあげ、無理矢理、掌(てのひら)を開かせた。そして、小指の先をにぎって枝のようにぴんとさせ、笹野の恐怖で瞠(みは)った目の上で、丹波の剪定鋏へ近づけた。

「ふむ。まずは右の小指からだ。剪定鋏でいけそうだな」

と、丹波が鋏を開いて、小指と掌の関節に咬(か)ませた。

笹野は地響きのようなうなり声をあげ、身体をよじり、よじった身体を布団に打ちつけた。瞠った目は真っ赤に充血し、頭を激しく上下にふった。

「この指をちょきんとちょん切って、おまえが正直にこたえることを拒んだ罰を与える。さぞかし痛かろうな。剣術自慢らしいおまえは、刀の柄をにぎる小指を失うことになる。まあ小指の一本ぐらいなら、稽古で補えるかもな。だが、わたしの問いは、小指一本では終らない。もう一度同じ問いをする。それでもおまえが頑なに拒んだら、次は薬指にいかざるを得ぬ。薬指を失ってもまだこたえぬなら、次は中指、人差し指と順々にいかざるを得ぬ。言うておくが、わたしはそう気は長くない。おまえがこたえるまで、ときをかけて待つ気はない。おまえの右手の指がすべて無くなるのに、四半刻もかからぬだろう。あとの四半刻で、左手へとかかる。すなわち、おまえはおよそ半刻で、剣術自慢の刀どころか、その若さで碗も箸も握れぬ身となって、このさき生きることとなる」

笹野の瞠った目に涙があふれ、身体が激しく引きつり震えた。

地響きのようなうめき声が、高くなったり低くなったりして続き、どんどん、と身体を打ちつける音が、床下の蓮蔵と富平に伝わった。

二人はぞっとして首をすくめ、身動きもせず、頭上の部屋のいつ果てるとも知れぬ恐怖が収まるのを待った。

　だが、笹野景助と丹波が呼んだ侍は、若さゆえか、長くは持たなかった。

　不意に、人の動く気配が途ぎれ、沈黙がのしかかった。

　その息づまる沈黙の中に、ひそひそ声が流れ始めた。本途(ほんと)に聞こえているのか気の所為(せい)なのか、どちらともつかぬひそひそ声だった。

　蓮蔵と富平は、ごくり、と喉を鳴らして唾を呑みこんだ。やがて、

「いくぞ」

と、丹波の冷やかな声が命じ、それまでとは違う騒然とした物音が起こった。

いくつもの足音が縁側を鳴らし、部屋を出ていくのがわかった。

　蓮蔵と富平は、縁側のほうへ見かえった。

　埃まみれの暗い床下から庭を見ると、庭がぼうっと青白く浮かんで見えた。雨垂れの音は聞こえなかった。

　床上の部屋は寂(しん)と静まった。

　ただ、か細い人のうめきが聞こえた。

「蓮蔵兄さん、みんな出かけたんじゃねえかな」

　富平が蓮蔵の袖を引っ張った。

「あ？　ああ」

と蓮蔵が頷いた。

「誰か、うめいていますよ。笹野景助じゃあ、ありませんか。部屋の様子を、見にいきやしょう」

「見張りが、残っているんじゃねえか」

「けど、何があったたか、確かめなきゃあ」

「そ、そうだな」

二人は縁の下から庭に這い出た。

すると、いつの間にか雨は止んでいて、南の夜空の雲がきれ、冴え冴え(さざ)とした半月がかかっていた。ぽつり、ぽつり、と雨垂れが落ちていた。

縁廊下の濡れた雨戸が、すべるように開いた。

主屋は、ぞっとするほど冷たい静寂に包まれていた。

その静寂に、部屋の中のうめき声がからみつくように聞こえていた。

二人は鍛鉄の十手を抜き、縁廊下にあがった。

蓮蔵が十手を身がまえ、富平が部屋の腰付障子をそうっと開いた。

行灯の薄明かりが、誰もいない部屋を蔽っていた。

「誰もいねえ。みな出かけたんだ」

「けど兄さん、この布団に人が……」

行灯のそばに、布団を頭からかぶせられて、人が横たわっているのは明らかだった。その布団の下で、うめき声が絞り出されていた。

富平が勢いよく布団を剝いだ。

若い男の下帯ひとつの裸身が、手足を海老のように反って厳重に縛められ、猿轡を嚙まされ、寝かされていた。髷は乱れ、ざんばらになりかけていた。

「あんた、笹野景助さんかい」

富平は言ったが、笹野はうめくばかりである。

「おれたちは怪しいもんじゃねえ。あいつらの仲間じゃねえぜ。ほら、見な。これでも十手を預かるもんだ」

と、十手を笹野の目の前に差し出した。

「わけがあって、あんたをここに連れこんだやつらを、見張ってたんだ。縄をほどいてやるから、何があったか話してくれるかい。そうだ。指はどうなった」

縄を解きながら見ると、笹野の五指は両手とも無事だった。

「よかった。指は無事だったね。さあ、笹野さん、やつらがどこへいったか、教えてくれ」

ところが、猿轡をはずし縄をほどいてやっても、笹野は起きあがらず、俯せになって虫のように身体を丸め、頭を抱えて号泣を始めた。

「あんた、どうしたんだい。苦しいのかい」

蓮蔵が言った。

「笹野さん、やつらはどこへいったんだい」

富平が呼びかけた。

しかし、笹野の号泣はいっそう激しくなるばかりで、夜の静寂を繰りかえし引き裂いた。そして、号泣しながら、

「お許しを、お許しを……」

と、子供のように叫び始めた。

「そうか。あんた、押上橋の文蔵夫婦のことを、やつらに喋っちゃったんだね」

「するってえと、若君のお命が、危ねえってことかい」

「お許しを、お許しを。腹を切って、お詫びいたします。腹を切って、殿さまにお詫びを……」

笹野は身体を震わし、号泣と絶叫を続けた。

「こりゃだめだ」

蓮蔵と富平は顔を見合わせ呆然としたが、富平がはっと気づいて言った。

「やつらが大勢で向かってる。市兵衛さんの助っ人にいかなきゃあ」

「おお、助っ人にいかなきゃあな。やつら、銃も持っていやがるぜ」

「兄さん、市兵衛さんの助っ人には、あっしがひとりでいきやす。兄さんは渋井の旦那に知らせてくだせえ。やつらが束になって襲いかかったら、市兵衛さんだって危ねえ。事情を話せば、渋井の旦那がなんか手を打ってくれやす。おっとそうだ。笹野さん、すぐ支度しなせえ。押上橋へ文蔵夫婦と若君を、お助けにいきやすぜ。どうせ腹を切るなら、笹野さんの命を捨てて若君をお守りしなせえ。腹を切るのはそのあとだ」

富平が笹野の頭の上で喚くと、笹野の号泣が止まり、涙でくしゃくしゃになった顔を跳ねるように持ちあげた。

そこへ、縁廊下のほうに人の気配がして、腰付障子に明かりがぼうっと映り、ゆるゆると縁廊下を忍び寄るのが見えた。

三人はぎょっとして、障子戸に映るぼうっとした明かりを目で追った。

蓮蔵と富平は十手をにぎり締めたものの、十手が震えた。

すると、有明行灯(ありあけあんどん)を震わせつつ、寮に住みこみの婆(ばあ)さんが、腰付障子の陰から恐る恐る顔をのぞかせたのだった。

蓮蔵と富平は、寮の見張りで、住みこみの婆さんの顔は知っている。

婆さんは、蓑笠に土足の男二人と、下帯ひとつの裸身の見知らぬ男を見て、その異様な光景にあんぐりとした。

それから、物の怪を見て腰が抜けたかのように、へなへなと坐りこんだ。

「婆ちゃん、しっかりしろ。婆ちゃん」

蓮蔵と富平が、慌てて婆さんのそばへ走り寄った。

五

その以前、まだ時雨が降り止まぬころ、市兵衛は十間堀の土手道を押上橋へと急いでいた。

夜の帳と降り止まぬ雨が、土手道を暗く閉ざし、水かさを増した十間堀の流れが土手を洗うざわめきと、道端の木々の騒ぎ、そして、地面を叩く雨音が、どこまでも市兵衛にまとわりついていた。

それでも、十間堀の黒い川面の先に架かる押上橋や、橋の畔の茶店の形が、夜の帳と降り止まぬ雨の先に、だんだんと浮かんできた。

そのとき、川向こうの小梅村のほうから、犬の長吠えが夜空に流れ、すると、こちらの押上村のどこかの犬が、物悲しげな遠吠えを始めた。

文蔵がもろ肌脱ぎになり薪(まき)割りに専心していた姿が、市兵衛の目に浮かんだ。なんおのれを捨て、ただ主家に仕える侍として生きた十年だったに違いない。なんという生き方だと、思わずにはいられなかった。

兄の信正は、他国の事情に手を出してはならぬ、と諫(いさ)めるだろう。

だが、文蔵に手を貸してやるしかあるまい。

市兵衛の腹は決まっていた。

だいぶ小降りになった雨は、茶店の茅葺(かやぶき)屋根をくるんで、音もなく降りかかっていた。板葺の軒庇(のきびさし)から落ちる雨垂れが、地面に飛沫を散らしている。

犬の長吠えは、いつの間にか聞こえなくなった。

市兵衛は板庇の下に立った。

板戸が店土間を囲い固く閉て廻してある。

煙出しから、店の中の薄明かりが見え、白い煙がのぼっていた。

「文蔵どの、文蔵どのはおられますか」

と呼びかけた。

「唐木市兵衛と申します。このような夜分にお訪ねいたした無礼を、お許しください。文蔵どのに、お伝えしなければならぬことがあるのです。おられるなら、おこたえいただきたい」

返事はなかった。戸内に物音も聞こえなかった。

市兵衛は板戸に顔を寄せ、そっと続けた。

「この夕刻、深川上元町にて、ある方より、押上橋の文蔵に若君を守って逃げろと伝えてくれ、と頼まれました。その方の名を訊ねましたが、名乗ることもできずに事切れ、その方がこちらにくることはありません。のみならず、上元町の薬種店・俵屋のご主人の貫平さんも斬られ、生死は未だ……」

板戸ごしの沈黙に、明らかな動揺が走った。

それでも、聞こえるのは雨垂れの音だけである。

「文蔵どの、わたしはあなた方の敵ではありません。先だって、こちらで焼餅をいただいた浪人者です。文蔵どのは、薪割りをしておられた。あのとき、文蔵どのは武士ではないかと、思っておりました。およそ十年前、越後の津坂より出府なされ、清七と名を変え、この茶店を営んでこられた。文蔵どのは津坂藩鴇江家に仕える侍にて、十年前、お内儀が懐に抱いておられたご子息の文吉さんは、鴇江憲実さまの若君ですね」

ためらいの間があった。やがて、板戸に人の近づく気配がした。

文蔵の声が質(ただ)した。

「唐木市兵衛どの、と申されるのか」

「はい。主を持たぬ浪人者ですが、わけあって、文蔵どのの事情を調べさせていただいた。何ゆえ、浪人者のわたしが文蔵どのに逃げよと伝えることを頼まれたのか、何ゆえあなた方の事情を調べたのか、そのわけをお話しいたします」

「村松喜四郎が落命いたし、俵屋貫平どのが斬られたと申されたが、唐木どのはそれを見られたのか」

「あの方は村松喜四郎と、申されるのですね。お気の毒ですが、文蔵どのへ託(ことず)けをされた言葉が最期でした。半刻ほど前、村松どのと俵屋のご主人、今ひとり侍らしき三人が上元町の俵屋の店を出たとき、上元町の往来で多数の賊(ぞく)に囲まれ、村松どのが逃げ出したところ、背後より銃が放たれたのです」

「銃が放たれた……」

「銃は火縄を使わぬ、西洋の短銃と思われます。雨の中でも放てます。村松どのはわれらの目の前で倒れたのです。また、俵屋のご主人も逃げようとした背後より、賊の袈裟懸を浴びて倒れ、賊はすぐに逃げ出し、今ひとりの侍がどのようになったかは不明です。文蔵どの、村松どのはわたしが何者かを知って、文蔵どのへの伝言を託けたのではありません。ただ、村松さんのそばにわれらがいた。それだけです」

「われらとは、唐木どのはひとりではないのか」

「ともに働く者らがおります。その者らは、姿を消した賊を追っております。ただ今は、わたしひとりです」

　文蔵の沈黙に、ためらいが感じられた。いきなり訪ねてきた唐木市兵衛が信用できるのかと、迷っていた。

「不審に思われるのはもっともです。しかしながら、文蔵どの、ときが惜しい。先月夜、文蔵どのは十間堀に浮いていた返弥陀ノ介と言う男を救われた。返弥陀ノ介はいくつもの刀疵を負い、しかも銃で撃たれ、瀕死のあり様でした。間違いなく、村松喜四郎どのを撃った銃と同じ銃に、返弥陀ノ介も撃たれたのです。返弥陀ノ介は文蔵どのに、諏訪坂の幕府目付・片岡信正に知らせてほしいと頼み、文蔵どのはそれを聞き入れられた。あの夜、文蔵どのは諏訪坂までたったひとりで走り、片岡信正に子細を伝えられたのでしたね。返弥陀ノ介はわが友。片岡信正はわが兄です」

板戸が引き開けられたのは、そのときだった。

店土間に灯る明かりが、目の前の文蔵を影にしていた。文蔵の妻が、十歳の倅と五歳の娘の肩を抱いて両わきに引き寄せ、軒下の市兵衛を見つめていた。

子供らもつぶらな眼差しを、市兵衛へ凝っと向けていた。

文蔵は、尻端折りにした千筋縞の上着を黒紺の角帯で締め、黒股引に藁草履をつけた茶店の亭主の風体に、物々しく黒鞘の両刀を帯びていた。

「入られよ」

文蔵は言った。

市兵衛は菅笠をとり、店土間へ踏み入った。そうして、雨の雫が、とと、と垂れる蓑をとった。

市兵衛も、紺手拭を頬かぶりにし、同じく黒鞘の二本差しである。

文蔵は板戸を音をたてて閉じ、閂を差した。そして、市兵衛の拵えをひと目見ると、得心したかのように妻と子供らへ目配せした。

「真野文蔵でござる。十年前まで、津坂藩鴇江家の小姓番として、主君・鴇江憲実さまのお側近くにお仕えいたしておりました。これは、わが妻の昌。わが娘の里。そして……」

と言い、母親と子供らを手で差した。

「唐木どのがすでにご存じのごとく、この十年、お育ていたしたわが倅の文吉でござる。十年前の春、乳呑児であった文吉を昌が懐に抱き、われら夫婦は三国峠を越えて江戸に逃れたのです。しかし、十年をへた今、再び三国峠を越えて、津坂に戻る時節が到来したのでござる」

文蔵は言った。

倅はつぶらな眼差しに戸惑いを浮かべ、これまで通りの母親と倅のように、昌に肩を抱かれて寄り添い、お里も母親の昌にぴたりとすがっていた。

市兵衛は二人に頬笑みかけた。

「文吉さん、お里さん、わたしはあなた方の味方だ。お父っつあんとおっ母さんとあなた方が、津坂に無事戻れるよう、手助けするためにきたのだ」

市兵衛が頬かぶりの手拭をとって言うと、文吉は聞かん気そうな少年の顔を頷かせ、お里は不思議そうに市兵衛を見守った。

「昌、茶の支度を頼む。唐木どの、まずはおかけくだされ」

文蔵は、市兵衛に縁台へかけるように勧め、自らは隣の縁台に腰かけ、市兵衛と正面から向き合った。

「唐木どの、お聞かせ願う。どのようなわけがあって、村松喜四郎が唐木どのにわたしへの伝言を託けたのか、わたしらの一家の事情をお調べになったのか。そもそもなぜ、唐木どのは、村松喜四郎が銃で撃たれ、俵屋のご主人が賊に斬られた深川の上元町に居合わせたのか、ゆきがかりをお聞かせ願いたい」

「真野文蔵どの、お教えできることとできぬことがあります。お教えできることに嘘はありません。しかし、お教えできぬこともあります。それは何とぞ、ご了承願いたい」

「申すまでもござらん。わたしとて同じです。われら夫婦も、わが倅も、姿を隠して十年をこの地で生き延びたのですから」

文蔵は言った。

「わが兄より頼まれた役目を、わたしは負っております。越後津坂領より、ある一団が窃に江戸へ差し遣わされました。津坂領の誰が、誰を、何が狙いでか、それを探る役目です。申した通り、わたしは浪人者です。そのような役目は、わたしの分ではありません。ですが、わたしは兄の頼みを請けたのです。深手を負ったわが友の返弥陀ノ介と、今ひとり命を落とした弥陀ノ介配下の若い侍のために、引き受けようと。兄の頼みが、表だっての役目であろうと、あるいは陰をゆく役目であろうと、自分の為せることを為すべきであろうと、思ったのです」

「友のために……」

「不審に思われるかもしれませんが、偽りではありません」

　文蔵は沈黙をかえした。

「そして今ひとつ。兄より、文蔵どのは、刀疵と銃創を負った瀕死の返弥陀ノ介の言葉を受け入れ、いかなる者かも知らぬ返弥陀ノ介を信じ、ただ命を救うために働いてくだされた、と聞きました。あのとき文蔵どのは、押上村の茶店のご亭主の清七さんでした。清七さんは、兄がこのことは内分にするようにと申し入れたときも、自分は怪我人を気の毒に思い、怪我人が望むことをしたまでだと、怪我人がそれを望むのならそのように、と言われたそうですね。兄が申しておりました。文蔵どのの胆力に感動を覚えたと」

「返弥陀ノ介どのの最期の頼みと、思ったのです。人の最期の頼みならばと、そう思っただけです」

「武士の情け、なのですね」

「人は誰でも、そうするものです」

「わたしも同じです。人ならば友のためにすることです」

文蔵はまた沈黙をかえした。

「兄はこうも申したのです。押上橋の清七に会ってくるがいい。清七は、返弥陀ノ介の命の恩人というだけではない。あの男には何かがある。あの男の何かが、返弥陀ノ介を引き寄せたのかも知れぬ。その何かが気になる。探れとです。先日こちらを訪ねたとき、文蔵どのは薪を割っておられた。諸肌脱ぎになった、越後の人らしい白い肌がうっすらと汗ばんでいた。この男が返弥陀ノ介の命の恩人か。なんと清々(すがすが)しい、と思いました」

市兵衛と文蔵は、初めて笑みを交わした。

「唐木どのこそ。あのとき、これが江戸侍かと、ほれぼれいたしました」

市兵衛は続けた。

「清七とおさん夫婦、十歳の倅の文吉、五歳の娘のお里。生国は越後津坂にて、十年前、文蔵どのと乳呑児を昌どのが懐に抱いて江戸へこられ、押上橋のこの茶店を居抜きで借りるとき、深川元町の俵屋のご主人が、清七おさん夫婦の身元を請け合われたと知れました。わたしの探るある一団は、越後津坂より遣わされた。返弥陀ノ介の命を救った清七おさん夫婦が同じ越後津坂。そして、真野文蔵と昌の夫婦が三国峠を越えた十年前、津坂藩城中にてその事件は起こった。何もかもが、押上橋の茶店の清七おさん夫婦につながっていると、感じられてなりませんでした。それが偶然とは、思えなかったのです」

それから、寺島村の都屋の寮に逗留する絵師の鈴本円乗とその門弟らの一団を追い、俵屋の店のある上元町にくるまでの子細を語ると、

「村松喜四郎どのから、押上橋の文蔵に逃げろと、若君を守り逃げろと頼まれたとき、なにを為すべきかが、はっきりとわかったのです」

と、市兵衛は言った。

母親と十歳の倅と五歳の娘は、小あがりのあがり端に母親を間にして、並んで腰かけていた。母親は、愛しい子供らを決して離すまいとするかのように、倅と娘の肩を抱き寄せていた。

その母親と子供らのけなげさを、市兵衛は悲しいと思った。

「文蔵どの、十年前、どなたが文蔵どのと昌どのに、乳吞児の若君を守り逃げよと命ぜられたのですか」

市兵衛は言った。

六

　津坂藩鴇江家において、江戸家老・聖願寺豊岳を領袖とする聖願寺一派と、藩政を牛耳る聖願寺派に異議を唱える藩士らとの対立抗争が続いていたさ中、その事件は起こった。

　文化十三年春三月、主君憲実の側室・阿木の方が、その正月に出産した和子（わこ）を抱き、憲実のいた小書院より、相ノ間をへて奥の居室へと戻る長い渡り廊下に差しかかったとき、庭木の柊（ひいらぎ）の木陰に身をひそめていた峠伸六なる殿中の警護にあたる番衆に襲われた。

　峠伸六は、庭から渡り廊下の手摺をやすやすと乗り越え、小さ刀を抜き放ち、和子を抱いた阿木の方に迫った。

　阿木の方に従っていたお女中三人のうちの二人が、「狼藉（ろうぜき）、狼藉」と叫んで、懐剣を抜いて立ちはだかったが、数合も交わさず斬り伏せられた。もうひとりのお女中が、阿木の方を逃がしながら、

「無礼者っ」

と、見る見る迫る峠仲六へ斬りかかった。

峠仲六は、番衆(ばんしゅう)の間では腕利きと知られていた。

お女中の一刀を躱(かわ)し、その顔面を一閃(いっせん)した。そして、お女中が崩れたその隙(すき)に阿木の方を背後から袈裟懸にした。

のみならず、峠仲六は阿木の方を引き倒し、阿木の方の抱いた和子の命をも無き者にしようと襲いかかった。

「お命、頂戴仕(ちょうだいつかまつ)る」

峠仲六が叫んでふりあげた腕を、顔面を一閃され血まみれになったお女中がつかんで防いだ。それをふり払って、放った一刀を、阿木の方は和子を懐に抱きかかえ、自らの命と引き換えに守り通した。

阿木の方が悲鳴とともに噴いた血が、和子にふりかかり、和子の白い襁褓(むつき)を真っ赤に染めた。和子は火のついたように泣いた。

峠仲六は、和子を仕留めたと思った。しかし、ようやく駆けつけた侍衆から逃れるため、確かめる間はなかった。

庭へ飛び降り、内塀を乗り越えて、城中より忽然(こつぜん)と姿を消した。

城下にはその日のうちに、峠仲六が主君のご側室に入られる前、許嫁(いいなずけ)であった阿木の方に意趣を抱き凶行に及んだ、との噂がとり沙汰された。また、峠伸六を手引きした者がいた、という噂も流れた。

それがまことなら、なんたる失態。武門の面目を失墜させる、あってはならぬことであった。

藩の重役方が合議し、諸般の事情を鑑み、阿木の方と和子は急な病により身罷られたと公にし、とり急ぎ葬儀が執り行われたのだった。

その夜ふけ、主君・鴇江憲実さま小姓番の真野文蔵は、窃に城中の薄暗い小書院に通された。小書院は殿さまのご休息所でもある。

小書院にいたのは、重役の年寄・戸田浅右衛門と、上段の影しか見えぬもうおひと方であった。そうして、真野文蔵は、上段の影が見守る中で、戸田浅右衛門よりその使命を申しつけられたのだった。

その夜が明けぬ前に、真野文蔵と妻の昌は津坂城下を出奔した。

二人に従う供はなく、ただ、妻の昌の懐に抱かれた生れてようやく三月目に入った乳呑児が、母の顔をぱっちりと見開いた目で見守っていた。

板庇から落ちる雨垂れの音が、止んでいた。

閉て廻した板戸のひと筋の隙間に、青い夜の帳が透けていた。煙出しを閉じた戸の節穴から、青い糸のような筋が、店土間の片隅の暗がりに射していた。

月が出たか、と市兵衛は気づいた。

文蔵の話は続いた。

「阿木の方が、自らの命を賭してお守りなされた若君のお命が、聖願寺ら一派によって、再び狙われる恐れがあったのでござる。彼の者らは藩の政を牛耳るだけでは満足せず、おのれらの権勢を恣にするため、阿木の方と若君すらも手にかける暴挙に出たからには、その目論見の半ばで矛を収めるはずがなかった。阿木の方と若君を襲った峠伸六は、彼の者らの手先にすぎない。それを戸田さまは咄嗟に判断なされ、その場で憲実さまのお許しを得て、阿木の方の懐から血に染まった若君を抱きあげ、周りの者にいっさい口外してはならぬと命じ、若君をご自分の屋敷に匿われたのでござる」

文蔵は小あがりに腰かけた倅へ、感慨のこもる眼差しを向けた。

倅は母親に肩を抱かれ、しょげていた。

「藩の重役方が合議し、阿木の方と和子さまは急な病により身罷られたと公にして葬儀が執り行われたというのは、それすらも表向きのことにて、事実は、憲実さまのご命令により、戸田さまが葬儀を仕きられ、供廻りの者が厳重に警戒し、無残な亡骸はどなたにも見せてはならぬと殿さまのご命令であるとして、ご重役方にすら、阿木の方と若君の亡骸を見せずに執り行われたのです。しかし、いくら命じても、それほどの出来事がもれぬはずはなく、遠からず、若君がご無事と彼の者らに知られ、再び若君のお命が脅かされるに違いない。猶予はならぬと、憲実さまと戸田さまは、葬儀を終えたその夜、和子さまのお命を守り、時節が到来するまでお育てせよと、わたしに密命をくだされたのです」

しかしそこで、文蔵は物憂い沈黙を、しばしおいた。それから、文蔵の口調はなぜかやわらいだ。

「昼間、村松喜四郎が戸田さまの密書を携え現れました。なんと、真木姫さまの婿養子に入られ、鴫江家のお世継ぎと決まっていた松之丞重和さまが、不慮の刃傷沙汰により落命なされ、憲実さまのお世継ぎを廻り、家中では再び、聖願寺派と反聖願寺派の争いが起こっていると知らされ、言葉がありませんでした。津坂藩のお世継ぎは若君をおいてほかはない。憲実さまがお待ちである。時節は到来した。即刻帰国せよと、戸田さまの密書にはあったのです。とうとう、殿さまの密命を終え、国へ帰るときがきたと、思いました。国には老いたわが両親も、残してきた真野家を継ぐわが倅もおるのです。ですが、どうしたわけか、わたしは切なく寂しかった。仮の暮らしにすぎなかったこの十年が、長すぎたのですかな。戸田さまはあの夜、時節到来までに五年と言われた。だが、十年がたちました。わたしと妻はこの茶店を営む押上村の夫婦であり、倅の文吉と娘のお里は、まぎれもない押上村の子です」

　文蔵が言うと、昌が指先で涙をそっとぬぐった。

「おっ母さん……」

　お里が母親を心配そうに見あげた。

　市兵衛は、文蔵と昌の熱く一途（いちず）な、そして、何よりもけなげな武士の気位を、思わずにはいられなかった。

　市兵衛は言った。

「真野どの、村松どのはわたしの目の前で亡くなられた。俵屋のご主人の生死はわかりません。もうひと方も姿を消し、安否は知れません」

「もうひとりは、おそらく、笹野景助です。わたしが国を出たときは、まだ少年だった。蔵方の父親が、わたしと同じ反聖願寺派でした。家督を継いだ景助は、今は江戸屋敷の勤番なのです。村松と笹野が、津坂まで若君の警護につく手はずでした。三人を襲った賊は、丹波久重と手下に違いありません」

「裏横目と津坂では呼ばれている、影の者ですね」

「恐ろしい男です。鴇江家の侍ではありません。聖願寺豊岳の命ずるままに働く手下です。裏横目と自ら称し、まるで藩の隠密役のように勝手にふる舞い、十年前、領内で頻発した一揆(いっき)や打ち毀(こわ)しの鎮圧に駆り出された集団です。大勢の死人を出したのですが、聖願寺一派の重役らはそれを黙認した。丹波久重と手下らが江戸に遣わされたと、村松から聞きました。都屋の寮にいたのか。逃げなければならぬのは、わかっているのですが……」

文蔵の表情が曇った。肩を大きく上下させ、考えていた。

すぐに逃げなければならないが、この夜ふけに一体何処(どこ)へと、明らかに文蔵は途方にくれていた。

「真野どの。一家四人で、わたしときてください。諏訪坂の兄の片岡信正の屋敷に逃げましょう。兄は必ずあなた方を匿ってくれます。あなた方が無事に津坂へ戻れるように、手配もしてくれます」

えっ、と文蔵は顔をあげ、目を瞠(みは)った。

「わたしを信じてください。ここへくる道々、考えたのです。諏訪坂の屋敷に逃げるのが一番よい方法だと」

「か、唐木どの」

「まずは、子供らの無事を……」

と、言いかけたとき、押上橋を渡る一団の足音が、夜ふけの静寂(しじま)の中に低くとどろいた。

市兵衛と文蔵は目を合わせ、押上橋のとどろきを黙然と聞いた。

「そうか。きたのか。無念だ」

文蔵が呟(つぶや)いた。

「唐木どの。まことにありがたいお申し入れ、心より礼を申す。しかし、どうやら間に合わぬようです。これより先は、われら一家四人の事柄でござるゆえ、唐木どのにはかかわりがない。どうぞ、お立ち退きくだされ」

文蔵は立ちあがった。

「何を言われる。越後津坂よりこの江戸に遣わされた一団が、何者で、何が狙いかを探る役目を、わたしは兄から受けたのです」

市兵衛は縁台より立ち、下げ緒(お)を襷(たすき)にかけた。

「友のために、それを為さねばならぬと思ったのです。そう申したではありませんか。それを今、為すときがきた。わたしにはかかわりがあります。文蔵どの、大丈夫。防げます」

文蔵は市兵衛を見つめ、こくり、と頷いた。そして、昌に言った。

「昌、予て決めていた通りにせよ」

倅と娘の手をにぎり立ちあがった昌が、

「はい」

とこたえた。

七

雨が止んだ夜空は雲がきれ、南から西の彼方に移った弦月が高くのぼっていた。

「なるほど。こんなところに身をひそめていたか。こんなことなら、初めから俵屋を責めて吐かせておけばよかったのかもな。余計な手間をとらされた」

丹波久重は、おのれを責めて独りごちた。

「まあ、よい。さっさと済ませ、江戸から消えるのみだ」

丹波は、押上橋袂に仁王立になって、小雁が率いる九人の影が、茶店の三方へ散らばっていく動きを見守った。

九人の着けた紙合羽が、ささやき声を交わすように鳴った。

丹波は胸元で腕組みをし、片手を差し入れた懐で短銃をつかんでいた。

真野文蔵は、若くして主君の小姓番役に就き、家中では屈指の腕利きだったと聞いている。所詮、道場の剣術でどれほど腕を磨いたとて、真剣の斬り合いとは違う。身のほどを思い知るがいい、と丹波は思った。

影でしか見えずとも、小雁が押上橋袂の丹波に一瞥を寄こしたのはわかった。

丹波は、ゆっくり大きく、小雁に頷いて見せた。

小雁が刀を抜き、次々に抜き放った。弦月の薄明かりに、菅笠の白い色が乱れ、銀色の刃が舞うようにきらめいた。

ひとりが軒庇の影へそっと近づいた。板戸を閉じた隙間より戸内をのぞき、小雁へふりかえって、ささやき声を投げた。

「静かです。寝てるようですぜ」

「おめえらもいけ」

小雁が二人に命じた。

二人は軒庇の下へいき、初めのひとりと目配せを交わした。

「それえ」

と喚声をあげて、二人はいきなり板戸を激しく蹴った。

最初のひと蹴りで、二枚の板戸が敷居からはずれた。二蹴り目で板が破片を散らし、ばたばた、と弦月の薄明かりが届かぬ店土間に倒れた。

板戸わきにいた円藤小五郎は、二人が板戸を蹴破ると、真っ先に斬りこむ態勢で身がまえていた。だが、板戸が倒れた暗い店土間に、身を低くしてうずくまった人影を認めて、真野文蔵か、と思ったその束の間、斬りこみが遅れた。

身を低くしてうずくまっていた市兵衛は、ふわりと起きあがって前へ進み、店土間に踏みこみかけた小五郎を、抜き打ちに胸から顎へ斬りあげた。

小五郎は獣のように叫び、仰のけに夜空をあおぎ、土手道の小雁らの足下まで吹き飛ばされた。

市兵衛は左へ刀をかえし、左手の塩坂半治が放った袈裟懸を受け止め、刀と刀を咬み合わせたまま半治の首筋へ押しあて、凄まじい膂力をこめて撫で斬りにした。

そのとき、市兵衛に斬りかかった右手の山並平次郎のうなじへ、暗い店土間から突き出した文蔵の一刀が咬みつき、これも引き斬りにした。

ほぼ同時に、半治と平次郎の絶叫が重なり血飛沫がしゅうしゅうと噴いた。

すかさず、市兵衛は若頭の堂下小雁と蛭沼郷一、山奈仙助ら、店土間に突入する気配を見せていた土手道の三人へ突進し、たちまち肉薄した。

三人は機先を制され、動きが乱れた。

小雁は数歩引いて迎え撃つ態勢をとったが、市兵衛の速さに間に合わなかった。

上段からの一撃で菅笠が破られ、こめかみと頰(ほお)を切先に裂かれた。

疵は浅かったが、小雁は顔をそむけ、また一歩退った。

仙助と郷一が市兵衛に斬りかかった。

市兵衛は、仙助の袈裟懸をぎりぎりにかいくぐって胴抜きに一閃し、仙助は悲鳴をあげながら、前へつんのめるように横転していくと、続く郷一が仙助を飛び越えて放った打ち落としを、かあん、と高らかに打ち払い、左へ半歩転じ様、左袈裟懸に斬り捨てた。

郷一は喚声(かんばし)を甲走らせ、一旦空へ伸びあがってから、倒木のように斃(たお)れていった。

「野郎、打っ(ぶ)た斬ってやるだでな」

小雁が怒りをこめて叫んだ。

血相を変えて荒々しく吠え、刀をぶんぶんとうならし、遮二無二(しゃにむに)斬りかかってきた。相打ちで充分という力任せの攻撃だった。

市兵衛は繰り出される刃を躱し、左右上下に打ち払いつつ後退した。

しかし、五合、六合まで刃を交わしたとき、市兵衛の引いた一歩が、ぬかるんだ土手道にすべって、わずかに体勢が傾いた。

小雁は一瞬の隙も見逃さなかった。

「くたばれ」

と、分厚い身体ごと体当たりをかますように突さこんだ。

しかし、市兵衛は傾いた体勢を立て直そうとはしなかった。むしろ、傾くがままに体勢を投げ出したかに見えた。

小雁の体当たりを受けたそのとき、小雁の刃は市兵衛の傍らをかすめ、市兵衛の刀は小雁の胴を、切先が背中に突き出るまで貫いていた。

あっ、と小雁の怒声(どせい)が途ぎれ、分厚い身体が市兵衛の身体にぐったりと蔽(おお)いかぶさった。

ぱあん……

銃声が土手道に走ったのはそのときだった。

市兵衛が小雁らへ突進したとき、店土間の西側の板戸を蹴破り、峠仲六と古川三平が突入し、それより遅れて今ひとり、津川豪助が茶店の東側、竈のある一角の、外に井戸のある裏戸を蹴破って押し入った。

文蔵は峠仲六を見つけて言った。

「峠仲六、おまえの顔は忘れてはいない。十年の遺恨、晴らすときがきた」

「文蔵、小癪な真似をしおって。斬り捨ててやる」

仲六が叫び、二人は鋼を叩き合って衝突した。

一方の三平を、裾短に着けた着物に襷がけ、鉢巻をきりりと締めた昌が、小太刀をとって迎え撃っていた。

せえい、やあ、と両者は互いの刃を躱し、かあん、と激しく打ち合った。

そのとき文蔵は、仲六を西側の明地へ蹴り飛ばし、仲六が堪えきれず明地へ転がった隙に、昌と刃を交わした三平へ転じ、上段から浴びせた。

すかさず昌は、小太刀の片手右袈裟懸を三平に見舞った。

三平は身をひねり、店土間の片隅へ突っこんでいった。

「昌、ここで防げ。仲六を仕留める」

「承知」

と、昌は裏戸から突入した豪助を迎え撃った。

昌の声を背中で聞いた文蔵は、明地に転がった仲六へ躍りかかった。

仲六は懸命に立ちあがったが、充分な態勢をとる間がなかった。

文蔵の一撃をかろうじて受け止め、身体を弓なりにして堪えたものの、ぬかるんだ地面に支えの軸足がすべった。

文蔵に押され、ずるずると後退した。

「仲六、これまでだ」

と、文蔵は仲六を突き退けた。そして、自らは一歩を引いて、大上段より斬りさげた。

「わあっ」

仲六は、きりきりと舞った。

軒下に積みあげた薪の束にぶつかって、薪のいく束かをがらがらと落としながら、茶店の背後の土手に繁る藪（やぶ）へ転落した。

仲六の身体は土手の藪に阻（はば）まれて止まり、十間堀には落ちなかった。

藪の間にぶらさがって、仲六は動かなくなった。

ぱあん……

文蔵に土手道の銃声が聞こえたのは、そのときだった。

咄嗟に、文蔵は店の間へとってかえした。

昌と豪助の戦いは続いていたが、昌は豪助と刃を咬み合わせ、片膝づきに小あがりのあがり端に押しこまれていた。

「あなた」

「昌っ」

文蔵は叫び、豪助に斬りかかる。

豪助は昌を捨て文蔵に相対したが、立ちあがった昌にも攻めたてられ、たちまち形勢が逆転し、逃げ腰になった。

文蔵へ斬りかかると見せかけ、素早く反転し、裏戸へ走ったところへ、裏戸より差し出された一刀が、豪助の腹に突きたった。

豪助は身体を丸め、腹に突きたった刃をにぎった。

笹野景助が、刀を突き入れた恰好(かっこう)で、豪助を店土間へ押し戻した。

「おお、笹野景助。無事だったか」

文蔵が言った。

「真野さま、お迎えにあがりました」

景助は言うと、突き入れた刀を引き抜き、豪助を上段にとって、ざっくりと斬り落とした。

それより前、丹波久重は、茶店から一体の影が現れ、小雁らへ襲いかかった凄まじさに、啞然（あぜん）とした。

弦月の薄明（はくめい）の下に、顔を見分けられずとも、その影が唐木市兵衛だと、丹波にはわかった。思いもよらぬ展開だった。

「唐木市兵衛、おまえがきたか。なんたるやつ」

丹波は、懐より短銃をとり出した。

「邪魔はさせん。冥土へいけ」

長身の肩の高さに短銃を真っすぐ差し出した。

市兵衛の影に狙いを定めた。

そのとき、押上橋の橋板が、だんだん、と鳴った。

押上橋へ見かえった丹波に、笹野景助が八相（はっそう）に身がまえ向かってきた。

あっ、と丹波は息を吞んだ。

景助の一刀が月明かりを、ひゅうん、と斬った。

「おのれ」

丹波は即座に痩軀をなびかせ、景助の一刀をはずした。

景助は丹波の傍らを勢いよく走り抜けて身体を入れ替え、足を踏ん張って反転し、上段にとった。

ぱあん……

銃声が十間堀の土手道と、夜空へ鳴り響いた。

景助の首筋に、熱く鋭い痛みが走った。

景助は手足を投げ出し、尻餅を搗いてごろんと転がった。首筋を押さえた手が血だらけになったものの、玉は景助の首筋をかすめただけだった。

近すぎたことが、かえって焦りを呼んでいた。

「やむを得ぬ。こい」

丹波が短銃を懐に仕舞い、刀を抜いた。

ところが、景助は丹波を捨て、茶店の裏戸へと走っていた。

若君を……

と、景助は死ぬ覚悟を決めていたが、今は自分の命よりも若君のお命を思ったのだった。

しかし、丹波もすでに小雁を斃(たお)した唐木市兵衛の影が、自分へ向かってきているのを見つめていた。

市兵衛の百姓風体が、弦月の光を受けて銀色に光る刀を提(さ)げ、外連(けれん)もなく向かってくる。あの午後のように、百花園の木々の間を歩むのどかな風情(ふぜい)の中におのれの正体を隠し、悠然と向かってくる。

そこへ、真野文蔵が茶店から走り出て、市兵衛に言った。

「唐木どの、ご無事で」

「あとはあの男だけです」

文蔵が丹波へ向いた。

「丹波久重です。あの男はわたしが……」

「いえ。文蔵どのは若君のお側から離れてはなりません。兄に頼まれています。あの男はわたしが始末をつけます。友の仇(かたき)を晴らします」

市兵衛が淡々と言った。

ははは、と丹波は笑った。

そして、身をひるがえし、押上橋を小梅村のほうへ渡っていった。

小梅村の野道から曳舟川の土手道に出ると、半町ほど先をいく丹波久重が見えた。西の空高くかかった弦月が、曳舟川の川面を青白く染めていた。

きれぎれの雲が、星空と弦月をかすめて流れていく。

市兵衛は黙々と、丹波を追った。

すべてが寝静まり、雨あがりのあとの凍(こご)える静寂の中に、曳舟川の土手道を駆ける二人の足音だけが、野の果てから野の果てまでを蔽いつくす天空の、恰(あたか)も吐息のように聞こえていた。

丹波と市兵衛の間は、次第に縮まった。

丹波が故意に市兵衛を誘(おび)き寄せているのか、市兵衛の俊足が丹波に勝っているからか、それは知らぬが、二人の吐息はかすかに白く見えた。

丹波はとき折りふりかえり、市兵衛が追ってくるのを確かめ、薄笑いを投げた。

雲は流れ、月はどこまでも二人を追いかけ照らしている。

あと数町もいけば、綾瀬川(あやせがわ)の枝川の土手に出るところまできて、丹波と市兵衛との間は、もう四半町（約二七メートル）余しかなかった。

すると、丹波は次第に駆足をゆるめ、やがて立ち止まった。手にした刀をわきへおろし、市兵衛へふりかえった。肩を大きく上下させ、深い呼吸を繰りかえすたびに、白い息がこぼれた。

市兵衛も足を止め、刀をわきへ下げて丹波と対峙した。

「唐木市兵衛、きたか。わたしとおまえ以外、ここには誰もいない。一対一の決着をつける場所に相応しい。だが唐木、わたしとおまえがここで決着をつける、それになんの意味がある。おまえは、戦う意味を考えたことがあるのか」

丹波の枯れた声が言った。

「意味はある。友がおまえの銃に撃たれ、深い疵を負った。友の仇を晴らす。それがおまえと戦う意味だ」

ふむ？　と丹波は束の間考え、ああ、と言った。

「先だって、幕府の影者らしき二人を斃した。あの者らのことか」

「ひとりは命を落とし、ひとりはかろうじて命をとり留めた。丹波久重、おまえを江戸から逃がすわけにはいかない」

「案外、愚かなのだな。影者の生き死にに仇も恨みもあるものか。生き死になどとうに捨てている。それが影者だ。笑えるぞ、唐木、貧乏侍でも命が惜しいか」

「話をそらすな、丹波。命を惜しむも惜しまぬも、人の勝手。おまえを許さぬ。それがわが心だ。わが心に従うのみだ。いくぞ」

市兵衛は刀を八相にとり、再び歩み始めた。

「よかろう。くるがよい。存分に相手を仕(つかまつ)らん」

丹波は下げていた刀を、土手道に突きたてた。そうして、懐より短銃をとり出し、火薬袋の火薬を筒につめ、玉を筒に落とした。次に、着火用の火皿にも火薬をつめた。西洋の燧石(ひうちいし)で着火する短銃である。

市兵衛との間は、次第に縮まっていく。

丹波は、悠然と玉を籠(こ)めながら言った。

「唐木、百花園のおまえにわたしが話しかけた。なぜかわかるか」

市兵衛の歩みが早くなった。

「教えてやる。おまえがわたしのそばを通りかかったとき、おまえはのどかな風情を装いながら、強い狂気を、人を今にも斬りかねない殺気を放っていた。おまえはそんな自分に気づかず、迂闊(うかつ)にもわたしに近づいてきた。だから、お侍さん、危のうございますねと、声をかけてやったのだ」

「丹波、気づいていないのはおまえだ。おまえは、誰かれかまわず狂気を周囲に放っていた。よってわたしは、一体何者なのかと、近づいていったのだ。わたしを呼び寄せたのは、おまえ自身なのだ」

市兵衛と丹波の間は、数間になっていた。しかし、

「そうか」

と、丹波は短銃を肩の高さに差し出し、市兵衛に狙いを定めた。

「これまでだ」

丹波が言った。

そのとき、ぴしっ、とひと欠片（かけら）の礫（つぶて）が丹波のこめかみに跳ねた。

あっ、と丹波は思わず顔をそむけた。

不快な痛みに、気をそらされた。

だが、即座になおって、眼前に迫った市兵衛を見た。

引鉄を絞（しぼ）り、撃鉄（うちがね）が落ち燧石の火花が着火、短筒の火薬に引火した。

ぱあん……

市兵衛の刀は短銃の筒を跳ねあげ、玉はひゅんと空を穿（うが）った。

丹波の手から跳ねあげられた短銃が、夜空にくるくると回転した。

丹波は、土手道に突きたてた刀の柄（つか）に手をかけた。

その傍らを、市兵衛は走り抜け、二つの身体が交差した。

静寂が土手道を蔽い、弦月の明かりは凍りついた。

やがて、丹波は市兵衛の後ろで、よろめいた。土手道に両膝を落とし、にぎった刀を杖に突き、上体を支えた。

市兵衛は丹波へ身をかえし、正眼にとった。

「か、唐木、言うただろう。影者は生死を捨てた者だ。かまわぬ。おれのような男が、長く生きすぎたくらいだ。唐木、止めを、止めをさせ」

丹波が刀にすがり、声を絞り出した。

うずくまった丹波の周りに、血がにじみ出た。

市兵衛は、切先を丹波のうなじに近づけた。

「丹波、よろしいか」

市兵衛が言うと、丹波は首を折るように垂らした。

それ以上、市兵衛はためらわなかった。

土手道に倒れ伏した丹波の亡骸を、やがて高い西の空に消えていく弦月が照らした。

曳舟川の対岸より声がかけられた。

「市兵衛さん、やった、やりやした」

市兵衛は、対岸の人影に言った。

「富平、おまえが投げたのか」

「へい。ずっと、市兵衛さんと丹波を追っかけてきて、もうどうなるかと、ひやひやしましたよ。さすが市兵衛さん、すげえな。まだ胸が、どきどきと鳴ってます」

「富平。礼を言う。ありがとう。助けられた」

市兵衛は富平に声を投げた。


馬上の片岡信正が十数人の小人目付衆を率い、十間堀の押上橋の茶店に駆けつけたのは、遠い花火のような微弱なその銃声が聞こえる前だった。

しかも、片岡信正と小人目付衆のほかに、渋井鬼三次と御用聞の助弥、助弥の下っ引の蓮蔵、そして良一郎までが従っていた。

「おお、これは片岡信正さま」

文蔵は、馬上の片岡信正に片膝をついて頭を垂れた。

妻の昌、小あがりの床下に隠れていた文吉とお里の兄妹、そして、笹野景助も文蔵に倣った。

「清七、津坂藩士の真野文蔵と申すのだな。先だっては、返弥陀ノ介が世話になった。大変な目に遭ったようだな。みな無事か」

信正が馬上から言い、茶店のわきの明地に、筵をかぶせて並べられた亡骸を見て言った。村役人は、まだきていなかった。

「唐木市兵衛どののお陰で、みな無事でございます」

「おお、市兵衛はどこにおる」

「賊の首領の丹波久重と申す者を、ひとりで追っておられます。丹波は、曳舟川のほうへ逃れたと思われます」

「そうか。すぐに市兵衛を追え。曳舟川だ」

信正が指図し、小人目付衆の数名が押上橋を渡っていった。

「よし。おれたちも市兵衛を追うぜ」

「合点だ」

渋井が駆け出し、助弥と蓮蔵が続いた。

良一郎もあとを追ったが、不意に止まり、文吉とお里に声を投げた。

「文吉、お里、またくるからな」

「お役人さん、またおいで。約束だよぉ」

「おいでねぇ」

文吉とお里が良一郎へ、無邪気に手をふった。

馬から降りた信正は、文吉とお里のそばへよった。そして、

「よき子供らよ、またくるとも。必ずくるとも」

と、二人に頬笑みかけて言い、二人の頭を撫でた。

終章　宴のあと

北町奉行より町奉行支配の御老中、大目付とへて、越後津坂藩に対し、先般、深川上元町の薬種店《俵屋》の主人・貫平が、越後津坂藩の裏横目なる不逞の集団に襲われ大怪我を負い、今なお生死定かならぬ一件について、子細の説明を厳に求められた。

津坂藩江戸家老・聖願寺豊岳は、大目付より遣わされた幕府目付に対し、裏横目なるそのような役目は津坂藩にはなく、俵屋主人の貫平襲撃は、裏横目と勝手に名乗る不逞の者どもによる狼藉に相違ない。即刻、江戸屋敷のみならず、領国において厳格にとり調べ、報告する旨の弁明に相務めた。

ただ、押上村の清七おさん夫婦が、十間堀の押上橋の畔で営んでいた茶店を閉じ、倅の文吉と娘のお里ともども、夫婦の生国である津坂へ急遽帰郷した一件について、それにかかわりのある死人を多く出した不審な事件が、押上橋の茶店で起こった、という噂がたった。

しかしながら、その事件の調べは、町奉行所でも陣屋でも行われなかった。清七おさん夫婦の帰郷と、死人を多数出した押上橋の茶店の不審な事件は、なぜかは知らぬが公儀目付の内々の調べにより始末がつけられた、とこれもそののち流れた噂のひとつだった。

さらに今ひとつ、浅草蔵前通り駒形町の、《唐物　紅毛物品々　御眼鏡処　都屋》の向島の寮に、秋の中旬ごろより滞在していた絵師・鈴木円乗とその門弟十数名が、十月の時雨の夜、忽然と姿を消した出来事があった。

これについては、絵師・鈴木円乗が奇矯なふる舞いをしばしばすることから、そのような行動は考えられなくもないということで、それについては今なおわからず仕舞いである。

十月の下旬、越後津坂藩津坂湊の廻船問屋《香仕屋》に、津坂藩目付により厳しい詮議の手が入って、香住善四郎が、裏横目なる胡乱な集団を、津坂湊の番人と称して雇い入れ、影の役割を担わせ、数々の悪事を働いた事実が露顕した。

よって、香住屋主人の善四郎は領国追放、香住屋はおとり潰しとなった。

のみならず、香住善四郎より長年多額の賂を受け、香住屋に数々の便宜を計って藩に損失を与えたとして、年寄・小木曽勝之ら四人の重役、並びに、主君の鴇江伯耆守憲実の側用人・村井三厳は、役目を解かれ、それぞれの家は改易となった。

江戸屋敷において、江戸家老・聖願寺豊岳が、邸内に構えた門つきの居宅において、数名の賊に襲われ落命したのも、同じその十月の末のことであった。

そのときたまたま、聖願寺の居宅を訪ねていた駒形町の《都屋》の主人・丹次郎が居合わせ、ともに斬られるという災難に遭った。

同じ十月末、虎之御門外御用屋敷長屋の岩上八十右衛門に奉公していた、堀川克己と言う郎党が、主人に粗相があったとかで手打に合ったが、その子細についての噂はほとんど聞かれなかった。

津坂藩鴇江家では、十月下旬から十一月にかけて粛清の嵐が吹き荒れたが、津坂湊の廻船問屋仲間、また交易相手の若狭長浜湊の廻船問屋《武井》との間で、長年、不正な商売が行われていた疑いが浮上したにもかかわらず、それを厳しく追及することは、こののちの藩の台所勘定に悪影響をおよぼしかねない、という判断により、すべての詮議は半ばで打ちきられた。

それらの事柄をすべて仕きったのは、年寄の戸田浅右衛門である。

そして、その文政八年（一八二五）十一月、主君・鴇江憲実の世継ぎに鴇江憲吾が正式に決まり、幕府へ届けが出された。

鴇江憲吾が世継ぎとなって幕府に届けが出された十一月のその日、御老中御用部屋にて、老中・大久保加賀守忠真（おおくぼかがのかみただざね）と目付・片岡信正が対座していた。

加賀守が信正を「伝える事がある」と御用部屋に呼んだのである。加賀守は御用部屋に一人だった。

「御用をおうかがいいたします」

信正は手をつき、加賀守に言った。

「ふむ。片岡、手をあげよ」

加賀守は、大した用ではないのだがな、というような素っ気ない口ぶりだった。

「津坂藩の世継ぎのことだが、鴇江憲吾が世継ぎと決まり、届けが出されたことは存じておるな」

加賀守はきり出した。

「はい。そのように、報告を受けております」

「お上にその旨をお伝えしたところ、さようか、とお上は仰せになられた。それだけであった。だがそのあとお上は少々お考えになられてから、片岡信正に伝えよ、とお命じになられた」

「はい」

「この度の首尾、面白く聞いた、唐木市兵衛を犒ってやれ、とだ」

「おそれ入ります」

信正は頭を垂れた。

「片岡、唐木市兵衛とは、お主の弟なのだな」

「いかにも、わが弟でございます」

「さすが、片岡家だな。そのような弟がおったか」

加賀守はのどかな笑みを寄こした。

「よって、唐木市兵衛に褒美をとらせよ、との仰せである。こののち、十俵の扶持を唐木市兵衛にくだされることに相なった。わかったな、片岡」

「あ、は、はい……」

信正は、束の間、啞然とし、慌てて言った。

「お上はよほど、この度の唐木市兵衛の首尾がお気に召されたのだな。そのような武士がいたか、とも仰せになられた」

「おそれ入り、奉ります」

信正は再び手をつき、頭を垂れた。

同じ日の宵の六ツすぎ、神田多町の青物新道に《さけ　めし》の看板行灯をたてている《蛤屋》の小あがりに、町方の渋井鬼三次と御用聞の助弥、助弥の下っ引の蓮蔵、紺屋町の御用聞・文六親分の下っ引の富平が銘々膳を囲んでいた。

四人の酒盛りは始まったばかりで、ぬる燗の徳利に杯、肴の煮物や汁の椀や漬物が並び、「よし、まずはぐっといこうぜ」と渋井のかけ声で、ふうっ、うめえっ、と勢いよく杯を乾したあとだった。

「でな、今夜は蓮蔵と富平にこいつを渡すために呼んだんだ。これだ。市兵衛から預かった」

渋井が蓮蔵と富平の膝の前に白紙の包みをおいた。

「おっと、旦那。こいつは市兵衛さんからのお手当てでやすね」

「こいつはありがてえ。兄さん、よかったですね。旦那、いただきやす」

蓮蔵と富平が紙包みを押し戴くようにして、手にとった。

「うん、よかったな。おめえらがよくやってくれて、助けられたと、市兵衛が言ってたぜ。ただし、中味は見てねえから、少なくてがっかりしたら、文句は市兵衛に言うんだぜ」

二人は笑いながら紙包みを、大事そうにそろそろと開いた。

「凄えっ。兄さん、五両、五両もありますよ」

「ああ、ご、五両だな。ありがてえ、ありがてえ……」

と、二人は紙包みを押し戴いた。

「それからな。こいつはおれからだ。おれのはわずかだが、こいつもとっとけ」

渋井も紙の包みを、二人の前にひとつずつおいた。

その中味は、二分金一枚に一分金二枚、すなわち一両であった。

「旦那、こんなにして貰っていいんですか。あっしら、市兵衛さんの仕事をしてたのに……」

蓮蔵が、ちょっと申しわけなさそうに言った。

「いいんだ。じつはな、おれも市兵衛の兄上の、お目付役の片岡さまから、世話になったと謝礼を戴いたのさ。その一部だから遠慮すんな」

「はあ、そうなんすか」

「今夜は、市兵衛さんはどちらへ」

「兄上のお屋敷に呼ばれているそうだ。おめえらによろしく言っといてくれと言ってたぜ」

「兄上さまは、諏訪坂のお屋敷ですね。じゃあ仕方がねえな」

「その変わり、もうすぐ《宰領屋》の矢藤太がくるぜ」

「えっ、宰領屋のご主人が。そいつは大変だ。こいつは隠しとこう」

「あっしも隠しとこうっと」

と、蓮蔵と富平がふざけて紙包みを懐にねじこんだとき、蛤屋の表格子戸が引かれ、矢藤太が入ってきた。

「おいでなさい」

お吉が矢藤太をにこやかに迎えた。

「よう、みんな」

矢藤太は小あがりの四人へ、楽々とした様子を見せ、手をかざした。


十月の下旬になったある日、市兵衛はよそいきというほどではないものの、黒羽織に細縞の袴姿に見舞いの品を携えて、赤坂御門外黒鍬谷の、返弥陀ノ介の組屋敷を訪ねた。

弥陀ノ介はもう布団から出て、そろりそろりとなら、歩くこともできた。市兵

衛は弥陀ノ介と茶の間に切った炉を囲い、

「もう兄上から聞いているだろうが」

と、前置きしたうえで、およそひと月に近い間の事情を話して聞かせた。

弥陀ノ介の女房の青は、市兵衛と弥陀ノ介に茶の支度をし、よちよち歩きの娘の春菜と、柘植の垣根で囲った庭で洗濯物を干している。

「そうか。ご苦労だった、市兵衛。さすがだ。市兵衛だからそこまでできた」

「そんなことはない。廻り合わせでこうなった。たまたまだ」

「ふふ、おぬしらしいことを言う。どちらにせよ、ここから先は、津坂藩と幕府の間で話しをつけることだ。津坂藩がこの一件を、ささいな内輪の事と甘く考えて対応を誤れば、国替やら改易やら、最悪の事態がなきにしもあらずだ。まあ、あとは上の決めることだがな」

「そうだな。あとはどうなるか……」

と、市兵衛の脳裡を真野文蔵の面影がよぎった。

「ところで市兵衛、今日は、普段よりちょいと身形がいいように見えるが、これからどこぞへお出かけか」

「酒を呑めぬおぬしと長話をしてもつまらぬし、昼から銀座町の《近江屋》と言う両替商を訪ねることにした。祝いの酒宴に招かれた」

「おれもつまらぬ。青は正月まで我慢だと、ひと口も呑ませてくれぬ。青を怒らすと恐ろしいでな。このごろは春菜まで、がまんがまん、と青を真似て言うて、だんだん母親に似てきた」

市兵衛はくすくすと笑った。

「近江屋のどういう祝いなのだ」

事情があって近江屋に身を寄せている、元川越藩村山家の一女・早菜が、家禄三千石の名門の旗本・岩倉家に嫁ぐことが決まり、その内々の祝いだと言った。

「川越の村山家の早菜どのか。珍しくおぬしが、綺麗な一女だと言った」

「言ったか」

「言ったとも」

「そうか」

「おぬしも嫁をもらわねばならんな。青も気にかけている。市兵衛に似合いの器量よしはいるかと聞いたら、器量よしはいるが、市兵衛は気むずかしいと、青は言うのだ。確かに、市兵衛は気むずかしいと、おれも思うよ」

「弥陀ノ介、廻り合わせだ。そういう廻り合わせになれば、それに従う。吹く風に任せる。それでいい」

「気まぐれな風だからな、市兵衛は。とは言え、まあ、おれもそうだった」

あは……

と弥陀ノ介は小声で笑った。

日のあたる明るい庭のほうから、母親の青と娘の春菜の声が聞こえた。

一刻余のちの昼すぎ、新両替町二丁目に両替商の大店を構えるを近江屋を、市兵衛と宰領屋の矢藤太は、祝いの品を携えて訪れた。

祝いの宴が始まるまでに少々の間があって、近江屋の質素に見えながら、贅(ぜい)を凝らした客間と二の間三の間の間仕切をとり払った広い座敷には、内々の祝いのはずが、もう大勢の客がそろっていた。

早菜や近江屋の刀自(とじ)の季枝、近江屋夫婦、富山小左衛門らの姿はなかったが、市兵衛と矢藤太は、金襴(きんらん)の屏風(びょうぶ)を背にした上座に近い座へ案内された。しかも、市兵衛の隣は正田昌常で、正田は市兵衛と顔を合わせると、

「唐木どの、宰領屋さん、よくこられた」

と、相好(そうごう)をくずし、待ちかねたように話しかけた。

正田昌常とは、先々月の八月十五夜の放生会(ほうじょうえ)の宴以来である。

正田は、二言三言、野暮用にいろいろとりまぎれているうちにはや冬に、などと話してから、市兵衛に言った。

「ところで、唐木どの。江戸見坂下の広川家の、養子縁組の話ですがな。先だって、ご当主にお会いする機会がございましてな。なんと、ご当主のほうから唐木市兵衛どのについて勝手に調べさせていただいた、まぎれもなく、唐木どのが公儀御目付役の片岡家のお血筋とわかったゆえ、一度、唐木どのと見合いができればと、申されたのです。それがしも意外に思うほど、広川家のほうは乗り気でしたぞ。今日は早菜どのの内祝いの宴ながら、唐木どののご意向を確かめて、唐木どのに異存がないのであれば、見合いの話を進めたいと思っておるのです」

「そうでしたか。見合いですか。ふむむ……」

「おっと、市兵衛さん、江戸見坂下の広川家と言やあ、この前、正田さんがちらっと仰ってた、五千石のお旗本の話だね。凄いじゃないか、市兵衛さん」

矢藤太が口を挟んだ。

「わたしも凄いと思う。この前は、ご存じの通り、広川家がまだごたごたしておりましたので、言うてはみたものの、むずかしかろうな、と内心は思っておりました。ところが、広川家のほうがその気を見せるとは、正直に申しますと、驚いておるのです。そうだ、宰領屋さんでも聞いたと、ご当主は申されておりましたぞ。宰領屋さんはご存じではなかったので」

「ええっ。いやあ、そりゃあ、うちは請人宿ですから、市兵衛さんのことを訊かれることは、ありますからね」

矢藤太は首をひねった。

「矢藤太、そういうことには耳の早いおまえらしくないな」

市兵衛はからかった。

「なるほど。市兵衛さんなら、そういう話が舞いこまないわけでもねえかな」

「確かに、唐木どのなら、あるかもな、という気がします。唐木どの、ご返事をお聞かせ願いたい」

と、正田が言ったとき、庭の縁廊下伝いにきたいくつかの人影が、明障子に差した。障子戸が引かれ、近江屋の刀自の季枝、近江屋の主人の隆明と内儀、に囲まれ、淡い鼠色に銀の花模様を施し、桔梗色の中幅帯が鮮やかに、島田に髪を結った早菜が現れた。

富山小左衛門が、早菜の後ろに自慢げに従っている。

その早菜の美しさに、招かれた客がざわめいた。

「早菜さまは、見るたびに綺麗になっていくね。どんなもんだい。おれたちが川越からお連れしたんだぜって、なんだか誇らしいよ」

矢藤太が市兵衛にささやいた。

市兵衛は、うむ、と早菜が金襴の屛風を背に座につくのを見守りつつ頷（うなず）いた。

上座のみなが、手をついて座敷につらなる客へ辞儀をした。

客も礼をし、一同がなおったときだった。

ちら、と早菜が市兵衛のほうへ伏せた目を寄こした。

それに気づいた矢藤太が、「おっ」と言った。

早菜は、ほんのかすかな、一瞬の微眇（びびょう）な笑みを、その目に浮かべた。

こうなりました、と言っているかのような笑みが、ゆるやかな白い風のように流れてきた。

一〇〇字書評

切り取り線

購買動機（新聞、雑誌名を記入するか、あるいは○をつけてください）	
□（　　　　　　　　　　　　）の広告を見て	
□（　　　　　　　　　　　　）の書評を見て	
□ 知人のすすめで	□ タイトルに惹かれて
□ カバーが良かったから	□ 内容が面白そうだから
□ 好きな作家だから	□ 好きな分野の本だから

・最近、最も感銘を受けた作品名をお書き下さい

・あなたのお好きな作家名をお書き下さい

・その他、ご要望がありましたらお書き下さい

住所	〒				
氏名		職業		年齢	
Eメール	※携帯には配信できません	新刊情報等のメール配信を 希望する・しない			

この本の感想を、編集部までお寄せいただけたらありがたく存じます。今後の企画の参考にさせていただきます。Eメールでも結構です。

いただいた「一〇〇字書評」は、新聞・雑誌等に紹介させていただくことがあります。その場合はお礼として特製図書カードを差し上げます。

前ページの原稿用紙に書評をお書きの上、切り取り、左記までお送り下さい。宛先の住所は不要です。

なお、ご記入いただいたお名前、ご住所等は、書評紹介の事前了解、謝礼のお届けのためだけに利用し、そのほかの目的のために利用することはありません。

〒一〇一－八七〇一
祥伝社文庫編集長　坂口芳和
電話　〇三（三二六五）二〇八〇

祥伝社ホームページの「ブックレビュー」からも、書き込めます。
www.shodensha.co.jp/bookreview

祥伝社文庫

寒月に立つ　風の市兵衛 弐

令和 3 年 7 月 20 日　初版第 1 刷発行

著　者　辻堂 魁
発行者　辻　浩明
発行所　祥伝社
東京都千代田区神田神保町 3-3
〒 101-8701
電話　03（3265）2081（販売部）
電話　03（3265）2080（編集部）
電話　03（3265）3622（業務部）
www.shodensha.co.jp
印刷所　堀内印刷
製本所　積信堂
カバーフォーマットデザイン　中原達治

Printed in Japan ©2021, Kai Tsujidou ISBN978-4-396-34745-1 C0193

祥伝社文庫の好評既刊

辻堂魁　風の市兵衛

さすらいの渡り用人、唐木市兵衛。心中事件に隠されていた奸計とは？ 〝風の剣〟を振るう市兵衛に瞠目！

辻堂魁　雷神　風の市兵衛②

豪商と名門大名の陰謀で、窮地に陥った内藤新宿の老舗。そこに〝算盤侍〟の唐木市兵衛が現われた。

辻堂魁　帰り船　風の市兵衛③

舞台は日本橋小網町の醤油問屋「広国屋」。市兵衛は、店の番頭の背後にいる、古河藩の存在を摑むが——。

辻堂魁　月夜行　風の市兵衛④

狙われた姫君を護れ！ 潜伏先の等々力・満願寺に殺到する刺客たち。市兵衛は、風の剣を振るい敵を蹴散らす！

辻堂魁　天空の鷹　風の市兵衛⑤

息子の死に疑念を抱く老侍。彼の遺品からある悪行が明らかになる。老父とともに、市兵衛が戦いを挑んだのは⁉

辻堂魁　風立ちぬ㊤　風の市兵衛⑥

〝家庭教師〟になった市兵衛に迫る二つの影とは？〈風の剣〉を目指した過去も明かされる、興奮の上下巻！

〈祥伝社文庫　今月の新刊〉

越谷オサム
房総グランオテル
季節外れの海辺の民宿で、人懐こい看板娘と訳ありの宿泊客が巻き起こす、奇跡の物語。

宇佐美まこと
黒鳥の湖
十八年前、〝野放しにした〟快楽殺人者が再び動く。人間の悪と因果を暴くミステリー。

柴田哲孝
五十六　ISOROKU
異聞・真珠湾攻撃
ルーズベルトの挑発にのり、遂に山本五十六が動き出す。真珠湾攻撃の真相を抉る！

森谷明子
矢上教授の夏休み
「ネズミの靴も持って来て」――謎が誘う秘密のひととき。言葉だけからつむぐ純粋推理！

山田正紀
灰色の柩（ひつぎ）　放浪探偵・呪師（しゅし）霊太郎
昭和という時代を舞台に、北原白秋の童謡「金魚」にそって起きる連続殺人の謎に迫る！

沢里裕二
女帝の遺言　悪女刑事（デカ）・黒須路子
手が付けられない刑事、臨場。公安工作員拉致事件の背後に恐ろしき戦後の闇が……。

小杉健治
鼠子（ねこま）待の恋　風烈廻り与力・青柳剣一郎
迷宮入り事件の探索を任された剣一郎。調べを進めると意外な男女のもつれが明らかに。

長谷川　卓
柳生七星剣（やぎゅうしちせいけん）
剣に生きる者は、すべて敵。柳生が放った非道なる刺客陣に、若き武芸者が立ち向かう！

辻堂　魁
寒月に立つ　風の市兵衛　弐
跡継騒動に揺れる譜代の内偵中、弥陀ノ介が襲われた。怒りの市兵衛は探索を引継ぎ――。